文春文庫

渦

妹背山婦女庭訓 魂結び

大島真寿美

文藝春秋

目次

渦

UZU

妹背山婦女庭訓　魂結び

硯

「なんや、ついに書いてんのやな」

ふふ、と男が、硯を見ながらかすかに笑う。

「まあな。いっぺん、きちっと書いて持って来てみ、って、そういわれたからには、そろそろ書かなあかんやろ、と、わしもいよいよ思ったというわけや」

「また偉そうにいうてるで。それ、誰にいわれたんや」

「文三郎師匠や」

「ほー、それはまた。どうせ、おまえ、またいつもの調子でべらべらうるさくしてたんやろ。あんな、教えたろか、それはやな、えーい、やかまし、黙らんかい、喋ると書くとでは大違いやで、と暗に言われただけなんやで」

「ところがや。なんでか、書ける、って気しかせえへんのやな。だったら書かな、あかんやろ」

そう言って、男は硯で墨をする。

この男、半二という。

近松半二。

生意気にも、かの近松門左衛門と同じ姓を名乗っているのだけれども血の繋がりはない。半二が生まれた時にはすでに門左衛門はこの世を去っていたから、面識もない。門左衛門があの世へいき、代わりに、半年かそこらして、この男はひょいとこの世へやって来た。

そうして、成章、と名付けられた。

穂積成章。

成章は初め、賢いと思われた。父も母も、随分と期待したものだ。成章には安章という三つ離れた兄がいたのだが、論語一つとっても、この兄よりも格段に早く覚えてしまう。そもそも言葉を口にするのも早かったし、読み書きなども、教える前から労せずあっさり身につけていく。こりゃ、末が楽しみだわい、と儒学者で、私塾を開いている父、以貫は、この子が誇らしくてならなかった。末子ゆえの可愛らしさも相俟って、ついつい甘やかしてしまう。成章ばかり贔屓してしまう。成章も父によく懐いた。おい、お前も来るかい、と以貫が問えば、あい、と小さな成章は素直に頷く。母、絹もその頃はまだ似たような心持ちだったので、以貫が成章を連れ歩いても特段、文句は言わなかった。平生、門人が通って来る塾を切り盛りしているため、絹はなにかと忙しく、手がかかる子を一人でも外に連れていってくれるなら、それに越したことはない。さ、行こか、と以貫は成章の小さな手を取り道頓堀の竹本座へそそくさと出かけて行く。

以貫は、この頃、この一座と深い関わりを持っていたので、頻繁に顔を出すのは半分は用向きがあってのことだったのだが、残りの半分は……と、これはわざわざ言わずもがな、ではあるものの、以貫はいわゆる浄瑠璃狂いというやつだった。これはもう、隠しようもないことで、京の伏見から大坂へ越して来てからというもの、どっぷりと人形浄瑠璃に浸かりきり、歯止めがかからぬまま、ついには竹本座と関わるようになっていたのであった。ようは好きが高じて、としかいいようがない。なかでも以貫がぞっこんだったのは、近松門左衛門の拵える浄瑠璃。この人の関わったものは一味も二味も違うと以貫は強く引きつけられた。

きっかけは大坂へ来た当初に出会った国性爺合戦だった。ともかく、以貫にとって、あれと出会ったのが運の尽き。なんべん見ても、なんべん聞いても、たまらなくいい。太夫が変われば、味わいも変わる。その日その日で趣も変わる。どうだ、絹、浄瑠璃とはいいもんだろう、人形を見るのは楽しいものだろう、え、どうだい。ええ、そうですね、気が晴れますね、とかなんとか二人で面白がっていたうちはよかったのだが、次第に落ち着いていった絹と違って、以貫はのめり込む一方だった。国性爺の後、平家女護島ときて、次に心中天の網島。それから女殺油地獄。まあ、次から次へと、かの門左衛門とやらは、これでもか、とばかりに以貫の度肝を抜く浄瑠璃を拵えつづける。いったい、このお人の頭ん中はどうなっておるのだろう。なんや、これは！　うおう、ありゃあ、なんや！

以貫を足抜けさせまいとするかのように、竹本座では次から次へと、門左衛門の手による趣向を凝らした傑作がかけられていく。いやもう、女殺油地獄の頃には以貫はすっかり腑抜けになっていた。魅入られたように竹本座の奥深くへと入り込み、気づいたら恐れ多くも、かの門左衛門のすぐ近くにいたのだった。この門左がまた、一座の親玉のくせに、いたって気さくで、この人に物好きの先生とからかわれながらも、単なる知恵者としての相談役から、おだてられ乗せられて、いつの間にやら浄瑠璃本の手伝いなんぞにまで手をだす始末。これがまた楽しくてならない。大した仕事をしたわけでもないのに、座の一員にでもなったかのような顔で、顧問料までおしいただき、変わり者だと囁かれても素知らぬ顔でやり過ごす。やがてあちらこちらに知己ができ、界隈でそこそこ名が知れるようになっていくと、それがいい宣伝になったのか門人も増え、儒学者としての顔もきくようになっていった。竹本座を利用した抜け目のないやり口だと世間の誹りを受けもしたが、こうなるとあながち遊びとばかりも言い切れず、絹も黙認するより他ない。なにより、以貫は門左の近くにいるのが嬉しくてならないのである。いったい、どうしてこのお方はこうも凄まじい本を書けるのだろう。なにか常人にはうかがい知れぬ秘密でもあるのだろうか。

門左衛門が亡くなった後、以貫はどれほど消沈したことか。竹本座の面々以上に悲しみにくれ、成章が生まれた頃にもまだ、芯から立ち直れてはいなかった。

この赤子が門左衛門の生まれ変わりだったらよかったのになあ。

生まれたばかりの成章を見て、以貫がそんなことを思ったかどうか。たとえ仮に思ったとして、その時、口に出したはずもないのだが。

というようなわけで、成章は以貫に連れられ、物心つくかつかぬうちから、竹本座の楽屋周りで、浄瑠璃を耳にしていたのだった。この幼子はたいへん聞き分けがよく、以貫が目を離していても、おとなしく、いつまでも、ちんと坐って浄瑠璃を聞いている。わかっているやらいないやら、泣きもせず、喚きもせず、横着もせず、こんな子は珍しい、とよくいわれたものだった。おかげで以貫も安心して連れ歩けた。竹本座で操浄瑠璃を見物して、なんならちょいと豊竹座も冷やかして、ぶらりぶらり歌舞伎芝居がかかる小屋などもあちこち眺めて、二人は帰ってくる。思えば妙ちきりんな父子であった。

あれがいけなかったのかのう。

そうですよ、あれがいけなかったんですよ。

成章の歳が十を二つか三つ越したあたりから以貫と絹はそんな会話をしきりに交わすようになっていた。賢かったはずの成章がとんと学問から遠ざかってしまったのである。いや、まるでやらないわけではないのだが、ともかく根気がない。飽きっぽい。すぐに気が散る。兄の安章が真面目に勉学に勤しむ傍で、ごろりと寝転んで鼻をほじりながら空を眺めている。熱心に読みふけるのは以貫の集めた浄瑠璃本やら伝奇ものばかり。かと思えば、聞き覚えのある義太夫節なんぞ、うなっている。お、そりゃ、国性爺か、つい以貫がきいてしまう。すると、そおや、そおや、と成章が嬉しげに返してくる。ああ、こんな阿呆になるとわかっていたら、道頓堀なんぞ連れ歩かなかったものを。忸怩たる思いで以貫は臍を噛む。

といって、今更連れ歩くのをやめたところで、成章はじっとしていない。なにしろ通い慣れた道筋だ。以貫がいようがいまいがためらいなく芝居小屋の建ち並ぶ道頓堀へと出かけてしまう。行けば行ったで、あたりには成章と似た年頃の輩がけっこういた。芝居茶屋の倅だったり、出入りの菓子屋の倅だったり、役者の娘だの、看板描きの手伝いだの、どこぞの道楽息子から、素性のよくわからない子らまで、碌でもないのがわらわらといて、いつしか顔見知りになっていく。そんな仲間らと融通しあって一文無しの成章でもつるりと小屋へ潜り込んでしまう。落ち着いて勉学に勤しむどころではない。

息子がそんなところに始終入り浸っていると知って、絹は嘆き悲しんだ。そうして悲しみのあまり寝込んでしまった。ところが成章ときたら、母が暗い顔でふとんを被っていようが、どこ吹く風と、知らぬ間に家を抜け出し、道頓堀をふらついているのである。絹は怒り狂った。そうして怒りに任せて成章を打擲した。こんなことを許していたら成章はやがて碌でもない男になってしまう。呑気に寝込んでなどいられやしない。絹にしてみれば、愚息の性根を叩き直すつもりの覚悟の仕打ち。だが、そんな親心を知ってか知らずか、成章ときたらのらりくらりと逃げ回り、やがてふいっと遁走してしまう。おまけにそんな時ついでにいくらか銭までくすねるようにもなっていた。ここまでくるともはや絹の手には負えない。どうにかせよ、と以貫に詰め寄る。あの子をあんなふうにしたのはだれですか！　えッ、だれですか！

と言われてもやな、と以貫は髭をさすりさすり困惑する。あれは病とおんなじでどうにもできないものなのだと以貫はようく知っている。あすこはなにしろ面白い。この世のようでこの世でない。目の眩むような不可思議な世界が広がっているのである。ずるりと引き摺り込まれる。知れば知るほど、その幻に包み込まれ、正気を失っていくのである。おまけにこの頃、人形が年々派手派手しくなっていた。三人の人形遣いの手によって、人形らが人智を超えた動きをする。見ようによっては生身の人間よりも人間らしい。いや、生身の人間からでは見えぬものまで見えてしまう。虜になる。なんせ以貫も同じ穴の狢であるからして、成章の心が手に取るようにわかるのである。ああなるともう、どうしようもあるまい。おそらく、本人にもどうにもならぬのだろう。なるほど人形浄瑠璃とはまっこと、恐ろしいものだ。分別のつく年頃になってから出会ってなお狂わされた我が身に鑑みれば、分別どころか物心さえろくにつかぬ幼子のうちからどっぷりと浄瑠璃に浸けてびたびたにしてしまったのだから、成章があああなるのも自明の理。

絹のいうとおり、その責任は、以貫にこそあるのだろう。

と、わかってはいるものの、これといってよい方策もなく、以貫が手を拱いているうちに、成章と絹はいよいよ険悪になっていった。背もぐんと伸び、骨もしっかりし、肉もつき、ぽつぽつ髭も生えだしてきているというのに、絹は子供扱いをやめない。むしろ、いっそう子供扱いする。叱るを通り越して、怒鳴り散らす。手も出る。

絹にしたってそこまでして険悪になどなりたくはないのだが、野放しにしておくわけにもいかない。こんな調子でいたら、いずれ穂積の家に泥を塗るにちがいない。そう思うと恐ろしくてたまらず、追い立てられるように、成章に向かっていってしまう。

落ちぶれていたとはいえ、曲がりなりにも絹は武家の娘であったから、いざとなると容赦がない。なにがなんでも正道に戻さねばならぬとやっきになる。指図する。尻を叩く。追い回す。絹はしつこい。諦めない。もしかしたら、少々、意地になっていたところもあったのかもしれない。そうこうするうち、成章はだんだん逃げるのにも疲れ、なされるがままぐったりと、精彩を欠くようになっていった。

死ぬんじゃないか、と成章は思っていた。なにやら、どうしようもなく体に力が入らなくなってしまった。朝から晩までぐずぐずと気持ちが優れない。外へ逃げる力も出ない。喉の奥がつっかえたようになって言葉もうまくでてこない。そんな成章に、学問をしろ、となおも絹は迫る。怠け者に食わせる飯などありませぬ。成章は、ならば食いませぬ、と弱々しくこたえる。捨てておいてください。なんですか、その口のききかたは、とますます絹が激昂する。

ああ、この息子は死ぬかもしれん、と以貫も思っていた。

こういう死に方もたぶん、ある。

いや、きっとあるのだろう。

花がしおれるように、草木が枯れるように、少しずつ息の根を止められ、死んでいくのだ。

いよいよという段になって、以貫は成章にたずねた。

お前、京へ行かぬか。

京。

唐突にそんなことをいわれて、わけのわからぬ成章はただぼんやりしている。

堀川の古義堂という、若い時分にわしも学んだ、つまりはわしの古巣なのだが、絹にはあそこに入るということにしておいてやるから、お前、向こうに着いたら黙って山科の有隣軒のところへ行け。有隣軒ってのは、ほれ、知っておるだろう、昔、竹本座で何遍か会うた爺さんだ、あのお人に頼んでやるから、お前、あそこへ行って伝奇やら浄瑠璃やら好きに習うたらいい。それもまた学問や。どうや、そうしたら。いや、そうせい。

頷く成章に以貫が寄越したのは書状でも路銀でもなく、小さな風呂敷包みだった。

「なんやの、これ」

「硯や」

「硯」

「そや。硯や」

「硯なんていらんわ」

成章が突き返そうとするのを以貫が押し留める。

「まあ待て。風呂敷をほどいて、よう中を見てみ。どや、ええ硯やろ。それはな、そんじょそこらの硯やないで。わかるか。それはな、近松門左衛門先生ご愛用の硯なんやで」

「エッ」

「国性爺だけやない、数々の傑作がその硯から生まれたんやで。それはな、わしの一（いっち）の宝物や。なんでか知らんが、或る時、門左衛門先生がわしにそれを下すったんや。形見分けのつもりやったんかもしれへんけどな、今になってみれば、なんや、門左衛門先生がこの日のためにこれを下すったような気がしてくるわなあ。あのお方は、いずれこうなるとわかってたんやろかなあ。なあ、それをもろうた時、わし、嬉しゅうて泣いたんやで、そらそうやろ、わかるやろ、この家でそれがわかるのはお前だけや。なんちゅうたかて天下の近松門左衛門先生や。近松門左衛門先生の硯なんやで。それをお前にやる」

「え、なんで」

「お前はな、いつか浄瑠璃が書きとうなる。きっとそうなる。せやから、渡しとく。その時、硯がいるやろ。その硯が」

「ようわからん」

「わからんでもええ、もろうとき」

成章の手にずっしりと硯の重みが伝わる。

浄瑠璃を書く。そんなことはちらりとも思ったことのない成章ではあったが、なぜかその硯は、父に返すべきではない、これは我が手にあるべきだと咄嗟（とっさ）に思ってしまったのだった。

成章は硯を見る。

変哲も無い、小さな硯だ。見ながら思う。近松門左衛門がこの硯で墨をすったのか。あの近松が。

和藤内がここから出てきたんか、あの和藤内が。

成章の手に力がこもる。

国性爺合戦で活躍する和藤内がこの硯の海から立ち上る、その姿が今まさに眼前に見えた気がして成章は息を呑んだ。あの勇ましい和藤内がこの小さな硯の海から出現したのか。ああ、そう思えば、ばしゃり、墨の音まで聞こえてきそうだ。ぽたり、ぽたり、その体から黒々とした墨の雫が滴っているのが見える。ぶるん。体を震わして一気にそれを払った和藤内は硯の陸に上がり、硯の縁を、やいっと飛び越えた。ぶるんっと知らぬ間に成章も同じように体を震わしている。さてもさても、このつづきや如何に。如何に、如何に。

って、阿呆やな、わし、なに芝居がかってんのやろ、と成章は自嘲する。なにが和藤内や。なにが近松門左衛門や！　こんなおかしな思いに取り憑かれたら親父殿の思う壺やないか。浄瑠璃なんぞ書くかいな。書けるかいな。阿呆や。こんなもん、ただの硯やないか。近松の硯やなんて、どうせ、口からでまかせに決まってる。石やし、硯なんてもんは所詮、石なんやし。

そのくせ、一方で、確かに、和藤内も、門左衛門もまだすぐそばにいるように感じられてならないのだった。

「近松門左衛門先生、後継のお印やで」

以貫が重々しくいう。

「ええか、これは近松の名を継ぐ印の硯なんやで」

以貫が酔ったような目でいう。

芝居がかってる、というなら、こっちの方がよっぽど上手やな、と成章は苦笑混じりに以貫を見る。さすがに浄瑠璃狂いで知られた学者だけあって、いちいちいうことが大仰だ。おまけに門左衛門の硯などと、ここぞとばかりに持ち出してくる小道具がまた心憎い。堂に入ってる。そういえば、この父は、昔、竹本座で、乞われて少々、浄瑠璃を書いたりもしていたと、いつやら自慢していたことがあったが、あれはまことのことだったのであろうか、と成章は思い出す。

「わかった、では、いざその時がきたら、近松を名乗らせてもらう」

成章が調子を合わせると、

「よう言うた！」

以貫は、喜色満面で成章の肩に手をおいた。

「よう言うた、よう言うた、それでこそ、我が息子。ええか、成章。その心算で、京でしっかり修業してくるんやで。その硯に恥じぬよう、有隣軒先生のところで精出して励んでおいで」

「そうする。ところで近松の下の名はどうしたらええ」

「下の名？　そんなもん、どうでもええがな」

「それはあかん。近松だけではどうにも据わりが悪い」

「下か。下なあ」

　以貫が白目を剥いて考えている。

　成章が調子付いていう。

「門左衛門ならぬ、権左衛門なんてどうや」

「権左衛門？　権左衛門なあ。近松権左衛門。どうやろ……、んー、お前が権左衛門とは……どうもな。似合うてへんのとちがうか。まあ、ええわ。そういうんは、おいおい考えたらええ。どうせ一人前になるのはまだ先や。先どころか、一人前になる日が来ればええ、いうくらいの話やないか」

「そんなら、ずっと半人前ってことか」

「そら、だってお前、門左衛門先生と比べたら、どうしたってそうなるやろ。あの先生にはな、誰が挑んだところで、一生、足元にも及ばぬわ。それでも後を継ぐと決めたからにはせいぜいお気張り、せめて半人前になれるように力を尽くすんやで」

「ふうん、そんなら、わしの名は、近松半人前やな。近松半人前でどうや」

　以貫が笑いだす。

「阿呆かいな。半人前て、誰がそんな名前の奴の書いた芝居を見たいと思う？　半人前の立作者になぞ、誰も木戸銭払わへんで」

「そら、そうや」

半二という名がするりと口から出たのはその時だった。

なら、半二はどうやろ。半二は。

半分と半分、二つ合わせて一人前や。

以貫はうんともすんともこたえなかった。聞こえなかったのか、上の空だったのか。

それでも不思議なことに、成章はその名で決まったと、その時、そう思い込んでしまったのだった。硯と半二。手にしたものが、しっくりきすぎて、脳天がしびれる。近松半二。もう間違いない、わしはこれから半二や。まだ近松と名乗るのはおこがましいので、当分は穂積のままでいくが、じきに近松と名乗るその日は来るだろう。

なに一つ書いていないくせに、成章はそう確信した。そうやな、書くといわれれば、たしかに、ずっとそんな気がしてたような気もするしな。

実際、成章が半二と名乗りだしたのは京へ行ってすぐのことだった。有隣軒のもとでは、はじめから穂積半二で通した。すると名を変えたのがよかったのか、転地で気が変わったのがよかったのか、枯れる寸前だった半二に生気がみなぎりだしたのである。もともと楽天的で気ままな男だ。親元を離れ、水を得た魚のように生き返った。

有隣軒も、すでに高齢で、ほとんど隠居の身であるがゆえ、手綱もゆるい。雑用でこき使いつつ、まずは好きに蔵書を読ませた。浄瑠璃本やら伝奇ものやら、目についたものから順に半二は浴びるように読んでいく。そんなものをただ読んでいるだけでも有隣軒はよしとした。来る日も来る日も半二は、ただ読む。坐って読むのに疲れてくるとごろりと横になって読む。それでも有隣軒はなにもいわない。図に乗った半二は、だんだん、布団に包まって寝たまま読むようになった。横着にもほどがあるが、有隣軒は、それでも抛っておく。掃除だの、水汲みだの、用事はしょっちゅう言いつけるが、それだけだ。有隣軒は有隣軒で、わずかながらもまだ門人がいたし、ちょくちょく客人もあったから、そちらの相手もせねばならない。通いの下女も、半二をいいように使うがそれだけだった。

そんな塩梅がむしろ半二には居心地がよかったのだろう。そうこうするうち、どうしたわけか、半二はむくりと起きだし、まじめに論語やら漢詩やらを盛大に学びだした。といって別段心根が改まった気配も、これといった気負いがある様子もなかったのだが、それでも有隣軒に教えを乞いながら、日本書紀だの書経だの、太平記だの、気の赴くまま、次々手をつけていく。勢いあまって、ついにはそこいらの目につく寺にまで出入りし、諸宗の教えやら、僧の説教やら、手当たり次第、聞きかじりだした。有隣軒はそれも止めない。むしろ焚きつける。山科には風流人も多かったから、有隣軒の知り合いとあれば、早速上がり込んで雑多な知識を吸収していく。

時に、有隣軒のお供をして、京の芝居小屋にも足を運んだ。

ここでかかっているのは、ほとんどが歌舞伎芝居である。四条南、四条北。大和大路、居並ぶ小屋は、どこもなかなか盛況で、半二は有隣軒のうんちくを聞きながら観劇する。

弁当を食べる。

有隣軒はなにをみても、まず褒めなかった。苦虫をかみつぶしたような顔で文句をいう。近頃の歌舞伎はとんとあきまへんなあ。せっかく見にきても、似たり寄ったり、役者に覇気がない。半二は、へえ、そんなもんかと聞いている。こうしてみると、藤十郎（とうじゅうろう）はんは、やはり、役者の中の役者でおしたなあ。あの人の芝居は、それはもう、心にしみました。百聞は一見に如（し）かず。あんたにも、いっぺん見してやりたかったなあ。有隣軒が溜息混じりにいう。いや、自慢するわけやないけどな、近松門左衛門と組んでいた頃の坂田（さかた）藤十郎は別格でした。それはもう、ええ芝居やった。ええ役者やった。有隣軒は懐かしい顔つきで、得々と昔話を半二に聞かす。

物書きの一人として一座に関わっていたこともある人なので近松門左衛門の話も当然、出てくる。門左衛門が京を捨てて道頓堀の竹本座に移ってからは、たびたび大坂まで訪ねていったのだという。

そら、やっぱり、あの門左があっちへ行って何を拵えるのか気になったしな、いうても人形やろ、なんで人形にそこまで入れ込んだんか、わけが知りたかったしな、人形浄瑠璃いうもんをよう観てみたかったしな、それがまた、観たら観たで、さすがは門左や、よう出来てる。何遍でも観とうなる。懐は寂しゅうなったけど、行かずにはいられへんかった。観れば観るほど、どんどんおもろなるし、ついつい行ってしもうたわ。あの頃はまだ足腰も丈夫で行こうと思えば行けましたからなあ。そうやって頻々（ひんぴん）と竹本座に出入りしているうちに以貫はんとも知りおうたんやから、いうてみれば、こうしてあんたと並んで芝居を見てる、いうんも、皆、近松門左衛門はんの結んだ縁やわなあ。それこそ、人の世は目に見えぬところで繋がりおうて動いてる証左なのやろうね。そういや、初めて会うた頃からあんたはおかしな子でしたな。舞台裏の暗がりでじいっと浄瑠璃きいて。寒い時でも暑い時でも、ちんとすまして、いっぱしわかるような顔で。

有隣軒は半二をちらりと見る。そうそう、そんな顔や、そんな顔。あんた、ちょっとも変わらへんなあ、いくつになってもおんなしや。おもろい子やで。そういって笑う。

有隣軒には羽振りのよい外弟子やら、昔なじみの贔屓筋がいて、その人らと茶屋なんぞに上がる時は半二も末席でお相伴に与った。あまりにも年若い半二なので、彼らにはいてもいなくても同じこと、内輪話も平気でするし、色恋沙汰の話もする。おそらく、半二は、有隣軒の孫か、世話を頼まれている縁戚の者とでも思われていたのだろう。なかには勘違いついでに、先生をよろしゅうお頼みします、と小遣い銭をくれる人までいた。半二はそういう時、相手に勘違いさせたまま、へえ、おおきに、ともらってしまう。

有隣軒が、あんた役者やなあ、とこそりという。なんです？　と誰かに訊かれても、いやいや、なんでもありません、としらばっくれる。そうしていかにも孫かなにかのように半二を扱う。半二も従う。阿吽の呼吸で、二人は、祖父と孫という役を演じているのだった。どういうわけか、この二人、こういうことがすらりとできる、似た者同士でもあったのである。

半二がのびのびできたのも、案外そんなところに理由があったのかもしれない。のびのびしすぎるくらいのびのび暮らし、ひょっとして本当に自分は有隣軒の孫なのではないかと、そんなけったいな思いにも囚（とら）われてしまう。

いつまでもつづくかと思われた、そんな呑気な暮らしが不意に終わりを告げたのは、有隣軒の急逝による。高齢ではあっても、病んではいなかったし、寝込んでもいなかったので、まさかの急な別れであった。

野辺（のべ）送りも済み、庵が閉じられることになると、半二は居場所を失った。いずれ、この庵は誰かが引き継ぐことになるらしいが、それがどういう形になるか、まだ当分は決まりそうになく、有隣軒の娘婿という人に、やんわり出て行くように促されると、半二には逆らえなかった。

とりあえず山科を出て、四条まで行ってみるが、これといった稼ぎ口はない。稼ぐ手立てもない。まだ半人前にもならない怠け者の男に京で居場所を見つけるのは困難で、あちらこちら知ってる顔を思いつくまま頼ってはみても、いつまでも置いてくれるような奇特な家はなく、やがて冷たく追い出されてしまう。それでも人の情けに縋（すが）りながら、あやうい暮らしをしばらく続けてはみたものの、ついにどうにもならなくなり、気も塞ぐし、冬になり寒さに飢えが重なって、もはや致し方なく、半二は大坂へ舞い戻ってきた。

ところが大坂の穂積家では折悪（おりあ）しく、兄、安章の縁談が進んでいる最中で、ここにもまた、半二の居場所はなかったのである。有隣軒が亡くなったあと、便りも寄越さず、一年近く行方知れずになっていた半二に絹は怒り心頭で、頭はぼうぼう、髭はぼうぼう、垢だらけのむさ苦しい着物を纏った、風来坊のごとき半二の出で立ちに、阿呆がいっそう阿呆になって戻ってきたと嘆く。絹と半二、またしても険悪になっていく。以貫に取りなす術はない。絹は半二を見ると、とっとと風呂屋へ行けと怒鳴りちらし、剃刀を握りしめてちゃっちゃと髭を剃れ、と追い回す。絹の縁戚筋の娘を嫁にもらうので、恥はかけぬ、と絹はいきり立っている。こんな身内がいることを知られるわけにはいかないのだ。

近場の風呂屋の湯船に並んで浸かりながら、半二は以貫に、お末はどうしたんですか、ときいた。以貫の門人の娘、お末は子供の頃から穂積家に出入りしていて、やがては安章の嫁に、と、とうに定められていたはずだったのに、なぜに絹の縁戚の娘に替わってしまったのかが半二にはわからない。お末が嫁に来てくれるなら、半二としても丸め込みやすくて気が楽なのに、嫂が絹の縁戚とあっては、同居するにも気が詰まる。

ああ、お末か、お末な、以貫が汗を滴らせながら、訥々という。あの父娘には、言い含めて、あの話はなかったことにしてもらった。なんせ絹の里の本家からの縁談とあっては断れぬし、お末のことは、清右衛門殿との口約束、遊び半分の戯言にすぎぬのだから構わぬはずだ、と絹が譲らぬし。話してみたら、清右衛門殿も、近々、奈良の田舎に引っ込むつもりだったのだそうで、まあ、縁がなかったということなのだろう、と引き下がってくれた。清右衛門殿は、向こうで嫁御のご実家の醤油作りを手伝う腹づもりらしい。学問のみで身を立てるというのはやはり叶わなかったようだ。このご時世、わからんでもないわ。

以貫も近頃では、竹本座からすっぱり手を引き、そちらからの実入りがなくなったため、塾や著述の他に、貴重な蔵書を貸しだして凌いでいる。ゆえに、実感がこもっている。この先、安章に塾を継がせるにしても、家柄のしっかりした娘をもらうに越したことはない、以貫の本音はそこにあった。

「ところでお前、硯はどないした」

半二が黙っていると、

「まさか質にでも入れて流してしもたんや、ないやろな」

きらりと目を光らせる。

半二がにそりと笑う。そんなことができればよかったんだが、あの硯だけは、一文無しになろうとも、肌身離さず持っていた。半二は嘯く。

「流すも流さんも、あんな硯、質に入れたってどうせ二束三文や。近松門左衛門の硯や、いうたところで誰も信じてくれへん。確たる証拠もないしな」

以貫がむっと顔を曇らせる。

「阿呆かいな。あれを譲り受けた時、近くで見てたもんはようけいてたで。出雲かて、あの時、わしの隣にいてた。しかと見ておったわ。立派な証拠やないか」

「出雲って」

「千前軒。竹田出雲や。竹本座の」

「竹本座の座本の。あの出雲か。芦屋道満大内鑑の」

「そうや。わしが硯をいただいた時、千前軒のやつ、恨めしげに見ておったわ。ふん。天下の近松門左衛門先生から硯をいただいたんはわしだけなんやで。お前、なにか、書いてみたか、あの硯で」

「いや、まだや」

「そろそろ書いたらどないや」

ぶくぶくぶくと半二は湯に沈む。書いたらどないやといわれて書けるくらいならとっくに書いている。

浄瑠璃か。浄瑠璃な。

有隣軒が亡くなってからこっち、浄瑠璃どころではなかったし、芝居どころではなかった、とようやく半二は思い至った。生まれてこの方、浄瑠璃からこんなに長く遠ざかっていたことはない。それはそうだ。なにしろ食い逸れぬよう、雨露をしのげるよう、口八丁手八丁で立ち回るのに精一杯。うろついていた四条河原では喧嘩も売られたし、生意気だと殴られもした。難癖つけられ追いかけられ、怪しいやつだとしょっぴかれそうにもなった。這々の体で生きていたのだ。知り合いとみれば媚びへつらい、頼れる者がなくなれば荒れ寺で寝泊まりし、終いには物乞いまでした。思い返せば、いいことなんぞ一つもなかった。なんでそうまでして京に居続けたのだろう、と半二は考える。もちろん、何も成し遂げられぬまま、おめおめとこの家に戻りたくなかったからにはちがいないが、もう一つ、京にいたら、有隣軒とのあの暮らしがまた戻ってくるような気がしてならなかったのだ。京さえ離れなければ、有隣軒との別れが先延ばしになる、そんなふうにどこかで思っていたのではなかったか。つい一年ほど前までの、有隣軒との呑気な暮らしが半二には懐かしくてならなかった。あのままあそこで暮らしていたら、やがて浄瑠璃を書き、有隣軒にみてもらって、なんなら売り込んでもらって、四条の芝居小屋のどこかに作者として潜り込めたかもしれぬのに。

有隣軒、なんで死んだ。

なんでもっと長生きしてくれなんだ。

半二の悔しさは、寂しさと同居している。悲しさと裏腹だ。

あれも幻、これも幻。

この世のどこにもあの爺さんがいないと思うと半二はやりきれなかった。いったい有隣軒はどこへ消えてしまったのか。

湯に浸かり、しばし半二は放心する。ああ、もう少しだけ、あそこにいられたらよかったのに、と半二は嘆く。あの日々のなかで、なにか摑めそうな気がしていたのに。なにかがわかりかけていたのに。半二は息を吐く。あれらは皆、幻となってしまった。露と消えてしまった。この湯気と一緒だ。あるように見えて、なんにもない。

有隣軒の爺さん共々、半二のゆく道も中途で消えてしまったような心細さだった。

浄瑠璃か。

浄瑠璃な。

以貫が湯から出て、詞章（ししょう）をうなっている。よく聞き取れないが、なにやら気持ち良さそうに頭を揺すっている。

浄瑠璃か。浄瑠璃な。

半二はざぶりと湯をかぶりながら、道頓堀の賑わいを思い出していた。

幟（のぼり）がはためき、人々がさんざめき、うまそうな匂いが漂い、木戸番が声をかける。

半二が笑う。

そうか、浄瑠璃な。

浄瑠璃という、その言葉を口にのぼらせただけで、心がはずみ、途端に気が急（せ）いてくるのは、どうしたわけだろう。

浄瑠璃か。

浄瑠璃なら道頓堀よな。

半二がくつくつと笑う。

あー、阿呆やな。わし、阿呆や。

大坂へ戻ってきたんなら、まずはあそこやないか。真っ先にあそこへ行かな、あかんやないか。

道頓堀や、道頓堀。

髭を剃り、髪を整え、絹が用意した新しい着物に袖を通すと、半二はそのままふいと道頓堀へと繰り出した。そうして、それきり、戻らなかった。

絹はすでにそれを予感していたのだろうか、半二がいなくなってもいっさい騒ぎ立てはしなかった。あれはいてもいなくても同じこと。いや、この際、いない方が良いかもしれぬ。そこまではっきりいいはしないが、絹の態度を見ているかぎりそれは誰にも伝わる。絹は澄ました顔で安章の祝言に向けて、張り切りだした。

以貫は半二については是も非も語らず、誰かに訊かれても、さあな、どないしたかな、と我関せずを通していたが、内心はこれでいいと思っていた。あれはここにいたら死ぬ。だから唆したのだ。あいつはあそこへ行かねばならぬ。一刻も早く行かねばならぬ。花に水。水がなければ花は枯れる。あいつにとって、あそこが水なのだ。そういう者もこの世にはおそらくいるのだろう。ならば、行かせてやらねばならぬ。たっぷりと水を吸って、枯れずに済めばそれでよし。大きな花が咲けばなおのことよし。

それから五年ばかり、半二は、古い馴染みの、義太夫節の稽古屋を営む、染太爺さんのところに転がり込み、下男まがいのことをしつつ、義太夫節を習って暮らした。長らく有隣軒と暮らしていたから年寄りの扱いには慣れている。ええ加減に出てかんかい、と邪険にされることはあっても、追い出されはしなかった。

染太爺いは道頓堀近くで隠居暮らしをしていたから、出歩きついでに、あちらこちらの芝居小屋に首を突っ込んだり、半端仕事を引き受けたりして、どうにか食いつなぐ。

貧乏暮らしではあるものの、気ままにやれて、まずまず居心地はよかった。

だけどお前さん、あんな時代遅れの染太のところにいたってなんにもならないよ、なにを習ったところで役に立ちゃしないよ、と忠告する者もいるにはいたが、半二は意に介さなかった。半二はべつに太夫になりたいわけではない。なろうともしていない。道頓堀の芝居小屋まわりで息が吸えて、飯が食えて、寝ぐらがあればそれでよかった。京で味わった地獄に比べたら、道頓堀は極楽だった。芝居小屋で大道具を手伝ったり、人形の手入れに手を貸したり、余り物の弁当をもらったり、酒を奢ってもらったり。丸本を見せてもらったり、三味線を触らせてもらったり。

行き当たりばったりの暮らしだが、半二にはそれで満足なのである。これ以上いい暮らしがあろうか、とさえ思う。

そんな具合にあたりをぶらついているのは半二ばかりではない。似たような輩があちらこちらにいた。前から知ってる顔、新たに馴染んだ顔。二、三度、見かけりゃ、若い者同士、すぐに打ち解ける。次第にそんな奴らともつるむようになり、ろくでもないといえばろくでもないが、面白いといえばこのうえなく面白い毎日がつづいていった。よからぬ遊びもしたし、懐が暖かければちょいと仲間と遠出をしてみたりもした。なかには、芝居について語り合ったり、人形の仕掛けを考えたり、役者の真似事をしたり。なかには、器用なやつもいて、思いついたからくりを実際にこしらえて見せてくれたり、図面を描いてくれたりもする。

いつの間にやら半二が竹本座に出入りするようになっていたのも、ごく自然の成り行きだった。なにより、幼い頃からよく知っている一座だったし、その頃の半二をおぼえている者もまだいたし、染太爺いは竹本座に顔がきく。とはいうものの、すんなり迎え入れられたのは、おそらく半二の知らぬところで以貫の口添えがあったからだろう。

この頃、竹本座では、傑作が次から次へとかかっていた。豊竹座から歌舞伎の狂言作者を経て、竹本座に移ってきた並木千柳こと並木宗輔による、夏祭浪花鑑、菅原伝授手習鑑。

こんな凄まじいものを目の当たりにした日には、半二の昂奮も止まらない。辰巳上がりに、あそこがどう、ここがどう、と誰彼構わず、唾を飛ばして喋りまくる。今日のできはどう、昨日と比べてどう。客の入りはどう、客の反応はどう。あそこで笑った、あそこで泣いた。ここが足りない、あそこがうるさい。

その喋りを面白がられ、作者部屋にまで入れてもらえるようになった。おもに急ぎの直しをする時のためにある、煤けた小部屋だ。いつも人がいるとは限らないし、いればいたで狭くて邪魔になるとわかってはいるが、半二はしょっちゅう、顔をだす。誰かいればいたで、半二、半二と都合よく使われ、意見もきかれる。きかれれば、待ってましたと遠慮なく好き勝手に喋りまくる。作者連中が、次の演し物の相談をしている時でも、半二は追い出されなかった。ちょろりと口を出すこともあったし、調べ物を頼まれたり、時には仲裁をすることもあった。ここにいる連中は、すぐに喧嘩腰になるし、丁々発止とやりあいもする。

かと思えば、笑いながら、面白いように次々決まっていくこともあった。早口で進むやり取りに、半二は必死でついていく。日にちが迫ってきての大幅な書き直しなんてこともままあった。半二は間近でそれを見る。この部屋で起きる、すべてを見る。これまで見聞きしたことのない、浄瑠璃本の向こう側だ。

義経千本桜、仮名手本忠臣蔵。

またどういうわけか、この時期、たまげるような傑作が次から次へとここから生まれていくのだった。裏を知っているから、半二には尚更面白い。なるほど、あの時の、あの話がこうなったのか、あの思いつきがこうなったのか、千柳はこう書いたか、出雲はこう直したか。松洛はあそこをこう書き加えたか。なるほど、太夫はここを見せ場に持ってくか。こう語るわけか。人形遣いはここでこう動かすか、こう見せるか。

半二は口も忙しかったが、頭も忙しかった。目玉から入ったものを、頭で嚙み砕き、尚且つ、心で味わう。書きたいという欲が出てくる間もないほど体の隅々まで忙しくしていたのだった。

誰も書いてみろ、とは半二に言わなかった。半二の知恵を拝借しても、こいつが書けるとは誰も思っていない。話は面白いが、海の物とも山の物ともつかぬ半二に声はかからない。というくらい、この頃の竹本座の作者陣が充実していたということでもある。

人形遣いの親玉、吉田文三郎に、書いてみろ、といわれた時も半二はしばらくなんのことやらわからなかった。

舞台袖の暗がりで俄かに詰め寄ってきた文三郎が、やい、お前、なんぞ書いたらわしに持ってきてみ、と半二にいう。

「ええか、必ずわしに持ってくるんやで。他のもんにみせたらあきまへんで」

にじり寄る目が真剣だ。

半二は気づく。このおっさん、腹に一物あるな、千柳や出雲を出し抜く気やな。

半二より一回り小さい年寄りのくせに、この爺いには、不気味な迫力があった。長らく一人遣いだった人形を大きくし、三人で遣いだした張本人だと知れば、それも納得できる風貌だ。

おまけに、この爺い、人形に関する欲がどこまでいっても尽きないとみえ、いまだに仕掛けや衣裳を工夫しつづけている。欲は人形だけに止まらず、道具にも、太夫にも、時には出雲や千柳にも注文をつける。先達ても、ある太夫に滔々と不満を述べ、細々とややこしい注文をつけ、人前で面子を潰された太夫と罵り合いとなり、ついには出雲が割って入り、それでもこの爺い、頑として譲らぬものだから、仕方なく出雲がその太夫にしばし休みを取らせ、どうにか収拾をつけたのだったが、怒った太夫は即刻退座、どころか、何人か引き連れて豊竹座に移ってしまった。さすがの出雲も大慌て、代わりに豊竹座から何人かの太夫を引き抜いてきて事なきを得たのだったが、この騒動でなにより際立ったのは、この爺いの、頑固さ、というのか生来の図太さだった。はん、ただ、だまーっていわれるままに人形、遣うてるだけではおもろないわ、と平気で口にだす。人形浄瑠璃はな、もっとようなる、もっとようせなあかん、そのためにやな、ここ、使うんや、ここ。ちょんちょん、と頭をさす。芸に厳しい偏屈者で、人形遣いの名人として世間にその名を轟かせているが、竹本座のなかでは、切れ者としても名が通っていた。暗がりで文三郎の目を覗き込めば、不敵な色を浮かべている。やはりそうか。なにか思うところ、あってのことだな、と半二は思う。竹本座のうちにもいざこざはあるし、人形遣いには人形遣いの考えもある。座本とうまくやれている者ばかりではない。文三郎の腕は確かだし、絶大なる人気を誇ってはいるものの、座本からは、いくぶん煙たがられてもいたし、反面、文三郎は文三郎で、座本になにがしかの不満を始終持っていた。どことなく一国一城の主のような趣のある、癖の強い爺いなのである。

それにしてもなんでこんな下っ端の、わしみたいなもんに声をかけるんやろ。それが半二にはわからない。うっかり下手なことをして、座から追い出されてもかなわない。

半二が返事をしそこねていると、

「なあ半二、聞いたで。おまいさん、近松門左衛門の硯を持ってるんやてな」

文三郎がいう。

頷くと、文三郎がにやりとする。

「またえらいもん、持ってはるのやなあ。え。そんなら、書かな、あかんやろ。え。そのためにもろたんやろ。なにぐずぐずしてんのや」

文三郎の物言いはいつもきっぱりしている。

書けるか、と文三郎が問う。

半二がいう。書けます。まったく、この爺い、なに寝ぼけたこと、いうとんのじゃ、わしを誰や、思うとんのじゃ、わしは近松半二やで、近松門左衛門の後継なんやで、書けるに決まっとるやないか、と、これは、半二の心の裡のこと。

すらすらとそんなことを思った半二が、あの硯で墨をすりだしたのは、その日の夜半過ぎだった。

「まあ、見てみ」

硯に向かって半二がいう。

「わしは近松門左衛門の弟子なんやで。書くとなったら書いてまうで。出雲も千柳もびっくりや。さてさて、なにを書こうかな、と。やい、硯。早よ、目、覚まさんかい。いよいよ、おまえの出番やで。ちゃっちゃと、目、覚ませや、おい」

しかしまあ、すぐに傑作が書けたかといったらそんなことはなく、何日も寝ずに書いて持っていった紙の束は、文三郎に鼻で笑われ、こきおろされ、半二はしばらく立ち直れなかった。それでも懲りずに、半二はまた書く。いったん書きだしたら止まらない。書いては反故にし、散々反故にした挙句、ようやく書き終え、文三郎に持って行く。なんやこれは、とけなされ、反故にされる。そんなことを何遍も何遍も繰り返すうちに、時が流れた。

半二の書いたものが一座にかけられるのは、並木千柳が竹本座を離れたあとだった。

廻り舞台

「な！　こう、丸い盆を舞台の上に載せてやな、独楽みたいにくるっと廻したるやろ。んで、こっちの半分に次の場を仕込んどく。すると、ほれ。な！　場のつなぎが滅法ようなるというわけや」

地面に指で円を描きながら半二にそれを語ったのは、その頃まだ菓子屋で奉公していた、久太だった。なるほどな、と半二はうなずく。そんなことができれば、確かに、場面転換のたびに、大勢の裏方が一斉に動いて、がちゃがちゃ、がちゃがちゃ、大騒動せずにすむ。

「それにしたって、また、えらい大掛かりやな」

「そら、まあ、たしかにな」

「ここまで大掛かりやと、そう易うやれんやろ」

「それはそうやけど、んー、やれるもんなら、やってみたいと思うけどな」

独楽のように動く舞台か、そんなもん眼前でやられたら客は度肝を抜かれるな、と半二は思う。頭に思い描くだけで、半二もじゅうぶん度肝を抜かれる。もしやれたなら、そら、まちがいなく、やんやの喝采や。やれたらな。やれたらや。しかし、久太、やれるやれんはべつにして、お前、ようそんなけったいなこと、思いつけるな、と半二は感心する。うん、まあな、と久太がいう。なんでか知らんが、わしの頭ん中、いっつもそんなことでいっぱいになってしまうんや、羊羹や饅頭どころやないで、なんでやろ。

「なるほどな。頭ん中が大忙しなんやな。じつはな、わしもや」

「知ってる」

「知ってんのかいな」

「半二はあれやろ、浄瑠璃やろ」

「まあな、そうやな。おおむね浄瑠璃やな」

久太は半二より五つ年下。半二が京に行く前からの顔なじみだった。とはいえ、その頃の久太は、まだほんの洟垂れ小僧。久太、久太と呼んで可愛がってはいたものの、それには訳があった。この洟垂れ小僧、ただの洟垂れ小僧ではなく、道頓堀の芝居茶屋、和泉屋の倅なのである。こいつにくっついていれば楽に芝居小屋に潜り込めるとあって、半二は、まだ年端もいかぬ久太を半分騙して、芝居小屋に潜り込み、よく一緒に芝居を見物したものだった。

幼すぎて、訳が分からず、ぽかんとしている久太に、半二は、見終えたばかりの芝居をわかりやすく語って聞かす。時には身振り手振りをまじえ、役者さながらの語りっぷりだ。な、どや、わしらがみたのは、こういうお話やったというわけや。わかるか?

久太が、うん、と頷き、おもろいなあ、という。な、そやろ、おもろいやろ。もういっぺんみたないか、みたいよな。みよか、な、そうしよか、と半二が誘う。うん、みよか、と久太が頷く。ほんなら明日またくるわ、ええか、半二がいうと、うん、ほんなら明日また、と久太もいう。しめしめと半二は家に帰る。これで明日もまた芝居小屋に潜り込めるという寸法だった。

半二の語りで目覚めたのかどうか、久太は次第に歌舞伎やら人形浄瑠璃やらに現を抜かすようになっていったらしい。らしい、というのは半二はその頃にはすでに京においやられていたのでよく知らなかったのだが、どうやら半二のやり口を真似て、次々、久太に群がる輩が現れ、久太ときたら連日芝居小屋に入り浸りになっていたようなのだった。

さぞかし父親も心配したのだろう。これではいかん、と倅を知り合いの菓子屋へ奉公に出してしまった。ともかく一旦、芝居小屋界隈から遠ざけて、良からぬ仲間との縁を切らせようとしたわけだ。といって、目の届く近場の菓子屋にしか預けられないところが、和泉屋正兵衛の甘さ、半端さでもあって、久太はじきに、和泉屋に顔を出しては、芝居小屋をのぞいていくようになってしまった。ええんか、久太郎、高砂屋は。叱られへんのか、母親がきくと、ええんや、わしが届ける分の菓子はもうみんな届けてもうたし、と久太はいう。高砂屋は和泉屋に出入りする菓子屋なので、そうきつく叱ったりはしない、いや、できないと、とうに久太は気づいている。久太は勘もいいし、そもそも賢い男なのである。

京から戻り、道頓堀の住人となった半二に久太はよく懐いた。すっかり成長し、大人の佇まいになりつつあるというのに、久太は幼い頃のように、半二、半二とまとわりつき、芝居語りをねだる。ねだられれば半二も語らずにはいられない。大きななりになっても二人ともちっとも昔と変わらない。うまいなあ、さすがやなあ。半二の語りは極上や、極上の上上吉や。小屋でやってるどこの芝居より格段におもろいで、と調子よくおだてられ、そうか？ そんなにおもろいか？ と声が嗄れるまで喋りたおす。染太爺いのところに転がり込んで義太夫節を習いだしてもいたので、半二の我流の語りにもいっそう磨きがかかっている。

久太とつるんでいるとうまいものにありつけるのもありがたかった。菓子屋で奉公している丁稚のくせに、母親から小遣いをせしめては気前よく半二に奢ってくれるのである。ま、これはあれやな、語り賃やな、と遠慮せず、ろくに礼もいわず奢ってもらう。

半二にしてみれば、久太はいつまで経っても、可愛い弟分のようなものなので施される立場だろうとなんだろうと卑屈にはならないし、ゆえに悪びれない。銭なんてものはな、あるもんが払えばええんや、水の流れとおんなしや、高いところから低いところへ流れるもんと決まってるんや。そう嘯いて兄貴風をふかせていたのだったが、半二が久太を侮っていたと気づいたのは、大西の芝居で久太が歌舞伎の狂言作者を務めたと知った時だった。

おい、知ってるか、大西でやってる鍛冶屋娘手追噂。あれを書いた泉屋正三っていうのは、和泉屋の久太のことらしいで。

エエッ、と半二は驚く。

んな阿呆な。んなわけないやろ、あいつは高砂屋で丁稚奉公してんのやで。歳だって、まだ十八とか九とか、そんなもんやで。

そんなもんでもどんなもんでも書いたんは書いたんや。この界隈、その噂で持ちきりやで。菓子屋はもうとうの昔にやめてるらしいな。和泉屋に戻ってきてるんとちがうか。和泉屋の旦那、そらもう鼻高々や。

半二の驚きたるや如何許りであったか。久太がずいぶん前に、出羽芝居の手妻からくりで水船の仕掛けを工夫して皆をあっと言わせた時も、半二は驚かなかった。そういうことをしそうな気配はとうから察していたし、その手の思いつきならすでにいくつも半二に語っている。簡易なからくり仕掛けから突飛な大仕掛けまで、そう、あの独楽のように廻る舞台とやらも、しかり。

しかしながら、作者となれば話はべつだった。なにかを書くとか、書いているとか、半二は久太から、そういう話をいっさい聞いたことがない。どうしていきなりそんなことができたのか、半二にはさっぱりわからない。なんで久太やねん。書くのはわしやなかったんかい。近松門左衛門の硯を持ってんのは、このわしなんやで。

そういえば、ここんとこ、あいつの顔を見てなかったな、と半二は思う。竹本座に出入りするようになってからというもの、大半を座のうちで過ごしてしまうので、道端でばったり久太に会うことがなくなってしまったのである。

やられたなあ、と半二は嘆息する。あいつ、そんな気でおったんかい。歌舞伎かあ。

歌舞伎なあ。

浄瑠璃を書いたわけではないので、多少、気持ちを慰められもするが、出し抜かれたという思いにかられるのはどうしようもない。しかし底知れんやっちゃな、あいつは。まったく油断ならんで。

おまけに正三てなんや、正三て。

道頓堀で久太をひっつかまえて、詰問した。おい、なんでお前、黙ってたんや。

久太はいつものようにのらのらとして、なんもかも、成り行きみたいなもんですわ、と笑っている。お得意さんに菓子を届けにいく合間にちょこっと小屋の脇で一服して、一座の人らに、ここをああしたらええんちゃいますか、こういうのんより、もっとこう世話やら噂やらに傾いたほうが受けるんちゃいますか、なんて知った顔でほざいておったら、裏できいておったらしい喜代十郎さんに、ほんならお前が書け、書けもせんくせにぐだぐだ抜かすな、って、えらい剣幕で怒鳴られてしもてな。喜代十郎さん、虫の居所が悪かったんか、そらもう糞滓や。あの人、声がまた、でかいしな。半二の声もでかいが、あの人はなんといっても役者やから、肚から声出さはるねん。なにごとや、と、みんな寄ってくるし。笑われるし。恥ずかしいやら悔しいやらで、よし、ほんなら書いたる、と一念発起して、噂に聞いたばかりの鍛冶屋の娘の話を、なんとのう、筋立てふうにして、どや、と書いて持ってったったんや。ま、ああなると、こっちも意地やわな。そしたら、喜代十郎さん、どこがどう気に入ったんか、ふーん、せっかくやし、これやってみよか、っていわはって。どないもならんとこはバッサリ切って、うまいこと繋いだったら、それなり、かっこつくんとちゃうか、って。ま、そんでもいくらかもらえるみたいやし、作者ともなれば小屋にもいかんならんやろうし、そんならそんでちょうどいい、高砂屋をやめる言い訳もたつ。それでまあ、やりましょか、と相成って。菓子屋をやめて泉屋正三と名乗って家に戻ってきたというわけや。さすがに和泉屋の名をそのまま出すのは具合が悪いかもしれへんよって、とりあえず和の字を省いて、泉屋。この歳になっていつまでも久太郎ってのもなんやから、この際、元服名ってわけでもないが、正三とでも名乗ろかと思て。せやかて、一にしたら、二の上へいってしまうやろ、いやいや、いくらなんでも半二の上へいくわけにはいかんやないか。で、三の字。ほんまは半三にでもしよか、と思うてたんやけど、あんまり近すぎてもあれやしな、そんで、おんなし五画の正の字にして、しょうざ。しょうぞうはあかん。間が悪い。間が抜ける。はんじ、しょうざ。な、どっちもええやろ。ぴしっとして、なにしろ呼びやすい。なんでも間が大事や。

「なにが正三や。なにが間や。なんでそうつらつらと気前よう事が運んでいくんや。え！　そりゃどういうこっちゃ」

　このときの半二はまだ、ただの一文も書いてはいない。竹本座の作者部屋に嬉々として出入りしているだけの、まさに半人前のならず者。弟分に抜け駆けされては気持ちがざらつく。

それを久太、いや、正三にありのままぶつけると、まあまあ、半二、それはそれ、これはこれやないか、と正三は軽くいなす。書くは書くでも、歌舞伎狂言と浄瑠璃では大きくちごうてるて、そのくらい半二かてわかってるやろ。

すでにひとつ事を成したあとだけに、正三の受け答えには余裕がある。いつのまにやら、どっちが兄貴分だか弟分だかわからなくなっている。

な、そやろ、半二かてよういうてたやろ、人形浄瑠璃と歌舞伎は似ているようでまったくべつものなんや、て。まっこと、その通りやったで。なんといっても、こっちは生身の役者が相手やしな、そいつらがまあ、どいつもこいつもいちいちあでもない、こうでもないと、次から次へ、うるそうて、かなわんのや。ここらで見得をきりたい、こんなふうな言い回しにしとくれ、もっと見せ場を拵え(こしら)ろ、チャリの場が足りん、こっちがなめられてんのかもわからんけども、まあ、己の腕も顧みず、いいたい放題や。腕のないやつにかぎっていいたい放題な気ぃもするわな。せやけど、それいうたったらおしまいやしな、はいはいと承って、うまいこと、ちゃっちゃと直してまとめる、つまり、歌舞伎芝居の作者いうのんは、そこんとこの腕が試されるというわけや。練り上げた詞(し)章(しょう)をきかす浄瑠璃作者とはまるきりちごてる。

ふうん、そないなもんか、と幾分、気持ちの収まりも良くなって、半二はきく。

「で、久太、やのうて正三、この先、お前、どないするんや。歌舞伎芝居でやっていくんか、それとも和泉屋で茶屋をやっていくんか」

「さて、そこや。戻ってきたはええけどもや、うっとこの親父殿、隠居するにはまだまだ早いし、どうやら、本人、その気もなさそやしな。弟も妹もいてるし、この先、和泉屋を誰が継ぐとも決まってない。うっとこの親父、入聟でな、わし、じつは親父の連れ子で、いろいろややこしいねん。かといって、喜代十郎さんとこの芝居ってのも、なんやもう一つやし。ま、そのあたりは、口にせんでも、なんとのう、わかってくれるやろ。といって、まさか菓子屋になんぞ戻りたないし、どないしよ、思うてたら、うまいこと豊三郎さんに声かけてもろてなあ。なんや、座本にならはるそうで。豊三郎さんが」

「なんやて。豊三郎やて。坂東豊三郎か。噂には聞いてるで。あれやろ、再来月の、いや、その次の月になるんか、角の芝居の顔見世やろ」

「いわれてんのか、坂東豊三郎に。で、どないすんのや」

「やってみいひんかて」

「やってみようかと」

「まあ、そら、そやわな。断る理屈がない」

水をあけられた格好の半二だが、次第に正三が頼もしく思えてきた。中村喜代十郎と組んだかと思ったら、次は坂東豊三郎か。いきなりそんなところから声がかかるもんなんか。いやはや、あのちっこい洟垂れ小僧が、やけに大きゅうなったもんやで、となにやら本物の兄のように嬉しく思いもするし、やればやれるもんなんやなあ、と感心もする。洟垂れ小僧の時分から知っている正三が、いったいこの先、どういう芝居を拵えていくのか楽しみでもある。

「そうかあ、久太は歌舞伎芝居の作者かあ。あ、もう久太やなかったな、正三か、正三。正三、お前、えらい出世やな。坂東豊三郎座やで。角の大芝居やで」

「半二はどないすんのや」

「わしか」

「なんやったら、一緒に、豊三郎座でやらへんか。口きくで」

「歌舞伎か」

「そや。まあな、作者いうたかて、どうせ豊三郎さんのいいなりやろとは思うけど、竹本座でくすぶってるよりはええんとちがうか」

「誰がくすぶってるて」

「ちがうんか」

「お前、なにをぬかしてくれる。わしはちぃっともくすぶってへんで。わしがおるとこをどこや思うてんねん。間近におるのは千柳に松洛やで。千柳に、松洛！　菓子の名前やあらへんで。竹本座を背負って立つ、並木千柳、それから三好松洛や。あの人らとおって、なんでくすぶってられんねん。おのれは菓子屋でじめじめくすぶっとったんかもしれへんけどな、わしは忙しゅうて、忙しゅうて、くすぶるどころやないわ。まったく冗談やないで。お前、今かかってるのん、みたんか、仮名手本忠臣蔵。千柳の。まだみてへんのやったら、はよ、みにこんかい。連日大入りやで。当ったり前や。ありゃ、とんでもない代物やで。ほんま、ひっくりかえるで。あれみたら、お前も、歌舞伎とかのんきにいうてられへんようになるかもしれへんな。人形浄瑠璃の凄まじさを思い知って」

ひゃっひゃっひゃっと半二が笑い声をあげる。竹本座での毎日や、この夏の新しい演目、仮名手本忠臣蔵を思い出すだけで、嬉しさが蘇るのだ。楽しそやな、と正三がいう。そら、お前、楽しいわ、楽しいに決まってるやないか、と半二がこたえる。なあ、久太、やのうて正三、並木千柳はほんま、すごいで。誰がすごいて、まずはあのお人や。あのお人がうちとこの芝居の軸を作ってる。あのお人の様子をみとるだけで、浄瑠璃作者のなんたるかがだんだんにわかってきた気ぃするのや。

「並木千柳かあ」

「そうや、並木千柳や。太い。あの人の書くもんは太い」

後日、正三が竹本座に仮名手本忠臣蔵をみにきたかどうか。

おそらく、みにきたにはちがいないが、裏にまわって声をかけていかなかったので半二は会えなかった。

正三が仮名手本忠臣蔵をみたのなら、半二としては、あれこれ語り合いたいのはやまやまだったが、ちょうどそのころ竹本座の中がごたついていたし、そうそう客の顔ばかりを気にしていられない。といって、わざわざ和泉屋に訪ねていくほどでもなく、機を逸してしまった。

坂東豊三郎座の旗揚げ、正三の芝居はみにいった。

冬籠妻乞軍。

どうもぱっとしなかったが、坂東豊三郎本人が豊田一東という名で作者に連なっていたし、二役を兼ねた大きな役どころを嬉々として演じるその姿をみれば、おそらく豊三郎の意向が大いに反映された演目だったと容易にわかる。

まあ、そういうもんやろな、と半二は諦め半分に思う。歌舞伎は所詮、役者のもんや。そこがもうひとつ、歌舞伎になじめんところや。と残念なような、どことなく安心したような。さぞかし正三もここで苦心してんのやろな、と慮る。客足も顔見世にしては鈍かったし、空きもぽつぽつ目立っていたし、これは早々に打ち切られるのではないかと思われた。致し方あるまい。ここはそういう世界なんや。厳しい世界や。

その日、裏に回って声をかけたが正三はいなかった。またしても機を逸してしまった。ところがそれからひと月ほどして、二の替わりにかかった芝居をみて半二は目を剝いた。

秋口に世間を騒がせた、北の新地の遊女、かしくの兄殺しが狂言の中にすっぽりはめ込まれていたのである。しかも、なんと、大胆にも時代を変えず、名前も変えず、噂で聞こえていたそのままに、役者が殺しの場面を演じている。

あいつ、やりやがったな。

この狂言の作者は正三だけではなかったが、この趣向、かしく兄殺しの場を思いついたのが誰なのか、たしかめなくとも半二にはすぐにわかった。

正三や。正三にちがいない。

ようもやったな、正三。

門左衛門の頃ならいざ知らず、心中物脚色禁止令や、その後も度々言い渡されている、時の雑説、人の噂、流行り候事の興行禁止令等々に鑑みれば、まかり間違えばお上のお咎めだってあるだろうに、思いついたら、無頓着にやってしまうのが正三なのである。もっと世話物に寄せたい、噂に傾けたい。つねづねそう語っていた正三だけに、禁令に触れるとわかっていても、一度は大胆なことをやってみたかったのだろう。

生身の役者が演ずるゆえの生々しさが評判を呼び、この演目は大当たりとなった。引きも切らず客が押し寄せ、すし詰めの客が息を詰めて殺しの場をみる。そうして口々にいう。ああ、それでかしくはきょうだいを殺したんかい。そんなふうに肉親を手にかけたんかい。かしくもあれでかわいそうなおなごやないか。こうしてみると、兄の方にも非はあるで。そうでなけりゃ、あんな恐ろしい所業、できひんわ。芝居の話なのか、そうでないのか、わからなくなっている。いや、むしろ、わからなくしようとしているようにも思われた。夢か現か、その端境を客がみるまに崩していく。かしくは哀れよのう。ほんまに哀れや。ああなる前にどないかならへんかったもんかなあ。ほんまやなあ。どないかしてやれたらよかったのになあ。そのかしくがどのかしくか、もう誰にもわからない。かしく、かしく、その名だけが人の口から人の口へと伝わっていく。

月が替わっても客足は衰えず、坂東豊三郎座はとうぶん、この演目をつづけていきそうな勢いだった。

正三の懐具合も良くなったのか、半二を訪ねてきて、飯だの酒だの奢ってくれる。ついでに染太爺いに土産まで持ってきてくれるものだから、染太爺いも大喜びだ。

「大当たり狂言の作者ともなればえらい太っ腹やな」

しかし染太爺いにからかわれても正三は、まあな、とつれない返事しかしない。

このとき、正三はまだ二十歳。

うまくゆきすぎた若者ゆえの憂いが垣間見えた。

「このままでええんやろか、って思うねん」

そんなことをぽつりといってみたりする。

けれども半二にはその憂いの出どころがよくわからない。先に行きすぎていて、半二には正三の後ろ姿しか見えないのだ。

「お客てぇもんは、こういうのんを待ってたんのやで、おっさんら、なんでそれがわからへんのや、もたもたしてたらあかんで、とまあ、ここぞとばかりに勇んで、かしくの兄殺しを強引に芝居に挿れ込んだったわけやが、やってみたら、ほんまにその通りやった。客は大喜びや。あんまりにもその通りやったんでなんや力が抜けたわ」

「しかし、ようやったな。お咎めはなしか」

「なしや。今んとこな」

「豊三郎座もこの大入りで一息つけたみたいやな。それもこれもお前の手柄や。恋淵（こいのふち）衂紋染（ちしおのしぼりぞめ）が大入りになったんは兄殺しの場のおかげとみて、まちがいない」

「かもしれへんが、あんなもんならいっくらでもやれるで。半二かて、内心そう思ってるんやろ。あんなん、なんの工夫もない。ただ人の噂で聞いたまんま、すらすらっとやらせてみたまでや。お茶の子や。殺しの場なんか、狂言のうちにどないにでも挿れられるしな。でもなあ、やってみてようわかった。あれではあかん。手ごたえがない。物足りひん。ああいうのんならああいうのんで、もっとうまいやり方せんと」

「まあ、そやろな」

「やっぱりそう思うか。半二にはお見通しやな。わしは、まだまだ力不足や」

「そうか」

「そうや。芯がない」

「芯」

「そや。芯や。ほんまにあった話でも、板にのせるとなったら芯がいる。千柳の仮名手本忠臣蔵にはあったやろ、芯が」

「あったな、ぶっとい芯が」

「そこや。人の噂で聞いたまんまを、お茶の子でやっても芯がない」

「なるほどな」

「わしもいっぺん、性根据えて、ちゃんと浄瑠璃書いてみな、あかんのかな。そうせな、わからんことが、あんのかな」

「あるかもわからんな。じつはな、わし、今、書いてんのや」

半二がいう。

「文三郎師匠がな、書いて持ってきてみ、ていうてくれはったんで、近頃、見よう見まねで書いてみてるんや」

「ふうん、そうか。そらよかったな。ま、半二ならすぐに書けるやろ」

「ところがそうはうまいことといかへんのやな。思うようにはなかなか書けへん。頭んなかにあるもんが、字にならへんのや。あかんなあ。書いても書いても反故にされるばっかりや」

「そないにむつかしいんか、浄瑠璃は」

「むつかしいな」

正三にきかれるまま、浄瑠璃のあれこれをしゃべったまでは良かったが、まさかそれから一年と少しして、正三が千柳に弟子入りするとはついぞ思わなかった。

まったくこの正三という男、思い立ったら躊躇もないし頓着もない。目が離せない。

春、四ヶ月近くつづいた恋淵鈫絞染の上演が終わると、時を同じくして、兄を殺したかしくは大坂中を引き回しにされたうえ、千日寺にて獄門となった。

さんざん、かしくの噂をして、かしくの芝居を楽しんだ客たちは、まるでそれが芝居のつづきでもあるかのように、かしくの引き回しやら、獄門やらを見物し、噂し、涙した。おい、知ってるか、かしくは獄門にされる前に、お役人に油揚げを所望したらしいで。ほう、そうなんか。そや、あんな、かしくは油揚げを食べたかったんちゃうで、かしくはな、油揚げから絞った油を最後の最後に髪にこすりつけて、身だしなみを整えたかったんや。獄門に晒されたとき、少しでも綺麗なとこ、見てもらいたかったんやろな。せめて髪だけでもきちんとせな、って。なあ、なんや、いじらしいおなごやないか。そないなおなごが市中引き回しにされたうえ獄門やて。かわいそうになあ。ほんまやなあ。南無阿弥陀、南無阿弥陀。成仏せえよ、かしく。南無阿弥陀、南無阿弥陀。

恋淵𡸴絞染という演目がなければ、これほどまでに罪人のかしくに人々が気持ちを寄せることはなかっただろう。かしくの名がここまで人々の口にのぼることもなかっただろう。兄を殺した名もなき遊女が一人、獄門になったところで、ああ秋口にそんな物騒なおなごもおったなあ、で終わりになっていたはずなのだ。半二はその騒ぎを眺めながら思う。客というのはしたたかなもんやなあ。なんでもかんでも己の楽しみにしてしまう。ちゃっちゃと芝居にした正三もしたたかだったが、ひょっとしたら、客の方がもっとしたたかなのかもしれん。

だが、正三よりも客よりも、もっとしたたかだったのは竹本座と人気を二分する操浄瑠璃の一座、豊竹座の連中だった。かしく獄門から十日もせぬうちに、かしくの兄殺しとはなんの関係もない、ついこの前起きたばかりの心中やら刃傷沙汰やらを一緒くたにして八重霞浪花浜荻という新たな演目を拵えてしまったのである。八重霞の八重というのはかしくの本名。大胆にもそれにかけてあるのだから、お上への遠慮なんぞあったものではない。それどころか、むしろ挑みかけているようなやりくちである。

客はふたたび、かしくに熱狂する。獄門で虚しく終わったはずのかしくは、すぐさま人形浄瑠璃の人形となって艶やかに蘇った。人々は豊竹座へ、我先にと競い合うように詰めかける。実が虚となり、虚が実となり、実となってまた虚へと裏返る。めくるめくようにかしくは変化し、そこにまた人々は面白さを見出す。大入りつづきの大盛況。

煽(あお)りを食ったのは竹本座で、客を豊竹座に取られてどうにもこうにも不入りがつづいた。不入りがつづけば実入りも減る。座のうちはごたつく。些細(ささい)なことで揉めごとが起きる。目の前に大入りになっている小屋があれば尚更である。うっとこも、ああいう世話物をかけたらどないや。今日びは、何をかけたかてお上のお咎めはなさそやで。心中でも殺しでも、なんでもええがな。なんかないんか、ちょうどええ心中話は。ちょうどええ殺しは。そんな声がひそひそ囁かれるようになる。けれどもそのとき千柳が中心となって拵えたのは、双蝶々曲輪日記(ふたつちょうちょうくるわにっき)なのだった。半二が生まれたころに活躍していた力士の話なので、これもまあ世話物といえばいえなくもないのだが、なんせ、かなり古びた世話物であるからして、豊竹座の八重霞浪花浜荻が目指したところとはずいぶん異なっている。となれば客の数では到底太刀(たち)打ちできない。芯があっても客は入らぬ。このあたりから、千柳と竹本座の間がぎこちなくなり、ついに翌年の暮れ、千柳は竹本座を去っていったのだった。

千柳は古巣の豊竹座へ戻り、名も一新、元の並木宗輔に戻った。当たりがつづいた豊竹座には千柳を抱えるだけの蓄えがあったのである。そうして、その機に乗じて千柳に弟子入りしたのが、あの正三。そう、正三は並木宗輔の弟子となり、並木正三と名乗って、うまいこと、共に豊竹座のお抱えになってしまったのであった。

なんやと！

噂に聞いて半二は仰天する。

豊竹座やと！　並木正三やと！

竹本座の宝、並木千柳が退座するだけでも泣けてくるのに、行き先が豊竹座と聞いてまた泣けて、そのうえ、正三までもが豊竹座のお抱えになるとあっては正気でいられない。正三を捕まえに道頓堀を走り回り、見つけたところで詰問した。

やい、正三、なんでお前、いきなり浄瑠璃や！　歌舞伎作者として次から次へ、うまいこといってたやないか！　なにも一から出直すことないやないか！

まあな、まあな、そらまあ、そうなんやがな、と正三がやんわりこたえる。人目もあるしと路地裏に半二をひっぱっていく。ずるずると引きずられていく半二。井戸端の庇の下に二人で立つ。

すぐそこを歩いていく物売りの声が聞こえている。

やかましいわ、と半二が一喝、舌打ちする。

正三が苦笑いを浮かべた。

「あいかわらず、半二の声はでかいなあ。浅蜊売りが、こわがってるやないか」

「ああ、もう、そんなこた、どうでもええ。やい、正三！　なんでお前が並木を名乗る！　なんで並木正三になった！　まったく図々しいにもほどがあるわ」

「え、なんでや。それいうたら半二かて、近松とか勝手にいうてるやないか」

「阿呆。わしはちゃあんと証拠の硯を持ってる」

「硯な」

「硯や」

「あのなあ、わしは硯やのうて、じきじきに、千柳に弟子として認めてもろたんや。弟子なら、並木を名乗るのは当たり前やろ」

「弟子て。千柳の弟子て。そもそもそっからしておかしいやないか。なんでお前が千柳の弟子にならな、あかんのや。わけがわからん」

「せやけど、半二かて、前々から、いうてたやろ、千柳、千柳て。なあ、半二、そない、いうてたよな」

　不承不承、半二はこたえる。

「いうてたな」

　正三がにんまりする。

「そやろ。ほんま、さすがに半二や、たしかにその通りやったで。どっからどう見ても、ここら界隈で、千柳が頭抜けておったわ。わしなあ、恋淵紗絞染からこっち、どうもあれではあかん気ぃして、どうしたもんかと、歌舞伎をやりつつ、ずうっと、まじめに考えとったんや。考えて考えて、いろんなもん見たり、人にも聞いてみたりしてな、なにがあかんのやろ、ってずうっとずうっと考えつづけとったんや。そらな、人からみたら、わしは順調や。次から次に声かけてもろて、いろいろやらせてもろて、そんでもうじゅうぶんやないかて、人はそない思うわな。そら、たしかにそうや。また、やればやったで、なんでか、わし、やることなすこと、まあまあうまいことといってしまうしな。けど、それではあかんのや。なんか足りひんのや。そのうちに、だんだん、わしも、いっぺん、半二みたいに、誰かの教えを乞うて、きちんと修業せなあかんのやないか、て思えてきてな。となれば、千柳や。並木千柳。あの人しかおらん。そやけど、千柳は竹本座、竹本座には半二がおる。のこのこわしが入ってってええもんか、どうか。半二はあかんとはいわへんやろけど、なんや、半二の居場所を荒らすようで、気ぃ進まへんしなあ。さて、どないしよ、と頭悩ましてたわけや。そしたら、まあ、なんと、うまい具合に、並木千柳が竹本座抜けて豊竹座に移る、いうやないか。こら渡りに船や。すわ、と馳せ参じ、拝み倒して、弟子にしてもろたという寸法や。せやから、これから、わしも、書くで、浄瑠璃」

半二はもはや、いい返す言葉もない。

末恐ろしいやつが乗り込んできた、と思うばかりだ。

半二はこの時、まだ、吉田文三郎に反故にされつづけている。だいぶましにはなってきているものの、書いても書いても、いったい、いつ作者として認めてもらえるのかわかったものではない。といって半二は、それはそれで致し方なし、とも思っていた。力のないもんが、作者として書かせてもらえるほど甘い世界やない。力はつけるものではなく、自然とつくものや、と、それこそ甘い考えの半二なのである。

とはいえ、正三がこちらへ乗り込んできたとあっては、そうのんびり構えてもいられない。まごまごしていたら、いつまた先を越されるやもしれぬ。歌舞伎と浄瑠璃では畑が違うという言い訳も、これから先はできなくなる。

半二の尻に火がついた。

浄瑠璃だけは正三に先を越されたくない。

半二は書く。せっせと書く。

千柳がいなくなった今、竹本座の作者陣は手薄になっている。ここで気張れば、いよいよ半二の書いたものが、演目としてかけてもらえるかもしれぬ。

その暁には、なんなら千柳にも、いちど、しっかり観てもらいたかった。吉田文三郎に声をかけられ、その成り行きで文三郎の教えを乞うてはいたが、本心をいえば千柳にだって、みてもらいたい半二なのだった。下っ端だからと、あっちゃこっちゃに遠慮して、千柳には、書いていることさえ伝えきれていなかった。いまさら詮無いことではあるけれども、それが残念で仕方がない。とはいえ、竹本座で半二の書いたものがかかる日がくれば、千柳だってみてくれるだろう。知らぬ仲ではない。頼んでも、みてもらおう。

それを励みに一年近く、ようやく目処が立ちつつあった矢先。

なんの前触れもなく、千柳が逝った。

だいぶ体が弱っていたらしいが、半二はそれを知らなかった。

半二の書いた演目が、ついに竹本座にかかったのは、それからちょうど、ひと月後。

役行者大峯桜。

まにあわんかったな、と半二は独りつぶやく。千柳の言葉を、なにか一つでも二つでもききたかったのに。みてもらうことができひんかった。

代わりに正三が慰めてくれた。

「おもろいで、半二。これは、おもろい。じつに半二らしい浄瑠璃や」

「そうか」

「これみてたら昔のこと、ようけ思い出したわ」

「なにをや」

「わしがまだちっさかった頃、半二、いっつもわしに、今みた芝居はこうやった、ああやったと、語って聞かせてくれてたやろ」

「そんなことも、あったな」

「あんとき、半二、わしを餓鬼やとみくびって、好き勝手に話を作り変えておったよな」

「や、知ってたんか」

「当たり前や。芝居に出てこん人まで出てきたら、いっくら餓鬼でも、そらわかる」

「たしかにな」

　半二が笑うと正三も笑った。

「そんでも、半二、わしは、いっぺんだってケチつけへんかったで。いーっつも、しずかーにきいてたで。なんでかわかるか。今みた芝居より、そっちの方がおもろかったからや。半二の浄瑠璃にはあんときとおんなし匂いがする。法螺の吹き具合があんときのまんまや」

　といわれても半二にはよくわからない。首をひねっていると、正三がつづけた。

「なあ、半二がしゃべりだすと、みんな、集まってきてたやろ。いつのまにやら、わしらの周り、ぎょうさん人が、いてたやろ。おぼえてないか。あれはな、半二。半二の話がおもろかったからなんやで」

「へえ、そうなんか。それは気づかんかったな」

「そやろな。半二は夢中でしゃべっとったもんな。腹空かして、ぶったおれてもしゃべっとったもんな」

「そんなこともあったなあ」

　役行者大峯桜は、反故にされてもかまわないから、と半二が覚悟して、というか、半ばやけくそで、もうどうにでもなれ、とこれまでで最も好き勝手に書いたものだった。

そのあと、ゆっくり手を入れていったのだが、いわれてみたら、あれを書いている間、たしかに、夢中でしゃべっていたときと、そうかわらぬことをしていたような気もする。ぶつぶつと絶えず独り語りをしながら筆を動かしておったしな、染太爺いが静かにせんかとよう怒鳴ってたしな。夜半に癇癪を起こした爺いに、ええ加減にせえ、といきなり殴られたことさえあった。それでも、ああいう書き方しかできひんかったんは、つまり、あれがわしのやり方やからや。ふうん、そういうことかいな。それでええ、ちゅうことかいな。だとしたら、あれや。ひょっとして、わしは、浄瑠璃書きにあんがい向いてるんかもしれへんで、と、そんな気さえ、してくる半二。

役行者大峯桜は、大入りとまではいえないものの、まずまずの、半二の面目が立つほどの客の入りにはなってくれて、おまけに翌月には早速、京で歌舞伎になった。これは半二の腕が認められたといっていい証拠。途端に半二の鼻が高くなる。

その鼻がへし折られたのは師走になって豊竹座で千柳の遺作、一谷嫩軍記がかかった時だった。三段目まで千柳が書いたというそれは、並木千柳、この時には並木宗輔の名にはなっていたのだけれども、この稀代の浄瑠璃作者が駆けのぼった山がどれほど高かったかを世間にいやというほど知らしめるものだった。誰もが圧倒される、堂々たる時代物。遺筆であるという三段目、熊谷陣屋の段で半二は泣いた。こんなところにまでたどり着いて、千柳は逝ったんか、と思ったら泣けて泣けてしようがなかった。こらえようとしてもじんわり目尻に涙が滲んでくる。隠すようにして拭き、拭いてはまた滲む涙を拭き直す。ほんまに人の世は無常なもんやなあ。熊谷次郎直実の無常と、千柳を喪った無常とがごちゃ混ぜになって半二の胸に迫ってくる。半二の心が掻きむしられる。もうしまいか。これでもう、しまいなんか。千柳の新しい浄瑠璃はもうみられへんのんか。死んだらしまいか。

　それにつけても、極上の浄瑠璃だった。

うう、うう、と呻き声をあげながら、半二はそれをみていたそうだ。これこそほんまの浄瑠璃や。これに比べたら、わしの書いた役行者大峯桜なんて、あんなもん、子供騙しや。浄瑠璃というのも恥ずかしい代物や。役行者大峯桜はいずれまたきちんと書こう、書かねばならぬ、と半二は心に決める。もっともっと腕を上げて、なんらかの力を手に入れて、そのあとで、もういっぺんきっちり挑んだる。

　そんな思いは、やがて、二十年の時をかけて結実する。

妹背山婦女庭訓。

　正三は並木千柳こと並木宗輔死去後、しばらくして、豊竹座を去った。まあなあ、お師匠はんがいてもうたのに、いつまでも居残っててもなんやしな。いちおう、座本からは引き留めてもろたんやけど、どうもやっぱり、わしの性分は、人形浄瑠璃とはちがうんやないかと思えてきてな。この際、もういっぺん歌舞伎に戻ろか、思うてる。

　ふうん、そうか。歌舞伎か。浄瑠璃にきたと思ったら、また歌舞伎の場に戻んのか。なんや、あれやな、あん時いうてた、廻り舞台のうえに乗ってるみたいやな。

あ、そやな、廻り舞台やな。って、半二、わしの話、おぼえててくれたんか。うれしいなあ。わしの益体もない思いつきを、まともに聞いてくれるんは、昔っから半二くらいや。そうや、わしの乗ってるこの世界の盆をぐるっと廻して、パッとまた場を変えたるんや。次の場の始まり、始まり〜ってな。しかし、ほんま、芝居小屋の舞台の上に盆、置いて、ぐるっと廻したりたいなあ。そういうのんを含めて、客を惑わす、新しい歌舞伎の演目を拵えたりたいんやけどなあ。

お前なら、やるやろ。

え、そうか、やるか。やれるか。うん、そやな、半二がいうんや、やれるかもしれへんな。

それから七年後、正三は、角座でそれをやってのけた。

三十石艠始。

その大切の場。

中門外に高札が建つ、金襖の御殿の舞台。

白梅が盛りの一面雪化粧の中で、ここぞとばかりに見得を切る、役者三人を乗せたまま、舞台の盆がゆっくりと廻りだした。

淀の城の景色が見えてくる。雪が降りだし、水車廻りがあらわれる。舞台両脇には三十石船が二十ばかり繋がれている。

その真ん中に天道船。船内ではすでに役者の立ち回りが始まっている。取り巻き連中の侍らが大勢、弓張り提灯を持ってそれを囲んでいる。

先ほどまでとは打って変わった別世界に知らぬ間に引き込まれた客らが息を呑んで静まり返った。それから、矢庭に、小屋が割れんばかりのやんやの喝采と騒ぎが沸き起こる。おいおい、なんや、あれは！　こらまた、どういうこっちゃ！　またえらいもん、みしてもろたで！　舞台が廻ったで！　舞台ごと廻ったで！　びっくりしたなあ！　寿命が延びるで！　いや縮むで！　賞賛の声、驚きの声、笑い声、おひねりが飛び、手ぬぐいが飛び、いつまでも続く客らの騒ぎに芝居がいっとき中断するほどになってしまったのだったが、半二は別段、驚かなかった。そんな声や騒ぎはとうの昔に半二の耳に届いていたからだ。

あれであいつは歌舞伎芝居が合うてんのやろな。

正三は並木正三という名をついに死ぬまで捨てなかった。

並木千柳こと並木宗輔への思いがあってのことかどうか、そこのところは、半二にはわからない。あえてきいてみたこともない。ただ、いつの間にやら、正三にしっくりなじんだ、並木正三という、その名を見るたび、半二は、こいつにも浄瑠璃の血がたしかに流れているのやな、と、ひそかに思わずにはいられなかった。

あいつがまた浄瑠璃に戻ってきたら、手強いやろな、と半二は思う。どれだけ歌舞伎でうまいこといってても、あいつなら、いつまた、そういうことをしでかすか、わかったもんやない。

まったく、油断ならんで。

なんといっても、それがあいつの性分や。そらそうや、あいつは、あんな大掛かりな廻り舞台をあっさりやってのけた男や。舞台を廻すんは、お手の物や。

あをによし

「おい、半二、お前に客やで」

楽屋で出入りの小僧らを相手に油を売っていると声がした。

「隅に置けんやっちゃな、おなごのお客はんやで」

という声もする。

冷やかされながら表へ出てみると、しかし、そこにいたのは、おなごはおなごでも、穂積の家で長年下働きをしているお熊婆なのだった。

なんや、おなごて、お熊かいな。

ぼやくと、お熊は、半二を胡乱にすがめ、あかんなあ、相変わらずあかん、と小声でつぶやいた。ふん、まあ、しょうんない、三つ子の魂百までや、と今度はわざわざそこらじゅうにきこえるように声を張り上げていい、阿呆ぼん、以貫先生が竹本座に半二がいてるから、お末のこと、頼んでき、っていわはったんで、つれてきましたで、とちょろりと手を動かした。

だれやて、と問い返すまもなく、物陰からすっと娘があらわれる。上目遣いに半二をみて、にいっと笑った。

あ、と半二が声をあげる。

お末ッ。

また、にいっとお末が笑った。

何年振りに会ったのだろう、いちいち数えるのもままならないが、昔っからよく知っている、しかしその頃はまだ子供子供していたお末がすっかり娘らしくなって、いや、すでに娘らしいどころではない立派な女っぷりでそこに立っていた。

「やあやあ、お末やないかあ、えらいひさしぶりやなあ、お前どないしてたんや」

珍しいものでもみるように半二が目をくりくりと動かす。

「お前んとこは、たしか一家で奈良へ行ったんやなかったか、お父上はお達者か、お母上は、え、皆、どないしてはる」

半二が畳み掛けると、お末は、ころころと笑い、阿呆ぼん、あんた、ちょっとも変わらへんのやなあ、なんちゅうおっきな声や、やかましいわ、と返した。それから視線を上から下へと走らせて、まあ、なんやろなあ、むさっ苦しいとこもちょっとも変わらへんのやなあ、昔とおんなしや、と付け加える。

ふんっ、お熊が口を挟む。この阿呆ぼんは、一生、このまんまですわ、悲しいかな、変わりようがおまへん。ほんま、どこをどうまちごうたら、こんなろくでもない阿呆ぼんができてしまうのやら。これでも、うまれたばっかの頃は、そらかわいらしい赤子やったんでっせ。いうことよお聞く、えらい賢い子やったんでっせ。それがどや、今や見る影もあらへん。なあ、阿呆ぼん、あんた、もいっぺん、赤子に戻ってやり直したらどないや。お襁褓(むつ)ならいっくらでも替えたりまっせ。

お熊は、ぽんぽんと憎まれ口を叩いたついでに、お末をここへ連れてきた経緯を説明した。

父親の清右衛門とともに、穂積家を訪ねてきたお末だったが、お末だけ、絹にあんじょう追い返されたのだという。

それでまあ、以貫先生も気の毒に思われたんでっしゃろな、こっそりとわてに、半二のとこへ連れてってやり、せっかく田舎から出てきたんや、芝居でも見せたったらええやないか、っていわはるんで、こうして連れてきたという按配ですわ。と、以貫から託された銭の包みを半二に渡し、あとでまた迎えに上がりますよって、よろしゅうお頼もうします、と慇懃に頭を下げた。

包みを受け取り、重さを確かめ、おい、お熊、ほんなら、この銭でお末に芝居見物さしたったらええんか、歌舞伎芝居か、浄瑠璃か、なにがええんや、ときく。そないなことはご本人さんにきいとくなはれ、とお熊は顔をしかめる。半二は包みを懐にしまいながら、しかしなんでまた芝居見物や、なんで家ん中へ入れてもらわれへんのや、ときく。お熊はますますうんざりした顔でゆっくりと頭をふった。な、昔どおりの阿呆ぼんでっしゃろ、とお末に顔を向ける。あのな、阿呆ぼん、阿呆ぼんは阿呆ぼんやさかい、おぼえてへんかもしれまへんけどな、このお人は、いちどは若先生の許嫁やったんでっせ、まかりまちごうたら、お園六三みたく心中してたんかもしれへんのでっせ、そんな訳ありの娘、あぶのうてあわせられますかいな。こわい、こわい。そう歌うようにいってそのままお熊はいなくなった。

というわけや、こわい、こわい、とお末はお熊を真似て笑いながら快活にいう。それにしても、阿呆ぼん、あんたのお母はん、相変わらず、きっついお人やなあ。前よりきつなってるで。

昔馴染みのお末に容赦はない。

うちらと久しぶりに会うた、いうのに、愛想もなんもあらへん。それどころか、うちの顔をみたとたん、犬の子払うみたいに門前払いや、ひどいもんや、と口を尖らせた。

冷たく追い返す絹の姿が目に浮かぶようで、そうか、そら悪かったなあ、と半二は詫びる。母親のきつさなら身に沁みてわかっているので、お末の言い分が大袈裟だとは到底思えない。

家を出て以来、半二は母の絹にほとんど会っていなかった。たまたま道行く姿を二、三度見かけたきり。むろん、言葉はひとつも交わしていない。とはいうものの、道頓堀にたまにやってくる以貫とは会うこともあるので、そんな折、多少なりとも絹の話はきかされていた。兄が嫁をもらったのに、絹ときたらおとなしく隠居するどころか、意気軒昂に家のあれこれをすべて差配しているのだという。嫂のお豊は気難しい姑を立てて、ずいぶん尽くしてくれているそうだ。半二はまだ会ったことがないが、以貫曰く、なかなか出来た嫁らしい。先年、子も生まれ、父親になった兄はすでに塾を継ぎ、穂積家はまずまず平穏無事の日々がつづいてるらしい。そらよかったな、どうせわしを厄介払いしてせいせいしてんのやろ、半二が嫌味ったらしくいうと以貫は、いやいや、そんなことあらへんで、と言下（げんか）に否定した。わしらはそんなこと、ちょっとも思うてへんで。あれかて、お前のこと、あんがい気にしてんのやで。以貫の言葉に、ほんまかいな、と半二が返す。ほんまやがな、と以貫も返す。そんなん、そばでみてたらわかるがな。あいつはああいう性分やから、思ってても口に出されへんのや。そこんとこ、わかったり。

　と、まあ、そういわれたところで、事実、絹からの言伝（ことづて）など、未だかつて一度としてないのだし、以貫にしたところで、半二に戻ってこいといったこともなければ、それをほのめかしたこともない。差し入れひとつ、もらったことはない。

　ようするにありゃあ、つくづく頭が固いんやろな、お末のことなんぞ、ちっさい頃からよう知ってんのやし、幼馴染にあうくらいかまへんのになあ、えらいすまんかったなあ、励ますつもりで半二がいうと、お末が大きく息を吐きだした。せやから、幼馴染やのうて許嫁や、って最前からいうてるやろ、あんた、なにきいてんのや、と叱られる。や、それは知ってるがな、それはようおぼえてるで、と半二がいいかえす。しかしお末は、いいや、あんたは知らんはずや、ときっぱりいいはなった。あのな、うちは、許嫁は許嫁でも、あんたが思うてるような名ばかりの許嫁とはちがうんやで。あんたの兄やんとうちはしんから好きおうてたんやで。あんたは早う（はよ）に京へおいやられてしもたから、知りようもないやろけど、あのころ、うちら、いっしょになるつもりで祝言あげんの楽しみに待ってたんやで。

へえっ、と半二が驚くと、お末が満足げにうなずいた。

そらまあな、ちょっとばかし浮かれておったのかもしれん。それは否めん。そやかて、好きな人といっしょになるんやもん、そら、浮かれるやろ。許嫁なんやもん。浮かれたってかまへんやろ。それのどこがあかんの。けど、あんたのお母はんは、どうもそれが気にくわんかったらしいな。いきなり在所の本家筋から縁談がきたとかいうて、うちとの縁談、こわしてしもたんや。ほんま、むちゃくちゃやわ。あんたのことで、あんたのお母はん、すっかりおかしなってしもたからな、あの家の手綱をきっつく握りしめて離さへんのや。下のぼんは阿呆ぼんやし、上のぼんは大事な後継、この子しかおらんって思いつめて、その嫁がうちではあかんかったんやろ。そのために策略めぐらしたんやな。そんくらいわかってたわ。せやけど、うちらにはどないもできひん。いっしょになるにはもう駆け落ちしかあらへん。心中しかあらへん。

半二が叫ぶ。

なんやて。駆け落ちやて。心中やて。したんか、駆け落ち。したんか、心中！

するかいな。頭つこうて考えてや、してたら、今頃、ここにおりますかいな。今頃はあの世やないの。お末がしずかにいった。

あ、そら、そや。

駆け落ちどころか、半二は二人がそこまで好き合っていたことすらよく知らない。お末は、幼馴染に毛の生えた、兄の形ばかりの許嫁、くらいにしか思っていない。半二とおない年のお末は、あの頃はまだ子供みたいなもので、半二を阿呆ぼん、阿呆ぼんとからかう、駆け落ちだの、心中だのとは無縁のおぼこ娘だった。

ふうん、わしが京に行ってるうちに、二人はそないなことになってたんかいな、と半二は呆れる。あの真面目一徹の朴念仁（ぼくねんじん）の兄とお末がよくもまあ、と思うとなおさら不思議でしょうがない。

駆け落ちしよ、ってうちはあの人に何遍もいうたんやけどな、あの人は、のらりくらり、はぐらかすばっかりで、ようするに、駆け落ちする気なんて、はなからなかったんや、とお末がつづけた。心中なんて言わずもがなや。そのうちに、会うてもくれへんようになって。あの人はつまりお母はんのいいなりやった。悔しいったらなかったわ。だれにも見られんところでよう泣いたもんや。

お末はその後、母親の実家のある奈良の田舎に親子で居を移し、そこの生業（なりわい）である醤油作りを手伝いつつ暮らしているうち、商売仲間の三輪（みわ）の酒屋に見初められて嫁ぎ、今は娘がひとりいるのだという。母親は先年亡くなり、住まいが近いこともあって、父親の面倒をも、お末がみているのだそうだ。孝行娘やな、と半二がいうと、うちしかおらんしな、とお末が返した。

知っての通り、うちとこ、うちがちっさいうちに、上のきょうだい、五人もいてたのに、ばたばたとみんな亡（の）うなってしもたやろ、けど、幸い、嫁いだ先の酒屋がまあまあ、ええとこやったし、田舎は田舎やけど、なにしろ情があるんや、情が、あっつい情が、と皮肉交じりにいう。この年明けに、父親の清右衛門が、暖かくなったら、最後まで手放さなかったわずかな蔵書を売りがてら、冥土の土産にもういっぺんだけ大坂へ行きたいと願ったため、付き添いとしてやってきたのだそうだ。

　穂積先生んとこ、訪ねるんやったら、知らん顔でついてったったら、あの人の顔、もういっぺん拝めるしな、どないなおなごといっしょになったんかも見てやりたかったしな、まあ、すんなりあわせてもらえるとは思うてなかったけど、盗み見るくらいはできるやろ、と楽しみにしてたんや、楽しみすぎて昨日はお宿で眠れんかったほどや。それやのに、あんたのお母はんにあっけなく追い払われて、どっちの顔も見られへんかった。いけずやわ。うちとこの父さん（とと）も、穂積先生もだまぁってるだけで、取りなしてもくれへん。学問修めたお人っちゅうのんは、ああいうとき、てんであかんな。見て見ぬ振りや。ああ、阿呆らし。気ぃ抜けたわ。

　半二がまじまじとお末の顔をみる。すでに子持ちの人妻だというのにも驚くが、娘のようにきゃんきゃん喚（わめ）くところが昔と変わらないのにも驚く。そう思ってよく見れば、田舎臭くはあるものの、お末は昔よりすっきりと別嬪（べっぴん）になっていた。

　なあ、憂さ晴らしに、操（あやつり）浄瑠璃はどうや、ぱあっと気が晴れるで、と半二がさそう。栗島譜嫁入雛形（あわしまけいずよめいりひながた）、いうのんがちょうど一昨日幕を開けたとこや。みてくか。すぐに入れたるで。

　表の入り口に向かって歩きだそうとすると、お末が、いややわ、うち、そんなんみたないわ、とけんもほろろにいう。突っ立ったまま、動こうともしない。

なんでや、と半二が不満の声をあげる。せっかく竹本座にいてる、いうのに、みたないってどういうこっちゃ。芝居見物に来たんとちがうんか、つべこべいわんと、みてったらええがな。袖を引っ張ろうとすると、お末が身を翻した。ちがうねん、うちがみたいのは、そんなんやないねん、うちがみたいのはな、かしくや、かしく。かしくの話がみたいねん。

半二が盛大にため息をつく。またあれか。八重霞浪花浜荻か。豊竹座か。ったく、どいつもこいつもかしく、かしく。こんな田舎から出てきたばかりのおなごまでもが、かしくかしくとは、やってられへんな。嘆くとお末が半二に諭すようにいう。

そやかて、阿呆ぼん、道中の茶店でも、旅籠でもその話で持ちきりやったで。かしくいう白人のおなご、先月、兄殺しの科で獄門になったんやてな。市中引き回し、それはそれは哀れやったんやてな。お見物、えらい人やったらしいやないか。かしくとやら、やつれてはおったけど、芯のありそうな、なかなかええおなごやったて、皆、噂してたで。そんで、なんや、その演し物にはお園六三の心中、いうのんも出てくんのやろ。西横堀でお園と六三、ほんまに心中しはったんやてな。かわいそうにな。うち、それがみたいわ。うちのやりそこねた心中やもん。

不承不承、半二はお末を豊竹座に連れていく。

幕を開けてから、すでにひと月近くになろうというのに、まだうらやましいほどの大入りが続いている豊竹座なのだけれども、半二は木戸番（きどばん）に顔が利くので、どうにでも入れてもらえる。のぞいてみれば小屋の中はよくもまあここまで詰め込んだな、というくらいの大勢の客。湿気がこもってむっとしている。

窮屈そうだったし、すでに見ている演目でもあったので半二としては引き返したかったのはやまやまだが、お末を一人にするわけにもいかず、共にみることにした。

あらためてじっくりみれば、殺し、心中、刃傷（にんじょう）沙汰と、あれもこれもごったに入れこんだだけの、ようするに雑な拵（こしら）えの浄瑠璃で、半二としては次第次第に飽きてくる。ついついあくびもでてしまう。だが、お末は身を乗り出し、気を散らすことなく、一心に人形をみているのだった。かっと目を見開き、握りこぶしを膝に乗せ、時には笑い、時には泣き。半二はそれを横目で盗み見る。そこまで面白いんかな、と若干疑わしくも思えてくるが、客は皆、似たような熱心さで舞台をみているのだから、やはり面白いのだろう。

お末の頬が、人いきれのせいもあるのだろうか、徐々に紅潮してくる。

それにしても、こんなふつうのおなごでも、いちどは駆け落ちやら心中やらを企てたりしたこともあったんやな、と思うと、半二は舞台の上の人形よりもお末という人間がなにやら薄気味悪くなってくる。他家に嫁いで、はや子もいるそうなのに未だに成し遂げられなかった心中にこだわりを見せるのも、半二には解せない。そんな厄介なものを後生大事に抱えて生きていけるものなのか。そのくせ、舞台のうえの心中に滑稽さが滲（にじ）

めば、ははは、とこだわりなく声をあげて笑っているのだから、屈託があるのやら、ないのやら、半二にはそれすらわからない。

　ついじっとお末の横顔に見入っていると、お末がそれに気づいて、なんやの、と遠慮なくきいた。いや、なんでもない、と言葉を濁し、半二はあわてて顔をそむける。

　こんな地味なおなごと、一生色里(いろざと)とは縁のなさそうな、どこからどう見ても朴念仁のあの兄とが手に手を取って心中してたかもしれへんのか、と思えば、いっそうおかしな気分になってくる。何がどうなるとそんなことが起こるものやら。幼馴染で惚れたも腫れたも湧いてきそうにないところにも惚れた腫れたの風は吹くのだろうか。

　舞台を見ながら、半二はきく。

　なあ、お末、あの朴念仁と、ようもそないな、色の話ができたもんやな。

　あんたの兄やん、あれで案外、色男やったで。

　まっすぐ舞台を見たまま、お末がいう。

　阿呆か、と半二は取り合わない。

　なにが阿呆やの、あんたの兄やん、あそこにいる、あのお人形さんらよりよっぽど色男やったんやで。

　どこからどうみても色男には程遠い兄を思い浮かべ、半二は呆れる。お前、どこみてものをいうてんのや。

　ふふん、とお末が横目でちらりと見て笑う。

あんたには一生わからへんかもしれへんな、と小声でつぶやく。

舞台では、人形らが派手に動き回り、すったもんだをくりひろげている。それに被さる太夫の憂いのある浄瑠璃語りが小屋をひたひたと満たしていく。

あのな、阿呆ぼん、教えたろか。いったんおなごがその気になったら、誰でも色男になってしまうんやで。ま、からくりみたいなもんやな。

お末が含み笑いをしながら、半二に顔を近づけ、ささやく。

半二は耳を傾ける。

なにを思い出しているのか、お末の口角がじんわりと上がり、目が三日月の形になっていく。

なにやら得体がしれないものを見てしまったようで、半二はひそかに息を呑んだ。

お末のくちびるがうっとりと開く。

なあ、阿呆ぼん、あのときのあの人はなあ、うちからしてみたら、ほんまに色男やったんやで。あのな、ある日な、よう知ってるはずの人が、なんでか、ふいにそう見えてしまうんや。あの頃、阿呆ぼんが、おかしな騒ぎばっか、起こしてたから、よけいにそう見えたんかもしれへんけどな。くくくとお末が笑う。あの人なあ、気ぃついたら、いつの間にやら、えらいたくましなってたてん。それやのに、ちっさい時分とかわらへん、やさしい人のまんまでなあ。うちのこと、よう気にかけてくれはるしなあ。いろんなこと、とにかく、なんでもよう知ってはるしなあ。まあな、そら、だって、うちはちっさいころからずうっとあの人の許嫁や、いわれて育ったんやもん。ええとこばっかりみてしまうやろ。すると知らんまにだんだんその気になっていってしまうんやな。そんでな、おそろしいことに、いっぺん好きになってしもたらもう止められへんねん。なあ、阿呆ぼん、あんたもようおぼえとき、あの年頃の娘っていうのはな、たいがい、そういうもんなんやで。思い込んだら命懸けや。いとしいお人といっしょになりたい、添い遂げたい、願うことはそれだけや。あとはなんにもいらへんねん。そんくらい、かあっと思いつめてしまうんやな。じきに生きるの死ぬのになってしまうのがわかるやろ。ところがや、そんくらい好きや好きやと思いつめてるさなかに、うちはどや、いきなりあらわれた見ず知らずのおなごに、大事な人、取られてしもたんやで。そんな阿呆な話があるかいな。気ぃ狂いそうやったわ。あのとき奈良へ連れていかれへんかったら、ほんまに狂うて、うちかて、かしくみたいなこと、しでかしてたかもしれへんな。ん、そやな、だれぞ一人二人、殺してたかもわからへん。

舞台でくりひろげられるお園六三の色恋沙汰より、かしくの兄殺しの顚末（てんまつ）より、お末の言葉に、半二はぎょっとする。人の肚（はら）のうちというのは、わかりそうでわからぬものだ。こんな身近にこんな物騒なことを抜かすおなごがいてたとは。

そのあと、芝居茶屋で団子を食べながら、半二はきいた。そんで、もう落ち着いたんか。気持ちの折り合いはついたんか。

団子を食べながら、お末がいう。あたり前や。そうでなくてなんでよそさんへ嫁げますかいな、旦那様と子を生せますかいな。もぐもぐと口を動かし、次々と、団子を平らげていく。

そんならなんで、わざわざここまで会いに来たんや、と半二がきく。

さあ、なんでやろなあ、と団子の串をくるくる回しながらお末は考える。ようわからんけど、ちょっとあの人を、困らせてやりたかったんとちがうかな。お末が首を傾げていう。べつに恨んでるとか、そういうんでもないんやけどな、これを逃したらもう二度と大坂へなんぞ出てこられへんやろし、ええ機会や、どないな人やったんか、ちょっとみといたろ、って思ったんかもわからんな。もうな、うちは三輪に嫁いで生まれ変わったみたいなもんやから、ほんまのとこ、どうでもええといえばどうでもええの。それがわかってるさかい、父さんもうちに付き添いを頼んだんやろうしな。せやけど、こうして思い返してみるとふしぎなもんやなあ。あんな日があったなんて、ほんま、信じられへんわ。あれ、ほんまにあったことかいな。なんでうち、あんなに好きやったんやろ。お狐さんにでも取り憑かれておったんやろか。そのくらいどないかしてたんやな。今にして思えばあれは夢やな。遠くの夢や、幻や。

ふうん、そんなもんかいな、といいながら半二も団子を平らげる。近場の安い色里や飯盛り茶屋にここら界隈の気の合う仲間らと連れ立っていき、贔屓のおなごと戯れたり、成り行き任せに一夜を楽しむことがあったとしても、生きるの死ぬのというほどまでに半二は惚れた腫れたに翻弄されたことはない。そういうものは舞台のうえだけだとどこかで思いこまされているふしがあった。だからよけいにお末の話に驚かされてしまうのだ。

お末は、さすがに道頓堀の団子はうまいと褒めちぎった。三輪の里はいいところではあるけれども辺鄙な田舎には違いなく、こうして賑やかに道ゆく人を眺めながら食べたり飲んだりできるのが楽しくて仕方がないともいった。そうして日々の暮らしぶりを語った。子の世話やら、舅姑の世話やら小姑との面白おかしい毎度のやり取りやら、娘のかわいらしさやら、夫の仕事ぶりやら、本家筋の酒屋との親戚づきあいやら、近所づきあいやら、問われるままにいくらでも語った。

ここもええとこやけど、生駒のお山の向こうは向こうなりに、ええとこやしな、いっぺん遊びにきたったらええわ。大旦那さんも、旦那さんも、みんな情があるさかい、いくらでも泊めたげるで。うちとこで拵えてるお酒がこれまた評判ええねん。いくらでも飲ましたげるで。なにしろ、みんな、ほんまに、ええ人らなんや。うちの娘、お姫さまみたいにかわいがってもろてる。ありがたいこっちゃ。

半二がお末のもとを訪ねたのは翌々年の春の終わりのことだった。

並木千柳が竹本座を去り、千柳に弟子入りした正三ともども豊竹座のお抱えとなり、ここらでなんとかせねばと巻き返しをねらった半二が、ふと奈良へいこう、と思い立ったのである。

書いても書いても反故にされ、どこをどう直したらいいのか迷いばかりが大きくなり、手応えのないまま書きつづけるのにいくらか疲れたときでもあった。紙くずに埋もれるばかりではどうしようもない。このままでは墨の匂いを嗅ぐだけでうんざりしてしまいそうだった。なにか打開する手立てはないものか。

悶々とするうちに思い出したのがお末のことなのだった。

そういえば、奈良、大和を舞台にした浄瑠璃は山ほどあるのに、これまで半二は一度も生駒の山を越えたことがない。

この機に、どんなところかいっぺんみてくるというのもいいではないか。

文を出すとお末からは、いつでも来たらいい、と返事があったので、半二はさっそく、山上さんに行ってくる、という名目で、山上講に入ってなそうな者らから、代参して権現さんのありがたいお札をもらってきてやるからと、なけなしの金を巻き上げ、どうにか路銀を工面して、逃げるように旅立ったのだった。

生駒山の険しい道をいき、暗峠を越え、ようやく平坦な道筋になると、あたりは青々した田圃や畑ばかりになる。

道頓堀界隈とはかけ離れたのどかな景色、喧騒とはかけ離れた閑かさに、半二の心がせいせいしていく。

青い空の下、澄んだ空気を吸ったり吐いたりするうちに、頭にこびりついていた書きかけの浄瑠璃のことも忘れていく。

のんびりと街道をすすむと、ただの田舎道とは侮れない、格式ある寺社が次から次へと現われた。途中、松原の宿で一泊していたし、急ぐ旅ではないので、誘われるまま、目についた寺社に参拝参詣し、人がいれば話し込み、勧められれば庭なども見物し、やがて猿沢池にたどりついた頃にはすっかり奈良に魅せられていた。

猿沢池から眺める興福寺の五重塔の威容といい、池のほとりの衣掛柳といい、そこかしこで草をついばむ神鹿といい、なにやら、舞台の上にいるような気になってくるのはどうしたわけだろう。京のきらきらしさとはちがう、柔らかなうつくしさにゆったりと身をゆだね、半二は頭を空にして歩いていく。

春日大社の朱色が空の青に映え、この世にいるのだか、あの世に足を踏み入れたのだか、次第にわからなくなっていく。

参詣からの帰り道、ごおんと鐘の音が聞こえてくれば、あれが南都の十三鐘かもしれへんなあ、などと千柳の浄瑠璃を思い出してみたりする。

鹿をうっかり殺してしまったがために石子詰めの刑に処されたわずか十三歳の子のかわいそうな物語、あれはたしか、ここらあたりに古くから伝わる話ではなかったか。

〽一つ撞いてはひとり涙の雨やさめ、二つ撞いてはふたたび我が子を、三つ見たやと四つ夜毎に泣き明かす、とおぼえている詞章を口にしつつ、参道をゆるゆる進んでいけば、人をも恐れぬ鹿がするりと半二に近づいてくる。ややっと、咄嗟に半二の身が硬くなる。木々の隙間からじっとりとこちらをうかがう鹿もいれば、親子連れの鹿もいる。

すぐ目の前を悠然と闊歩していく鹿もいた。神鹿とはよくいったもので、どの鹿も、たんなる獣とは思えぬような艶良く肥えた胴体に、すらりと伸びやかな四肢、じつに堂々とした佇まいである。

〽八つ、九つ、心も乱れ、問うも語るも恋し懐かし、我が子の年は十一、十二、十三鐘の、鐘の響きをきく人ごとに、かわいい、かわいい、かわいい、と共泣きに、泣くは冥土の鳥の声。

鹿がぴんと耳を立てて半二の声を聞いている。さわさわと森の木立の音がしている。まるでこの森の主こそ、この鹿のよう。なるほどな、こんなところでなら、鹿のために生きながらに人を埋めるという、そんな無体な咎めも起こりうるのか、と半二は覚る。さぞかし、大事にされてんのやろな、この鹿めらは。そうでなければ、これほど優美な姿で堂々と人に近づいてはきまい。うむ、こりゃ、いかにもありそな話やで、半二は皮肉な目で鹿を見る。悲しい物語に引きずられ、鹿を見る目がすこぶる冷たくなっている。ふん、しかし、そもそも、そこまでこの鹿らが大事なんか、ちゅう話やわな、まずはそこやわな、幼子を石子詰めとはいくらなんでもやりすぎやで、などと心のうちで悪態をついていると、数頭の鹿がひたと立ち止まって半二を射竦めるように見つめだした。見る間に半二は鹿に囲まれてしまう。攻撃的ではないものの、ひるんだ半二は後ずさる。

ひときわ大きな一頭の鹿がまっすぐ伸ばした首をわずかに傾げた。

半二との距離は四尺かそこら。

不思議なたたずまいの鹿に、心の奥底まで見透かされているようで、半二はそっと身震いした。

黒々とした、濡れ濡れとした、大きな瞳。

この鹿には有無を言わせぬ威厳があった。それゆえ、知らず知らず、目が吸い寄せられてしまう。そうしてそのまま静かにひれ伏したくなる。いや、ひれ伏さねばならなくなりそうな圧倒的な力強さを感じて、半二は、こわい、と思った。

こいつ、なんや。

半二がごくりと息を呑む。

えらい迫力やないか。

逃げたいような、逃げてはならぬような。逡巡(しゅんじゅん)しているうちに、半二はふいに思う。

こいつ、ひょっとして、神さんか。

この鹿、ほんまに神さんなんか。

どれだけ神社仏閣の神仏を拝んでも、そこに神や仏がいるとは思いきれない半二だったのに、どうしたわけか、その鹿にだけは、そんな突飛なことをごく当たり前のように思わされてしまう。

どこにいるのかわからない神さん、仏さんが、もしや、ここにいるのだろうか。

そんな心持ちになってきて、半二は、そろりと一歩足を踏みだした。おそるおそる、鹿の瞳をのぞきこむ。鹿はぴたりと止まったまま、動かない。むしろ、半二が近づいてくるのを待っているようにもみえる。その瞳の奥になにが見えるか、半二は見極めようとした。もぐもぐと鹿の口元だけが動いている。まるでそこからなにやら言葉が出てきそうな雲行きである。

なあ、あんた神さんなんか、と思い切ってたずねてみたら、あんがい、ああそうやで、よう気ぃついたな、わしが神さんやで、とこたえてくれそうで、半二はついに笑いだした。そうか、あんたが神さんなんか。

そんなら神さん、教えてくれるか。あんさん、ここで何してはるのや、わしに、なんぞ、いいたいことでもあったんか。あるなら、さっさというてくれ。

半二が問うと、神鹿はぷいと横を向き、なんでもかんでも神さんにきいたらええと思うてたらおおまちがいやで、と返した。たしかにな、と半二はいう。あんた、なかなか得体のしれんとこあるもんな。わしな、経もよんだし、論語もよんだし、記紀もかじったし、手当たり次第いろいろ学んでみたんやけど、あんたのことは、もひとつようわからへんのや。あんたはほんまはどういうもんなんやろ、っていっつも思うてる。みんなまちごうてるわな、あんたはなんでも願いを叶えてくれるわけやない。ここぞとばかりに罰(ばち)を当ててるわけでもない。学べば学ぶほど、けったいなもんとしか思われへんのや。

半二のつぶやきが、鹿に届いたかどうか。

半二は空をふり仰ぐ。

夕暮れがはや、忍び寄りつつある。

星がちらほら瞬きだしている。

一つ、二つ、と星を数える。

星を見ながら半二は思う。

天地開闢の折、はてさて、神さん仏さんはどこにおったんやろな。

そもそも半二は幼い時分からそういうことを延々考えつづける子供だった。この世の幕開けが天地開闢ならば、開闢する天地のそのまた外があるはずや、と思わずにはいられなかったのである。はてさて、それはいったいどういうものなんや。え、そこはどういう世界なんや。神さん、あんた、そこにいてはったんか。そら、そやろな。天地開闢とともに、ぽんと現われ出でたわけではないわいな。とするとや、え、この世の筋書きは、神さん、あんたが拵えはったんか。天地開闢をやると決めはったんは神さんなんか。なあ、どうなんや。

昔、同じことを有隣軒にたずねたら、あんたは人形浄瑠璃の見過ぎやな、といわれた。困ったもんやで、なんにでも作者がいてると思うてはる、と呆れられた。まあな、あんたときたら、物心つくかつかんうちから以貫はんに連れられて、あんなんばっか見せられてたんやもんな、そら、そないな考えに突き動かされてもしようがないのかもしれへんわな、そやけど、ええか、この世は小屋でかかる芝居やあらしまへんのやで。まずはそっから考え直さなあきまへんな、とあんたにいうてやりたいとこやけどもや、有隣軒が、にやつく。ほんまは、それもわからしまへんのや。なんもかんも、わからしまへん。

わしはそない思う。あんたがいうように、この世の立作者(たてさくしゃ)は神さんなんかもしれへんし、わしらは人形遣いに遣われてる人形なんかもしれへん。それもありうるとわしは思う。ま、そのあたりの詳しいところは、神さんひっつかまえて教えてもらうしかないんやろな。

半二は空の彼方に目を凝らす。天地開闢の向こうに何があるんや。その空の向こうに。その星の向こうに。向こうの向こうに。涯(はて)の涯に。涯の先に。むろん、声は聞こえない。さてさて、神さん、ここで会うたが百年目、しかと教えてもらいましょか。天地開闢の前に筋書き拵えたんはどなたさんや。

半二が空から目をうつすと、鹿はすでにいなくなっていた。知らぬ間に、跡形もなく、一頭残らず消えてしまっている。

茫然として、半二はきょろきょろとあたりを見回した。鹿もいなければ、人っ子一人いない。生い茂る樹々の間に、しんとした参道がただまっすぐつづいている。

狂言やな、と半二は思う。

これ皆、狂言や。

な、そやろ。狂言やろ。

紙の裏表のようにこの世は狂言と地続きになっている。裏かと思えば表やし、表かと思えば裏なんや。いや、あるいは、裏も表もないのかもわからんな。透かしてみたら、表は裏やし、裏は表や。そういううすっぺらな紙で拵えてあるのかもわからんな。

夜の帳が下りる前に参道を抜けようと、半二は足早に歩きだした。

幕を引いたら芝居は終わりや。

宿までの道すがら、もう鹿には会わなかった。


三輪の酒屋には翌日着いた。

軒先に丸い杉玉のぶら下がる、そこそこの店構えで、お末は、道頓堀のときとは別人のような顔つきで、ちゃきちゃきと立ち働いていた。本家の酒屋の分家筋なのだそうだが、あっちゃの大店に比べたら、うちとこなんか小商いやで、とお末が謙遜するわりに、なかなかどうして、えらく繁盛している。

店先でも家内でも頼りにされているお末は、半二を招き入れた後も、めまぐるしく動き回っていた。朴念仁と心中していたら見られなかった姿である。小さな娘と、生まれて間もない赤子の母としても、半二の知らないお末がそこにはいた。

お末の夫も、舅である大旦那も、その妻もいたって気さくな温かい好人物で、半二はお末の幼馴染として、また清右衛門が世話になった穂積以貫の息子としても、不相応なほどに歓待される。もてなされた美酒をしこたま飲み、いくらか酔ってもきて、徐々に饒舌になっていく。三輪の枕詞はうま酒、というだけあって、つがれる酒がなにしろ滅法うまく、喉越しよく、つるつるといくらでも飲めてしまう。こんな上等な酒にありつけたのは、もう何年も前に有隣軒のお相伴に与って京のお茶屋で飲ませてもらって以来だと気づけば、それだけで感激してしまう。お末があらかじめ半二のことを持ち上げておいてくれたおかげで、いっぱしの男として扱ってもらえるのも心地よかった。興が乗った半二は、次第に遠慮もなくなり、辺り構わず大きな声で道頓堀の話やら道中で見聞きしてきた話やらを語りまくり、差しつ差されつ、ここらあたりに伝わる話もいろいろきいた。奈良には奈良の、三輪には三輪の言い伝えがいくらでもあってじつに面白い。

　山上さんへお参りに行くという名目なので、信心深いと思われたのか、山上さん、つまり大峯山権現などにまつわる伝承や、金峯山、役小角、その霊力、験力、山々を駆け巡る行者、修験者らの話も数々きかせてくれる。初めて耳にする話もあって、興味は尽きない。役小角や彼に従う前鬼後鬼なども、この土地の人の口からきくと、伝説の人物などではなく、まるですぐそこで今もまだ生きている知り合いのようである。豊潤な口伝の泉がどこかに湧いているとしか思えなかった。
どこもかしこも狂言だらけやなあ、と酔った頭をゆらゆら動かしながら半二は思う。その上にまた狂言を重ねていったらいくらでもおもろいものが拵えられそうやないか。酔いつぶれていく半二の頭の中には、奈良でみてきた景色やら、神鹿の気配やら、まだ見ぬ大峯山に、役行者や権現さん、鬼までもが渾然一体となって渦巻いている。

　三輪の里には三日ばかりいた。

　言い伝えやら伝承をきかせてもらったばかりの三輪明神、それから苧環塚、ついでに石上神宮などにも足を伸ばし、夜は夜で、美酒に酔いしれ、心尽くしの肴に舌鼓をうち、楽しく語らった。半二はんがいてると、ここが芝居小屋になったみたいやな、と大旦那は上機嫌である。ほんまやな、このお方、なんでもじょうずに話っしゃる、とその妻も感心しきりだ。世辞なのかなんなのか、あまりに喜ばれるものだから、酒の勢いもあって、ついつい適当な作り話までしてしまう。お末が呆れた顔になる。

ここらは田舎やし、常日頃、芝居やら浄瑠璃やらに縁のないところやさかい、阿呆ぼんの話をきくのんが、皆、滅相楽しいんやろな。お末の小さな娘までもが、半二にまとわりついて寝床へ行きたがらないものだから、お末は困り顔だ。

それにしても、次から次へ、あんた、ようそんだけ口が回るなあ。感心するわ。

そんなことをいいながら床を延べてくれるお末に、半二が、お前、ほんまにええとこへ嫁いだなあ、としみじみいう。手を止めたお末が、おかげさんで、と照れたようにこくりとうなずく。

なあ、お末、こうなってみると、お前、穂積の家になんぞ嫁がんで良かったぞ、穂積には、あのおっそろしい母上がおるんやからな、あれが姑では気の休まる日なんぞ一日もなかったぞ。

お末が笑いながら、そうかもしれへんな、と相槌を打った。うちなあ、生まれ変わっても、もうあんたの兄やんと一緒になりたいとはこれっぽっちも思わんようになったわ。

さらりといって、にいっと笑う。

えっ、お末、お前、まだそないなこと、思うてたんかいな。

半二の酔いがみるみる醒めていく。

からかうような目でお末が半二を見る。それから少ししんみりして、敷いた布団を整えながら、そらな、思うてたこともあったで、やっぱりな、とつづけた。今生はあかんかったけど、次こそはきっと、って、誰でもそんくらい思うやろ。なんなら、もっとええとこの嬢はんにうまれてきてやな、ええべべ着せてもろてやな、左団扇で面白おかしゅう暮らしてみたいって、誰でもそういう来世を願うてみたりするもんやろ。せやけど、うちは、いつのまにやら、こういう今生もええかもしれへんって思うようになってたんやな。お結がうまれて、小太郎がうまれて、うちはここにいるのが合うてるような気がしてきてる。

行灯の陰になり、お末の顔がよく見えなくなった。

それでええ、と半二が返した。たとえ来世にええとこの嬢はんにうまれたとしてもや、そうして、うまいこと、あの朴念仁と添うことになったとしてもや、お末はそのとき、今生のことを覚えてへんのや。そういうもんなんや。な、誰でもそうなんやで。これが今生のつづきやと来世になってもわかってるもんはいてない。そんなら来世なんて、ないのとおんなしやないか。来世なんか、どうでもええんや。

え、そないなこともないやろ、とお末がいい返す。来世は来世で大事やろ。みんなそのために今世で徳を積むんとちがうんか。それもこれも、今度こそはええ来世を、って願うてるからやろ。

半二が小さなしゃっくりをする。ま、仮に来世があったとしてもや、と半二がいう。それは今生のつづきやない。

怪訝な顔のお末を無視して、半二がつづける。それが証拠に、わしらは前世のことなんて、なんにもおぼえてへんやないか。これがどんな前世のつづきなんか、どんな徳を積んできたんか、わかるやつなんてだあれもいてへん。な、つまり、この舞台は、今回切りや。幕が引かれたらそんで終いや。

酔った頭を支えきれなくなって半二はごろりと布団に横になった。酒臭い息を吐き出しながら半二はいう。

次の舞台は次の舞台、次の場とはちがう。幕開けとともに、がらっと新しい演し物にかわって別の役者になってしまうんや。せやから、今おるこの舞台こそ、やりたいようにやらなあかんのや。すらすらと半二はそんなことをいい、目を閉じた。なあ、後回しにしたらあかんのやで。満足して死んでいかなあかんのやで。ぶつぶつと半二はつぶやく。ああ、せやから、わしは死ぬのがこわいんやろなあ。わしがのうなってしまうのがこわくてたまらんのやろなあ。

ひんやりとしたお末の手が半二の額をさわっている、そんな気配を感じながら、半二はしずかに眠っていったのだった。

翌朝、半二は三輪を発ち、吉野の金峯山寺へ向かった。

本来ならばその後、大峯山、小篠(おざさ)から熊野(くまの)へ向かい、山上(さんじょう)ヶ岳を目指すわけだが、なまった躰(からだ)に山の険しさがひどくこたえ、懐もだいぶ寂しくなっていたし、金峯山寺の蔵王権現を参ったところで、半二はこの旅はここで終いにしようと決めた。金子(きんす)を巻き上げた者らへのお札さえもらって帰ればとりあえず代参した面目は立つ。金峯山寺に辿り着くだけで心底疲れ切った半二には、鬱蒼(うっそう)とした山道を滑らないよう、怪我せぬよう下りていくだけで這々(ほうほう)の体(てい)。どうにかこうにか日のあるうちに下りきると、あの世から戻ってきたかのような安堵に包まれた。

はあん、これがこの世か、と半二は思う。

このまま歩きつづけてわしはあすこへ帰っていくんやな、と道頓堀の景色に思いを馳せる。

なにやら、長い長い旅をしてきたような心地になって、しかし、すぐに半二は、首をかしげた。

不思議なものやな、そういう時にわしが恋しいと思うんは、親でもない、家でもない。おなごでもない、おなごの柔肌(やわはだ)でもない。たしかに道頓堀なんや。浄瑠璃なんや。

なんでやろ。

芝居小屋の匂いが、ざわめく人の気配が、懐かしくてたまらなかった。

せわしなく行き交う人々。張り上げる木戸番の声。漏れ聞こえる三味線の音色。

はためく幟(のぼり)が恋しかった。

ああ、はよ帰りたい、と半二は思う。ともかく、はよ、帰って、芝居が見たい。人形が見たい。浄瑠璃がききたい。旅もええが、それよりわしは、やっぱり芝居や。はよ芝居が見たい。風光明媚な景色よりも人の拵えた舞台の方がわしにはしっくりくる。うまい太夫の浄瑠璃きいて人形眺めて一息つきたい。要するに、あれがわしの飯なんかもしれへんな。わしは腹減るみたいに、浄瑠璃が足らへんようになってしまうんやな。そういや、ちっさい頃、飯より浄瑠璃の好きな子やて、よういわれてたもんや。

熱に浮かされたように半二は思う。

ああ、墨の匂いを嗅ぎたい。あの硯で墨をすりたい。たっぷり墨を含ませた筆を持って、さらさらさらと、ええ文句が書きたい。あそこにどっぷりと浸かりきりたい。太夫らを唸らせる、ええ詞章を書いてやりたい。めくるめく世界を拵えたい。

そんなものが書けるかどうかはべつにして。

そやな、わしは、あすこでないとあかんのや。あすこでないと、どうしてもあかん。

しかし、それはなんでやろ、とあらためて半二は思う。

なんであすこでないとあかんのやろ。

わしは神さんにそう決められてここに生まれてきたんやろか。

春日大社の鹿を思い出して、半二は苦笑した。あいつに決められたんかと思うとなんともいえん気になるけどもや。いや、待てよ、それともわしが前世で己でそう決めてここへ出てきよったんやろか。

前世なんてなんにもおぼえてへんけどもや。

ともかく、はよ帰ろ。

そいで、もうな、なんでも好きに書いたろ、と半二は決める。文三郎の爺いにけなされたってかまうものか。こうなったら、やけくそや。書きたいように書いたるで。わしはあそこでないと生きられへんねん。そんなら書くしかないやないか。

手がうずうずする。しばらく書いてなかったから、手が筆を持ちたがっているのだろうか。

空っぽになっていたはずの頭がまた忙しく回り始めた。

ああ、痒い。頭が痒くてたまらん。

ぼりぼりと盛大にかきながら、ふと横を見やれば、ゆったりと流れる吉野川を挟んで、妹山と背山が切ない想い人のように向き合っていた。

しばし足を止めて半二はそれを眺める。

ええなあ。

ええやないか、この形。この絵柄。

とうに散った桜が半二の頭の中に突如、咲き誇った。そうや、そうや、そのとおりや、吉野とくれば桜やないか。義経千本桜ときたもんや。

この時の半二には、見るものすべて、舞台に見えている。みんな舞台や。この世は舞台や。妹山と背山に泣く泣く別れた悲しい恋のお話が今にも書けそうな気がしてくる。

あちらとこちら。そうや、この世とあの世や。表と裏や。

うきうきと半二は橋を渡る。

あちらのお山には女雛のお屋敷、こちらのお山には男雛のお屋敷、そうして、間にあるのは、渡るに渡れぬ吉野川。

うんうん、聞こえてるで。あんたらの嘆きがよう聞こえてくるで。

しかし、道頓堀に戻った半二が、熱に浮かされたまま、兎にも角にも、せっせと書いた浄瑠璃は、三輪の里でさまざまにきいた役小角や前鬼後鬼が活躍する時代物なのだった。

役行者大峯桜。

この演目でようやく近松半二は浄瑠璃作者として、世に出る。

行かなかった大峯山に、見なかった桜が、舞台のうえで盛大に咲く。

妹山背山から聞こえた声が半二の筆に蘇るのは、まだしばし先——。

人形遣い

吉田文三郎は半二の恩人である。

この人がいなければ、半二は浄瑠璃作者として竹本座で飯を食うことなどままならなかったし、そもそも浄瑠璃を書いていたかどうかも定かでない。

あの時、声をかけてもらわなかったらどうなっていたことか。

と思う反面、

まあ、そのときはそのときで、別の誰かの教えを乞うて、いずれどうにかなっていた気がしないでもないけどな、とのんきに思ってみたりもする。

そんな心持ちが顔や態度に出てしまうのか、文三郎からは、

「半二、お前、もちっとわしを敬うたらどや」

としょっちゅういわれている。

「敬うてますけども」

半二がいうと、

「お前のは口だけや」

すぐにいい返してくる。

「いやいや、そんなことありまへん。心底、敬うてます」

「ほれみ、またお前は口だけや。それも、ほんの先っちょの、このあたりだけや」

文三郎が半二の口の先を摘もうとすると、心得たもので、半二はすいっと脇に逃げる。

「竹本座の吉田文三郎師匠、いうたら、あっちからもこっちからも敬われてはって、それどころか、人形遣いの神さんや、とまでいわれてはって、そんでもまだ足りませんか」

「足らん、足らん。お前だけ、とんと足らん」

「や、なんや、わしだけ足らんのかいな」

「足らん、足らん。んなもん、口先だけで足りるかいな」

「そうかあ、足らんかー。んー、そら困ったなあ」

ふざけた調子でぽりぽりと髭を掻く。

「そやろ、そうくるやろ。そういうとこや、そういうとこ。お前のそういうとこが、あかんのや。お前だけ、ちいともわしを敬うてへん」

「え、いやいや、誰にも負けへんくらい敬うてます、って常からいうてるやないですか」

「嘘こけ」

かっと大声になった文三郎の唾が飛ぶ。

「おとととと、こりゃまた、えらい強欲な神さんやなー」

「なんやと！」

半二は文三郎にわりあい遠慮なくものをいう。

竹本座の若い衆には、あの気難しい文三郎の爺いに、ようもそんなふざけた口がきけるもんやな、そんなやつ、お前くらいやで、と半ば呆れられてもいる。

まあな、せやし、わしは人形遣いの弟子やないしな、浄瑠璃作者同士、いうてみれば対等の立場なんや、と受け流す。対等の立場というのはいいすぎにしても、吉田冠子という名で作者に連なる吉田文三郎とは、常日頃からともに演し物を考えだす仲、そうそう機嫌を伺う必要もない。むしろ、丁々発止、好きに言い合えるようでないと新たな演目を一からともに作れないとも思っている。

文三郎もまた半二を弟子とは思っていない。文三郎の引きで半二が竹本座のお抱え作者になったのはたしかだが、文三郎にしてみたら、使い勝手のいい浄瑠璃作者をひとり、手に入れたとしか思っていない。それゆえ、べつだん恩に着せてもいない。半二にはとにかく、文三郎好みの浄瑠璃を次々書いてもらいたいだけなのである。

そもそも、文三郎はそれが目的で半二に目をつけたのであって、浄瑠璃作者を育てようとした覚えもない。

育てるもなにも育て方なんぞ文三郎は知らない。

半二は勝手に育っていった。というか、何か書いて持ってきてみ、と声をかけてはみたものの、ろくでもないものしか書いてこない半二に、声をかけたのはまちがいであったかと、半ば後悔していたときもあったくらいなのだ。近松門左衛門の形見の硯を持っているというし、あの穂積以貫の倅だし、幼い頃から見知った顔だし、作者部屋で可愛がられてもいるようだし、素質は十分と見込んで声をかけてみたのだったが、はじめに書いて持ってきたものといったら、まあとにかく子供じみて、お話にならないほど下手くそだった。書かれている物語にはなんとはなしに魅力があるようにも思われるのだが、いかんせん独りよがりにもほどがあって、万人に受ける浄瑠璃には程遠い。こらあかん、こら、まるであかん、ものにならん、と冷たくあしらい、それで終いにしようとしたのだけれども、この半二、いつまで経っても諦めなかった。なにやらちくちく書いては持ってくる。声をかけた手前、邪険にするわけにもいかないので、しょうがあるまいと読むだけ読んで、こんなもんは使えん、ここんとこだけはまあまあやな、この場はいくらなんでも短すぎやで、おいおい人物の性根が中途で変わってしもてるがな、こんなまどろっこしい詞章ではなにいうてんのかわからへんで、などなどと、人形遣いの目で思ったことをその都度、口にしていただけだったのに、それでもそのうちに、だんだん形になってきて、ある時、ひょいと持ってきたのが、役行者大峯桜。

　これはよかった。

　時代物としてそう手垢のついていない役行者を持ってくるあたり、目の付けどころがなかなかいいし、桜咲く舞台の趣向もいい。仕掛けを施せる隙間がいろいろあるのもやりがいがある。なによりこの物語には、半二らしい大きさがあるのがよかった。

　なかでも文三郎が気に入ったのは、薬売りの陀羅助という人物。四の口に出てきたときには嫌味な小物としか見えない薬売りが、じきに見せ場見せ場で、役行者に従う前鬼となり、五の切には見得を切りまくっての大暴れ。この役はもう、すぐにでも人形を遣ってやってみたかった。

座本であり、作者でもある二代目竹田出雲も、作者部屋の重鎮、三好松洛も、一読、これはいけると踏んだ。

とはいえ、なにしろ荒っぽく書かれた浄瑠璃である。板に載せられるまでには体裁を整えねばならない。出雲と松洛の二人が手を貸し、半二は浄瑠璃のいろはをあらためて学びつつ、時間をかけて直していく。

文三郎は、それを待つ間、自分がやると決めた陀羅助の役のために新たな人形の頭まで拵えさせたほどだった。そのくらい気を入れて、この役に打ち込んだのである。

それから七年。

半二とは年に二本、多ければ三本ほども、新しい演し物を作って、竹本座の舞台にかけている。

次は唐人ものでいこか、ほしたら次は義経出そか。文三郎の思いつきと面倒な注文にこたえ、半二がなんのかんの、物語をひねりだす。気に入らなければ書き直しもさせる。といってただ文三郎の言いなりになっているわけではない。そこかしこに半二なりの気概がみられるし、ちょいちょい新しい工夫や趣向を入れてくる。松洛ら、格上の作者連中だけでなく、やる気はあるがまだ力不足の若手らを口八丁でうまいこと働かせ、束ねていくのも見事だった。この七年のうちに半二を軸にいい具合に回るようになってきている。評判も悪くないし、客の入りもまずまず良く、それなりに贔屓もついた。半二の腕がどの程度上がっているのか、そこのところは文三郎にはよくわからない。人形を遣っていて、やりにくいかやりやすいか、人形が生き生きと動くかそうでないか、もしくは客が喜ぶかあくびしているか、そんなところから見当をつけて、次はどうしよう、こうしようと、共に知恵を絞っているだけなのである。

それでも、いつの間にやら、半二は、文三郎にとって手放せない作者になっていた。

なあ、半二、お前、わしといっしょにここを出て、新しい座を作らへんか、というのはここ何年か、文三郎の口癖である。わしが座本や。小屋の目星はもうつけてある。旗揚げの折には、お前を、うちとこの立作者にと思うてんのやけど、どや。仕打ちはわしや、扶持は弾むで。ここは比べものにならんくらいぎょうさんだしたるで。そしたら、ちっとは楽、できるやろ。なあ、お前も、もう三十路を越えた。そろそろ立作者として、名をあげてもええ頃やないか。嫁はんかて、もらいたいやろ。はよ、いっぱしになりたいんとちがうんか。なんなら嫁はんも世話したるで。小股の切れ上がったええおなご、見つけてきたるさかい、楽しみに待っとり。

冗談とも本気とも取れるいいかたで、文三郎は半二に誘いかける。どや、え、どや。

ややこしい騒動に巻き込まれるのが嫌なので、半二はうんともすんともこたえない。半二にしてみたら、たとえ立作者になれたとしても、竹本座を出てまで文三郎と一緒にやっていきたいかといったらそんなことはない。それよりも、むしろ、小うるさい文三郎から離れて、たまには誰にも気兼ねせず存分に書きたいと徐々に思いだしている。しかしながら、そんな思いを悟られたら、文三郎の機嫌を損ね、またどんな厄介ごとに発展するかわからないので、よけいなことは口にしないように気をつけている。

一昨年、二代目竹田出雲が亡くなって以降、文三郎の誘いがますます頻繁になり、話がいっそう具体的になってきた。これはもう本気で画策しだしているとみて良さそうだった。

おそらく、二代目出雲の倅が三代目を襲名せず、代わりに本家筋の、からくり芝居、竹田座の座本、竹田近江がしゃしゃり出てこちらの座本にもおさまったのが燻っていた文三郎の叛骨心に火をつけたのだろう。若かりし頃、すでに一度は、独立を企てたことのある文三郎である。老齢になって、いよいよ最後の花を咲かせるつもりなのか、あるいは、あのとき、失敗に終わった雪辱を果たそうとでもいうのか。

二代目出雲も初代出雲も、そんな文三郎の肚のうちをとうから見透かし、先手先手で潰しにかかったものだったが、跡を継いだ近江にそこまでの気配りはない。

やり手の近江は竹本座だけではなく、すでに他にもいくつかの小屋で仕打ちをしているので、文三郎のことばかりにかまけていられないのである。近江が継いだ途端、さまざまなことが変わったのは、おそらく、出雲のやり方を踏襲していてはやっていけないからだろう。座への細々した口出しも多くなったし、座本の権威を振りかざすようにもなった。手広くやっているだけに、商売人のように銭勘定ばかりしているようにもみえる。そのわりに、一座の者らの待遇がよくなる気配はなく、それどころか、いくらか悪くなった面もあって、文三郎はそこが気に食わなかった。まずはそっからやろう、と思っている。わしらを大事にせんで、なにを大事にするのや。え、わしらが気持ちよう、腕を振るえてこそやないか。

道具や衣裳を新調するのをあっさり却下されるのも文三郎には我慢ならなかった。そこ、ケチるとこか、ったく阿呆やな、話にならん阿呆や。

文三郎の思いつきを一から十まで採用するわけにはいかないとはいえ、どれを採って、どれを外すか、その加減が近江はどうもうまくなかった。目利きだった出雲とちがって、ここぞという勘所を外してしまう。夏祭浪花鑑の団七格子、義経千本桜の忠信の源氏車模様の衣裳、仮名手本忠臣蔵の由良之助の二つ巴の紋付、文三郎の思いつきで人気となったものは数多い。そうやって客の心を摑んできた文三郎には、彼なりに培われた自負がある。話もろくにきかずに反故にされれば、とうぜん根に持つ。

裏方であるべき近江が派手派手しく世間を泳ぎ回っているのも文三郎には気に食わなかった。役者やあるまいし、座本があないに目立ってどないすんねん、と舌打ちをする。近江にしてみれば、仕打ちをしている大坂で四軒、京で一軒の芝居小屋を円滑に運営していくためには、幅広い人付き合いや接待は不可欠と考えていたし、それをいうなら、文三郎の方こそ、人形よりも目立つ格好で出遣いして、分をわきまえてへんやないか、ということになる。なんや、あれは、人形遣いが、人形より目立つ格好して、白粉に青黛て、どういう料簡や、客の気ぃが散るばっかりやないか、と陰口を叩く。

なにより近江は、文三郎が、座の親玉のような大きな顔でのさばっているのを元々こころよく思っていなかった。なんせ文三郎ときたら座本を差し置いていつ頃からか楽屋の仕切りまでするようになっている。五年ほど前に開いた京の竹本座では、独自の興行をたまに打たせてもらってさえいる。座本の出雲が、なにかというと退座をほのめかす文三郎を手懐けるために施した苦肉の策なのではあったが、こういうのもいちいち近江には気に入らなかった。なんであの男をあすこまでつけあがらせるのや、そうやって甘やかすから手に負えんようになるんや、そんなやり方はわしには通用せえへんで。そう宣言して、わざわざ難癖つけては文三郎をこき下ろす。となれば文三郎も黙っちゃいない。すぐさま反撃にでる。出雲がいなくなって、歯止めがきかなくなっているので、顔を合わせれば嫌味や皮肉の応酬だ。

近江には、元来、人形浄瑠璃は語る太夫があってこそ、という思いがあるので、人形よりも上であるはずの太夫らが、文三郎にへぇへぇするのがとにかく納得できないのだった。幕が引かれるとすぐに、太夫から三味線から果ては道具方に至るまで皆が皆、びたびたの汗も拭わず、文三郎のところへすっ飛んでいって、ご苦労様でした、と頭を下げているのをみるたびに、なにやってんのや、と腹を立てている。

そんなことはせんでもええ、はよ着替えて、はよ汗、拭いてき、と口を酸っぱくしても太夫らはきかない。長年のうちに培われた習慣を変えるのはそう易くない。

ふんっ、当ったり前や、わしあってこその竹本座やないか、と文三郎の鼻息は荒い。ここのみんなは、それがようわかってるわな。終わって挨拶にくるんは、その気持ちのあらわれや。そんなん、わしがやらせてるわけやないで。世話になってるもんへの礼儀、ちゅうやつや。え、そら、そやろ。人形なくして、竹本座が成り立つか。太夫の浄瑠璃だけで客が呼べるか。呼べへんで。お客はんらはな、人形をみにきてんのやで。わしらの遣う人形を、楽しみに、みにきてくれてはるのやで。銭つこうて、暇かけて、浮世の憂さをここで晴らしていかはるんやないか。そんだけのもんを、わしら、みせてるつもりやで。そやろ。そのために、日々精進してんのやろ。なあ、ここんとこ、みんな、えらいようなってきてるやろ。息もよう合うてる。豊竹座の人形になんぞ負けてへんで。そらそや、みんな、わしの育てた人形遣いや。今が盛りや。ほんま、わしがこれまで、どんだけ竹本座をたすけてきた、思うてんねん。それがわかってへんのはあの阿呆だけや。

半二はふんふん、ときいている。

文三郎の芸の力はよくわかるし、ここまで竹本座を盛り上げてきた功績もよくわかる。本人のいうとおり、文三郎の人気はたいそうなもので、道頓堀で客を呼べる人形遣いといったら吉田文三郎が当代一だ。出雲もそれを認めていたからこそ、文三郎の好きにさせてきたのだし、親分風を吹かせた振る舞いも許してきたのだし、給銀にしても、おそらく竹本座でいちばん多くもらっているはずだった。

それでもまだ文三郎には欲がある。

一から十まで、己の思い通りの人形浄瑠璃を舞台にかけたいという強い思いがある。まだやれる、もっとやれる、その勢いに、周囲との軋轢は大きくなるばかりだ。

老いてなお、ふつふつと湧きだす、あの欲はなんなんやろなあ、と半二は考える。あれが芸の欲というもんなんやろか。

半二はそんな文三郎がじつは嫌いではない。

偏屈で意固地で、鬱陶しい爺いではあるけれども、いっしょになって、ああでもない、こうでもないと演し物を作っていくときの文三郎は、あれでなかなか面白い。

あの爺いも頭ん中がいっつも大忙しみたいやしな。

思いついたらなにがなんでもやりたくなるところも、どことなく正三に似ていた。

おい、半二、次は田んぼで水汲み上げる龍骨車、あれ、つこうてみよか。あれで舞台に派手な水しぶきあげたろやないか。龍骨車や、龍骨車。ほれ、田んぼでようみるやろ。足で踏むと羽根板がくるくる動いて田んぼに水引く、あれや、あれ。あれなあ、木枠で組んだ細長い形といい、羽根板が回るところといい、水が出てくる仕掛けといい、ちょうど舞台に向いてるて、この前、ひょいと思いついてなあ。あれつこうた芝居て、まだどっこもなかったやろ。わしらで一丁やってみいひんか。切にはな、舞台一面の水をしゃーっと汲み上げたるねん。

ひひひひと笑いながら文三郎が半二にそう切りだしたのは、まだ半二が作者として竹本座のお抱えにしてもらって一年か二年の頃だった。

なるほど、そりゃおもろいかもな、と物語をひねりだし、練り上げ、やがて出来上がったそれは、愛護稚名歌勝鬨という時代物となった。

苦労しただけあって、思っていた以上にうまく書けたのだったが、いざやるとなったら座本の出雲は渋い顔だった。

なあ、半二、本水使うんはええが、ここまできっちりやらなあかんか。どこぞ一処に絞ってやるわけにはいかんのんか。

いかん、いかん。

半二の代わりに文三郎がこたえる。そんな半端なことさせてどないすんねん、せっかく半二がええもん書いてきたんや、あんたがやらせたらんでどないすんねん、こういうときはやな、でんと構えて、よしやってみなはれ、いうてたらええねん、と頑として譲らない。

出雲はためいきをつく。そうはいうけどやな、一面水浸しにするとなると裏方総出で、毎日、大儀やしな。

なんやて。

ぎろりと文三郎が出雲を睨む。

おいおい、作り話もたいがいにしてくれるか。誰が大儀やいうてんねん。え。誰もそないなこというてへんで。いうわけないやろ。みんなええもん拵えとうてうずうずしてるで。勝手なこと抜かしてんと、すぱっとやらせたったらええんや。

文三郎がそう言い張る。

どや、みんな、そやろ。そやな。

うっかり間に入った裏方も、舞台を拵える道具方も、どちらの味方をしても角が立つので、うなずきはしても言葉はなく、一様に、楽屋の隅の暗がりで、げっそりとした顔で突っ立っている。

先に折れたのは出雲だった。んなら、まあ、ええわ、それで、やってみよか。

じつのところ、そのときの半二は内心、そこまで意地になることだろうか、と思ってはいた。出雲のいうように、場所を区切ってやったってべつにかまわないのではないか。多少地味にはなるが、それなら皆も楽できるし、金銭的にもだいぶちがうだろう。無理してやったところで不入りだったらえらいことになる、という新入り作者ならではの心配もあった。

口を挟まなかったのは、ひとえに文三郎の勢いにおののいたからだった。はじめはのんきに、ありゃまるきり子供が駄々こねてんのんとおんなしやな、と、呆れていたものの、どすをきかせて延々騒ぎ立てる文三郎をみているうちに、だんだん化け物じみてみえてきて、こわくなってしまったのである。なんやこの爺い、なんでここまでむきになれるんや。なんや、なんや。あの目はなんや。どないしたらあんな仁王さんみたいな目になれるんや。

文三郎があたりを睥睨する目に炎が宿っていた。それに気づいたらとてもじゃないが逆らえない。

これで、不入りやったらどないなるんやろか、とぼんやり半二は思っていた。誰が落とし前、つけるんやろか。文三郎師匠か。いや、それはない。そんな話はきいたことがない。となれば、誰や。わしか。書いたんはわしや、やっぱりわしか。うー。わしを馘首にして落とし前つけるんやったらかなわんなあ。馘首にならんかってもらえるはずの銭がもらえなんだらそれもいややしなあ。そやけど、こないなってしもたからにはそこまで覚悟してやるしかないんやろなあ。

文三郎の爺いと一蓮托生かあ。

半二も腹を括った。

ところがいざ、幕が開いてみれば、評判はすこぶるよく、客足も日に日に伸びていったのだった。

次第に出雲の顔も晴れやかになっていく。しまいには、ようやった、ようやった、こりゃ大当たりや、と楽屋で大盤振る舞いの酒盛りまで開いてくれた。

そのとき、酒を酌み交わしながら、文三郎は半二にいったものだ。

な、みてみ、座本なんてもんはな、こんなもんやで。

ぐいっと酒を呷る文三郎は赤い顔をしている。

な、そやろ、当たれば、ああやって、手のひら返して大喜びや。お客はんがようけ入ってくれたら、それであいつらは万々歳や。偉そうにしてても、ようするに、そんだけのこっちゃ。座本もな、板にのせるまではどないなるかわかってても、わかったような顔してがたがた抜かしてても、ほんまのところは、なんもわかってへん。せやからな、ええか、半二、幕が開く前から、座本の顔色うかごうてたらあかんのやで。そんなことしたって、ええもんは作れへん。やるとなったら、なにがなんでも、やりとおさんとあかんのや。金に糸目をつけさせたらあかん。なあに、もともと銀主の金や。ひいたら出てくる。そこは駆け引きや。そこんとこは座本にまかしといたらええねん。座本の懐、気にして、ひよったらこっちの負けや。楯突いてでもやったらなあかん。ともかく、そういう気構えでおらなあかんのや。こっちのそれをしっかり受け止めてやな、やらせたるだけの力があるもんこそ、座本になるべきなんや。ま、その点、うちとこの出雲はまだましやわな。どっか、わてらを、信じてくれてるやろ。そやからこそ、わてらかて、命懸けてやったろ、いう気になるんやないか。そうせんと、おんなしところをぐるぐる回ってるだけの、つまらん一座に成り下がるで。そもそも、そないなことしてたら、やってるわてらかて、おもろないわな。おんなしもんばっかこさえて、なんとのう、わかってることばっかやって、それで、わてらがつまらんようになったら、お客はんかておもろない。そんな一座、誰がみにきてくれる。

　このときの文三郎は連日大入りの客の前で三役をやりきり、じつに満足げだった。竹本座の皆も、誇らしげだった。

なにより、うまい酒だった。楽しい酒盛りだった。

こいつやで！　こいつが書いたんやで！

文三郎が景気良く叫ぶ。

こいつはなあ、ふらふらふらふらしてるだけの、半人前の男やないで。こう見えて、なかなかたいした男なんやで。じつはなあ、わしもびっくりしてる。みんなも、そやろ。わしらがここまで気持ちようやれる演目、そうそう書けへんで。人形遣うてるとようわかる。なあ、わかるなあ。

人形遣いの面々が同意する。

離れたところにいる太夫の面々までもが笑みを浮かべて首肯している。

そやろ。こいつは今、伸び盛りなんや。ぐんぐんぐんぐん伸びてくところや。さすがに近松門左衛門の硯を受け継いだ者だけのことはある。門左の硯も泣いて喜んでるんとちがうか。近松半二、ここにあり、ってな。

いくらなんでもそりゃいいすぎやで、と酔いにまかせて遠くから茶化す声が飛んでくるなか、上機嫌の文三郎は、阿呆、いいすぎやないで、といいかえす。こいつはな、これからもっとええもん書く。きっと書く。それはまちがいない。やい、みんな、わかってんのかいな。並木千柳の後釜はこいつやで。やがてこいつが千柳よりええもん書く日がくるんやで。な、半二、そうやな。

はあ、と頭をかきかき、半二は苦笑する。酔っ払いの戯言だとわかっていても、じわじわと嬉しさがこみ上げてくる。文三郎という爺いは、悪鬼のような形相でわけもきかずいきなり頭ごなしに叱りつける時があるかと思えば、こんなふうに、望外の喜びをふいに与えてくれることがあった。すると滅多に褒めない文三郎ゆえ効き目は絶大で、すっかり舞い上がってしまうのだ。

半二が喜びを嚙み締めていると、文三郎が真顔になっていった。

ええか、半二、ひよったらあかん。書いてる最中に、書いてるもんを勝手に裁いたらあかん。なんでもやれると信じて、己を信じて、まずは書いていくんや。

半二がうなずく。芝居小屋の裏の裏までみて育った半二だけに、ついつい座本の懐具合を気にしてしまう癖があると、どうやら文三郎は気づいていたようだ。

文三郎が、つづける。ええか、半二、やれるやれんは後からや。

ざわざわと騒がしい宴の最中にあって、半二に話しかける文三郎の目は真剣だった。

半二はこの日のことを忘れられない。

な、半二、いっくら出雲かてどうにもならんときはやらしてくれへんで。ようおぼえとき、そこはそんなもんや。残念ながら、諦めなあかんときはある。ただな、そんでも、もうこれは諦めなあかんやろ、いう際々(きわきわ)んとこで、ああ、せやけどこれはこいつらに是非ともやらしたりたいなあ、なんとか算段したろか、て、座本の心を動かすもん、書いてったたったら勝ちなんや。ここぞという時、座本はなんとでもする。命懸けで金かき集めてくる。そうしてな、そういうもんは、たいてい当たるんや。座本ちゅうのんは、そうやっていっつも試されてるもんなんやで。己の判断次第で座は大当たりやし、下手したら潰れる。銀主から銭かき集めて、不入りやったら沈没や。けど、それを恐れてたら、大当たりも望めん。

それを証明するかのような出来事が、まさについ目と鼻の先、数日前に幕を開けたばかりの角の芝居で起きていた。

並木正三の三十石艠始。

これまで誰もやったことのない、正三の頭の中にあるだけだった廻り舞台を拵えるため、秋口から延々、舞台下の地面を掘って掘って掘りまくり、捨てられた土で小屋の前から法善寺につづくだらだら坂が平たくなってしまったほどだったのだが、その大掛かりな工事の中途で資金が尽き、一度はもう無理や、と音を上げかけた座本が、それでも正三を信じて投げ出さず、銀主に追加の金を出させてまわってどうにか凌いだ。当たらなんだら、わしはもうしまいや、道頓堀に飛び込んで死ぬしかない、と暗い顔で頭を抱えていたらしいが、幕を開けた途端、大評判となり、連日大入り札止めがつづいている。年を越してもおそらくこの勢いはつづくであろう。座本も銀主も胸を撫で下ろしているはずだった。いや、この大当たりなら笑いが止まらなくなっているのではないか。

煽りを食ったのが、近江の仕打ちで興行している歌舞伎芝居、嵐吉三郎座で、こちらは連日不入りがつづいていた。といっても、これはどこの小屋とて同じこと。どこもかしこも青息吐息の興行となっている。

半二は思う。そら、そうや。そんじょ、そこらの歌舞伎芝居が、あの大掛かりな廻り舞台に勝てるかいな。正三をなめたらあかん。

半二が書いたわけでもないのに、してやったり、という顔で、悄然とする近江の顔をつい盗み見てしまうのだった。


吉田文三郎が身体の具合がすぐれないから次は休ませてほしいと座本に申し出たのは、ちょうどそんな頃だった。

「どないした、どこが悪いんや」

驚いた半二が、文三郎の息子で、やはり竹本座の人形遣い、吉田文吾をひっ捕まえてきく。

文吾は半二より六つか七つ年下、なのではあるのだけれども、子供の頃からあの文三郎の下で、時に理不尽に思えるほどの厳しい修業に耐えてきただけあって、歳に似合わぬ貫禄というか風格があった。

「まあ、いろいろやな」

軽くいなされる。

「いろいろってなんや」

「いろいろはいろいろや」

人形がずらりと並ぶ楽屋の通路ぎわで、文吾が人形を検分しながら、うるさげにいう。

「いろいろ、いうだけではわからんやないか。いったいどないしたんや。この際はっきりいうてくれ」

「はっきりもなにも、せやから、いろいろや、いうてるやろ」

邪険にされても半二は引き下がらない。

「なあ、文吾、わしの目は節穴やないで。あの師匠がそうかんたんにくたばらへんことくらいわかってるがな」

「ったく、うるさいやっちゃな」

「あ！　作病か。作病なんやな」

「おい、なんでまた、そないでかい声で、そない人聞きの悪いことをいう。作病やないで。ほんまに具合が悪いんや。みんなに心配かけてもなんやし、と思うてずっと隠してたけど、ここんとこ、なんや起き上がるのも大儀らしゅうてな、何日も寝込んではるのや。もうな、次の演し物の稽古どころやないねん。本人めっきり気ぃ弱なってしもてな、もうあかん、もう死ぬ、って毎日えらい騒いではるわ。近々、隠居願いを出す、とまでいうてはんのや」

半二は仰天する。

「え。隠居願い。隠居願いって、えっ、そんなら人形遣い、やめはるんか。そらまた、どういうこっちゃ。そこまで悪いんか。いったいどないした」

たしかに、ここ最近、朝方に何度か、どことなし顔色が悪いように見えることがあるにはあったが、そこは天下の吉田文三郎。舞台に上がって人形を遣いだすと、じきにいつもの調子に戻っていた。隠居願いを出すほど悪かったとは到底思えない。

「おい、文吾。せやけど、文三郎師匠から人形取り上げたら、よけい悪なってしまうんとちゃうんか。早まらんと、よう考えて、いつでも戻ってこられるようにしといたった方がええで」

「そないなこと、お前にいわれんかて、ようわかってるがな。そやけど、いいだしたらきかへん人やしな」

人形のなにを確かめているのか、あるいは確かめているふりをしているだけなのか、暗がりで衣裳の端をつまんでは手を離し、離してはつまみ、文吾はしばし考え込んでから、やけっぱちな口調になる。

「ったく、わしらがどんだけ強ういうたかて、あの人は聞く耳持たずや。まあな、長年、得手勝手に生きてきはった人やさかい、しゃあないのんかもしれへんけども、とにかくなんでもかんでも一人で決めてかはる流儀やから、かなわんのや。わしらはいっつも置いてけぼりや。なに考えてんのんか、ようわからへんとこもあるしな、困ったもんやで。まあ、わしらでどうにか説得しつづけるけども、どやろな。ああいえばこういう、こういえばああいう、とにかく厄介な性分なんや。わかるやろ」

「まあ、それはわかるけどもや。しかし、どうも解せん。なんで急にそこまであかんようになった。ついこの前まで、やる気満々やったで。次は安珍清姫(あんちんきよひめ)でいくて決めはったの、文三郎師匠やしな。清姫やりたい、いわはって。あのときは這ってでもやりそうな勢いやったのに」

「寄る年波には勝てん、いうこっちゃ。その清姫やけどな、わしが代わりにやらしてもらう。そのつもりでおってくれるか」

「ああ、それはかまへんけど、え、しかし、ほんまに休まはるんか」

「休む、休む。あの人も、もう歳やしな、ゆっくり休ましたってくれ。ほんで、いっぺん休んで、躰がらくになったら、またやらしてもらう。それまでじょうずになだめておったら、隠居願いなんて考え、どっか行ってしまうやろ」

「そやな。座本はどないいうてる」

「休みたかったら休んだらええ、いうてはる」

「ふうん、そうか」

それからひと月後、二月になって、安珍清姫の日高川入相花王が幕を開けたが、やはり文三郎は出なかった。

竹本座一の花形人形遣いが欠けているので、一同、客足が心配だったのだけれども、正三の歌舞伎で道頓堀に賑わいがでているからなのか、歌舞伎ではなく人形浄瑠璃なのであちらとは客の取り合いにならずにすんだからなのか、思った以上のまずまずの入りだった。

文吾も、よくやっていた。

さすが文三郎の倅、とまではまだいえないものの、ちょうど脂が乗りだした頃の文吾ゆえ、文三郎の穴が気にならないほど、まとまった出来ではある。文吾の弟、大三郎もよくやっていたし、二役をこなす文吾に引っ張られるように、人形遣いの連中も、太夫、三味線らも軒並み、いつもより出来がよかった。文三郎がいなくて皆のびのびやっているからだろうか。

これには近江も気を良くして、これなら歌舞伎の方での損失をこちらで取り戻せるかもしれぬと張り切りだし、三月もこの演し物でいくと早々に決めた。客足が衰えなければ、四月もこれでいくのだそうだ。そのために贔屓筋に、挨拶回りまでして客を呼びこんでいる。

おそらく、文三郎なんぞいなくても、竹本座はやっていける、というところを見せつけたいという肚もあったのだろう。

しかしながら、その魂胆に気づかぬ文三郎ではない。

四月になるや否や、隠居願いが出されたらしい。

小耳に挟んで半二は驚く。

ほ、ほんまに出したんか。

文吾のやつ、なんで止めんかった。いや、止められへんかったんか。しかし、なんでや。なんでいきなり。

意地やろか、と半二は思う。意地になってんのやろか。それとも近江との間になにかあったんやろか。

いや、ひょっとして、それほどまでに具合が悪いのだろうか。

楽屋雀も姦しい。

えらいまた急な話やないか、文三郎はん、どないしはった。隠居せなあかんほど、悪かったんか。

どやろ。

わざわざ届けを出しはったくらいや。そら、よっぽどのことやないか。

ちゅうか、休んでるあいだに、なんぞ、気に食わんことでもあったんとちがうか。あの人、意地っ張りやし、カーッとなると後先考えんとこ、あるし。

そやな。

あれやで、座本がはよ戻ってきてくれって頼みにこおへんからへソ曲げはったんやで。座本が文三郎はんに頭下げはったらすぐにおさまるわ。あの人、どうせ、それがみたいだけやろ。

んなこと、あの近江が、わかってたかて、するかいな。死んでもせえへんで。それより、こないなってしもたからには文三郎師匠の方が土下座でもせんかぎり、戻ってこられへんで。どないするつもりや。

土下座て。せえへんせえへん。あの爺いがそないなこと、するかいな。どんだけこじれたかて土下座なんぞせえへんで。死んでもせえへんわ。そこは近江といっしょやな。

ようするに、どっちもどっち、いうこっちゃ。

寄ると触ると文三郎のことで持ちきりである。

竹本座のなかだけでなく、次第に道頓堀界隈へと、噂が飛び火していく。

せやけど、なんぼなんでも、隠居願いをだす、ちゅうのは相当のこっちゃで。

ほんまに悪いらしいって、誰かいうとったで。

もうあかんのんか。

そないいうてはる人もいてるな。

そうかあ。人形、ちゅうのんも軽そうに見えて、けっこう重いらしいからな。舞台で人形を遣うんはもう無理なんやろな。

みられへんとなると、えらい惜しいなあ。

惜しい、惜しい。もいっぺんみたなるわあ。

見納めにもういっぺんだけやってほしいけどなあ。

あの人の遣うお人形さん、そらあ、みごとやったで。お人形さんが、ほんまに生きたはるからなあ。息してんのんがわかる。

あー、しもたなあ。こういうことがあるさかい、みられるうちにみとかなあかんのやなあ。

半信半疑ながら、日一日と、文三郎の引退が現実味を帯びてくる。

松洛にきいてみたら、よけいなこというてんと、おまえは、ちゃっちゃと次の演し物のこと考え、といわれた。

　待たんでええんですか。言外に文三郎のことを匂わしてみても、ちゃっちゃと書け、としかいわない。ということはつまり、文三郎を待たなくていい、といっているともとれる。

　文吾や大三郎にさぐりをいれてみても、要領を得ない御託をのらくらいうばかり。明らかになにかを隠しているように思われるのだが、この兄弟が口をつぐんでいるのだから、一門の者らが口を割るはずもない。

　いったい、どないなってんのや。

　さすがに半二にも動揺はあったし、文三郎の容体がわからないだけに心配もあったし、また、それとはべつに文三郎がいなくなるかもしれないと思えば先々への不安も湧き起こってしかり、なのではあったが、とはいえ、いつまでもぐだぐだ思い悩んでもいられない。これから先の演し物は、文三郎抜きでやっていかねばならないのである。そしてそれは、浄瑠璃作者として半二が竹本座にお抱えとなって、じつは、はじめてのことなのだった。

　ようするに、わしはずっと文三郎師匠の庇護の下にあったんやなあ、とあらためて半二は思う。

　なんだかんだいったところで、書いたものの責任を負うのは文三郎だった。半二を拾い上げ、長らく重用してくれたのも文三郎だった。たとえ不入りになろうとも、評判がすこぶる悪かろうとも、文三郎は半二を責めたりしなかった。やると決めて板に載せたからには、あとは人形遣いと太夫と三味線が引き受ける、と決めていた。だからこそ、半二はいろいろな思いつきを試せたのだったし、次から次へと新しい浄瑠璃を書きつづけてこられたのである。

こうなると、どこまでが半二の力か、どこから先が文三郎の力だったか、俄(にわ)かに判別できない気にもなってくる。

文三郎の手を離れ、ここできっちりいい演目を仕上げられなければ、腕そのものが疑われる、と半二は静かに武者震いをする。

おそらくここが半二の正念場になるだろう。

いきなりのことゆえ、じわりじわりと気が張り詰めて行く半二だったが、反面、ついにこの日がきたかという嬉しさもまたあった。吉と出るか凶と出るか、さて、どっちだろう。

半二がそんな思いにひたっている頃、まさか当の文三郎が、吉田文三郎一座を旗揚げするために動きまわっているとは、夢にも思っていなかった。

四月も半ば過ぎて、半二は文吾にいっぺんうちにけえへんか、と誘われた。

文三郎の家になんぞ、これまでいちどもいったことはない。

ためらいはしたが、これはあれか、今生(こんじょう)の別れをさせてやろうという親切心か、と感づき、黙ってついていくことにした。

本音をいえば、衰えてよぼよぼになっている文三郎の姿など見たくはなかったし、なにより、当の文三郎が、そんな姿を見られたくないのではと思いはするものの、といってこのままあわずにいてはあとあと悔いが残るかもしれない。

いったい文三郎はどのくらい悪いのか、半二にはさっぱりわからないので、とりあえずいってみるしかない。

文三郎の容体を道々きいても、文吾はこたえてくれなかった。ただむっつりと早足で歩いていく。

なあ、おい、文吾や、文三郎師匠はほんまにわしにあいたい、って、いうてくれてはるのか、そやなかったらわし、こんなふうに家にまで押しかけてってあわんかてええねんで、なあ、ほんまについていってもええんか、なあ、どうなんや、早足になって追いかけながら半二がいうと、文吾が小さく笑ったのがわかった。

なにおどおどしてんのや、ったく、半二らしゅうもない、と文吾がからかうようにいう。あいたがってるに決まってるやないか。そやなかったら、家になんぞつれてくかい、そんなことしたら、わしがどやされるわ。

そらそうか、と半二も得心する。

それにしても、もう少し、なにか教えてほしいところだが、それ以上話しかけられたくないのか、文吾はいやに急いで先へ先へといってしまう。

半二はただ遅れぬよう、半分駆けるようにしてついていくしかない。日頃のらくらしてばかりいる半二と、身体をつかって人形を動かしている文吾とでは、機敏さがまるでちがうのである。

文三郎の家は、道頓堀を外れ、長堀を越えたところにあった。

お屋敷とまではいえないものの、小さいながらまずまずの普請の家で、形ばかりの門に、隅には枝ぶりのいい松の木が植わっている。その奥には自前の井戸もあるようで、桶がいくつか立てかけてあった。

どことなく、生まれ育った穂積の家と似た雰囲気があって、半二は少しばかり懐かしい気持ちになってくる。穂積の家を出てから長らく暮らしていた染太爺いの家を出て以降、道頓堀近くの汚くも狭い長屋で一人暮らしをしているので、広々とした家が少しばかりうらやましくもある。といって、ここには文三郎をはじめとして、その妻や、娘、文吾、大三郎兄弟、内弟子の者も幾人か住んでいるというのだから、決して贅沢な暮らし向きとはいえないだろう。

招き入れられ、中に入る。

襖を開けると表座敷に、文三郎がいた。あろうことか、ぱりっとした羽織姿で、姿勢良く正座している。

半二は目を瞬く。

「おう半二、久しぶりやな」

そう笑いかける文三郎は晴れ晴れとした顔で血色も良い。声にも張りがあった。とても寝込んでいた病人にはみえない。

文三郎の傍には文吾の弟、大三郎が伏し目がちに控えている。

家の中はしんと静まり返っている。

あらかじめ人払いしてあるのか、座敷の外に人の気配はなく、したがって、酒どころか、茶の一杯も出てきそうにない。

半二は狐にでも化かされたような心地で、あれ、師匠、お元気そうやないですか、と間抜けな声をだし、文三郎の前にあらかじめ敷いてあった座布団に腰をおろした。

つづいて文吾が襖を後ろ手に閉め、大三郎の隣にすわる。狭い座敷ながら、ゆったりと煙管をくゆらす文三郎の姿は、まるで二人の従者を従えた殿様のごとき風情だった。

ようきてくれたな、半二、などといわれようものなら、へへーっとひれ伏してしまいそうである。むろん、ひれ伏しはしないが、こりゃ、いったい、どないなことになってますのや、と半二が不躾にきいた。きかずにはいられなかった。

文吾と大三郎はちらりと目配せしあうが何もいわない。もぞもぞと動く大三郎の衣摺れの音がきこえるだけだ。

すると文三郎がひたっと半二を見据え、

「お前をここへ呼びだしたんは他でもない。前々からいうてた旗揚げの話や」

といったのだった。

「へ？」

出し抜けにそんなことをいわれ半二は戸惑う。

ききまちがいか、と半二が鸚鵡返しにいう。

「旗揚げの話」

文三郎が大きくうなずく。

「そうや。ずいぶん待たせてしもたがな、いよいよほんまに吉田文三郎座をやらしてもらおうと思うてな。銀主も見つかったし、小屋ももう押さえにかかってる。いっしょにやってくれるか。やってくれるわな」

ははあ、といったきり、半二は固まる。

なにがなにやら、わけがわからない。

「とはゆうてもやな、まだ当分のあいだ、内密にしときたいんや。それで、わざわざここまで足を運んでもろたというわけや。面倒かけて、すまんかったな」

文吾も大三郎もまじめな顔でうなずいている。

「おいおい、半二、なんちゅう顔、してんのや。大丈夫や、わしはやるで。お前もやるやろ」

「本気でいうたはるんですか」

「本気や。本気に決まっとるがな」

「けど、からだは。師匠、具合、悪いんとちがいますのんか」

「んなもん、どうにでもなるがな。わしを誰や思うてんねん。吉田文三郎やで。人形遣わせたら日本一やで」

「そないなことやのうて、からだ、あ。そうか。やっぱり作病やったんや」

「あー、ちゃうちゃう。ちゃうで。ほんまにわし、具合悪うしてたんやで。なあ」

文三郎が振り返ると文吾がうなずき、

「年明けから寝込んでおったんは、ほんまのことや」

という。

「せやけど養生しよるうちに加減がようなってきてなあ」

「おかげさんで、薬もようきいて」

「せやからな、安珍清姫が終わったら舞台に戻ろかと算段してたんや。ところが、安珍清姫、ちいとも幕引きにならへんやろ。そうか、近江のやつ、わしを戻したないから、幕引かへんのやなと気づいたわけや。腹立てたんとちがうで。まあ、あいつのやりそうなこっちゃ、こっちはもう慣れてるがな。そんなんに、いちいち腹立てて、時を無駄にするのも阿呆らしい。わしもなあ、半二、もうええ歳や。やれるうちにやりたいことやって死んでいきたいとつくづく思うようになってきてなあ。わしはなあ、わしの亡うなった後も、わしの芸をきちんと繋いで、人形浄瑠璃をもっともっとようしていってほしいんや。願うてることはそれだけや。そのために、やれることはまだまだぎょうさんある。それを一つ一つ、きちっききちっとやってったら、人形浄瑠璃は歌舞伎になんぞ負けへんねん。あの和泉屋の正三がここ何年、休むまもなしに次から次へと歌舞伎を盛り上げてってるやろ。あれや、あれ。ああいうふうに人形浄瑠璃かて、もっともっと盛り上げていかなあかんのや。そういう勢いが今のわしらには足らんねん。そやろ。そう思わへんか。わしはな、この手でそれをやりたいんや。せやけど、今の竹本座ではそれがでけへんのや。な、そやろ、なんの因果か、わしは近江に目の敵にされてる。あいつに、いつ潰されるかわからへん。へたな潰され方したら、こいつらにとってもええことがない」

手元に置いてあった扇子をとり、文吾と大三郎を指す。

「せやからな、わしらは一座を興すしかないんや。幸い、銀主のあてはある。前々からある人に相談はしておったんやけど、この前、ちょろっというてみたら、いよいよか、いうて喜んでくれはってな。銭の心配はせんでええ、って仲間うちに声かけて、ぎょうさん集めてくれはったんや。まだ口約束やけどな、びっくりするくらいの額やで。まだまだ集める、いうてはるわ。吉田文三郎の人形をみたいもんはようけおる、誰にも損はさせへんで、ってうれしいことというてくれはって」

文三郎門下の人形遣いらの意思はすでに固まっているのだそうだ。吉田文吾、大三郎兄弟をはじめとして、吉田源八、吉田島八以下、時蔵、貫蔵、九十郎、その他、左遣い、足遣いに至るまで、まとめてごっそり竹本座からいなくなるという寸法だった。太夫、三味線らにも、ついてきてくれそうな者を見極めて、これから順に声をかけていくのだという。

「というわけでやな、半二。作者はお前や。お前がうちとこの立作者や」

「わし、ですか」

「そおや。お前や。お前しかおらんやろ」

なんとこたえたらいいのか、半二にはわからない。文三郎についていきたいのか、そうではないのか。咄嗟に判断がつきかねる。

「どないした。うれしないんか」

「いや、そないなわけでは」

どっちつかずの顔で半二が口ごもる。

太夫、三味線のうち、どれだけの者が文三郎についていくのか不明だが、人形遣いのことだけ考えても、竹本座が受ける打撃は計り知れなかった。半二までもが、そんな後ろ足で砂をかけるような真似をして竹本座を出ていっていいものだろうか。

といって、吉田文三郎一門がまとめて抜けてしまったら、竹本座で操浄瑠璃がやれるかどうか心もとない。なにか書いたとして、舞台にかけられないのであれば、竹本座に残って書く甲斐がない。

ならば、文三郎に従うしかないのか。

たしかに立作者という言葉には惹かれるものの、といって文三郎に従って書かされるだけの立作者なら、名ばかりの立作者にすぎないような気もするし、おそらく文三郎の一座となれば、口出しや注文はこれまでよりも、格段に多くなるだろう。はたしてそれに耐えられるかどうか。

はてさて、どうすべきか……。

押し黙っている半二に文三郎が詰め寄った。

「やるやろ。やるわな」

さらに詰め寄る。

「おい、なんで返事せえへんのや。やるやろ」

半二は俯き加減でじっと身動ぎもせず、考え込んでいる。

「ったく、はっきりせんやっちゃなあ。なにを迷うことがある。立作者やで。わしがお前を立作者にしたる、いうてんのやで」

文三郎の横柄な口ぶりに半二の眉間に皺が寄った。親分風ふかせるのもたいがいにせえよ、と文句の一つも言いたくなるが、ここはあえて黙っている。文三郎とやりあうとき、押してばかりではうまくいかない、といつの間にやら半二はしっかり学んでしまっていた。

文三郎がじりじりしてくるのが見て取れた。半二が思い通りの反応をしないので苛立っているのだろう。

文三郎から太いため息が漏れた。

真似するように、半二も太い息を吐く。

文三郎が半二を睨む。

睨まれても、半二はひるまない。

文三郎の目つきがだんだん剣呑になってくる。そして、そこにはうっすら文三郎の狂気のようなものがうかがえるのだった。

ああ、そうやった。

半二は思いだす。

この人はこういう人やった。

なにかに突き動かされて猛進しだすと、もう止まらへんのや。いっつもそうや。他にはなんにも見えてへんのや。誰を踏みつけようと、誰を傷つけようと知ったこっちゃない。いや、踏みつけたことにさえ気づいてへんのかもわからんな。人形を遣う、つまり、この人の頭の中にあるのはそれだけなんやろう。

芸を貫く、ちゅうのんは、ほんまに、おそろしいこっちゃな、と半二はつくづく思う。

どっか、おかしなっていく。

ここら界隈、そういう人間がそう珍しいわけではないものの、文三郎にかぎり、度を越してその傾向が強いように思われる。

竹本座を割ってでるちゅうのがどれほど重大なことか、この爺い、ちゃんとわかってんのやろか。

いや、わかってへんやろ、と半二は知っている。

むしろ、ここで半二がすべきなのは、文三郎の誘いに乗って、文三郎を焚きつける側にまわるのではなく、文三郎がやろうとしていることは、竹本座への明らかな裏切り行為だと気づかせ、文三郎を正気に戻すことではないのか。

旗揚げするならするで、こんなやり方はせず、正々堂々と近江と話し合ったうえで、合意できる道をさぐるべきだと諭すのが先ではないのか。

とはいえ、そんなことを半二ができるとも思えない。

文三郎に楯突いて、機嫌を損ねたらどんな仕打ちが待っているか。

と、よくわかっている半二なのではあったが……。

「やめといたほうがええんやないですか」

それでもやはり、半二は竹本座の窮地を見るのが忍びないのだった。

「師匠、こういうやり方ではあかんでしょう。恩を仇で返す、いうんですか、いや、そうやないか、仁義に悖る、いうやつか。なんにせよ、世間はようみてまっせ。吉田文三郎の名に傷がつきます」

半二の肚には、その肚の奥の奥には、竹本座への愛着がある。

物心つくかつかぬうちから通いつめた竹本座。家から追い出された後、半二を受け入れ、支えてくれた竹本座。

いってみれば、竹本座は半二にとって、もう一つの生家なのである。

「なんやて」

　文三郎が気色ばむ。

「おのれ、誰に向かってものいうとんのじゃ」

　文三郎のこめかみには青筋が立っている。

「文三郎師匠」

　半二が諭すようにいう。

「文三郎師匠は天下の吉田文三郎でっせ。道頓堀の宝でっせ。後にも先にもこれほどの名人はいてない、って、皆にそこまでいわれてるお人でっせ。それほどのお人がいよいよ一座を興す、いうときに、こんな見苦しいやり方はあきまへん。こういうときこそ、逃げも隠れもせず堂々と、真正面からぶつかるべきや、思います。こんな、闇討ちみたいなことしたら、のちのち寝覚めが悪い」

「半二っ、お前」

　文三郎の扇子が半二を目掛けて投げつけられる。半二をかすめて扇子が襖にぶつかった。

「なにがお前、闇討ちじゃ。えっ、なにが寝覚めが悪いじゃ。生意気に、知った口きくんやないわっ。おのれ、ずうずうしいにもほどがあるで。わしのやり方のどこが悪い。えっ、わしはずーっと前から、やる、やる、いうてたで。闇討ちどころかそこらじゅうにいうてまわってたんやで。そやろ。そやな。わしは出雲にかて、はっきりいうてたんやで。近江にかていうてたわ。お前にもいうてたよな。今に始まった事やないと、それをいちばん、ようわかってんのはお前のはずよな。それを今になって、なにを抜かす。なんでお前ごときにそないなこといわれなあかんのや。はん、お前もえらなったもんやな。え。誰に拾われた、思うてんねん。ったく、仁義に悖るんはどっちなんか、この際、よう考えてみるこっちゃ。なにが闇討ちじゃ、なにが逃げ隠れじゃ。阿呆か。ええか、半二、ようきけ。なんでもかんでも表にだしたらええっちゅうもんやないねんで。そやろ。ここぞというときにこそ、大事に、大事に、そおっとそおっと立ち回らなあかんことが、あるねんで。そのくらいのことわからんでどないすんねん。半二、お前、その歳までなにやってた。え。なにみてた。なにみてきた。そんなんでよう浄瑠璃書いてこられたもんやな。呆れたもんや。ええか、ここが勝負、いうときにこそ、だまぁって、しずかぁに事を推し進めて行く。その辛抱強さがためされてんのやで。肝心なんはな、そこや。はじめっから馬鹿正直に近江にいうてみ、あっちゅうまにひねりつぶされて、しまいや。あいつが快哉を叫ぶ姿が目に浮かぶわ、ほんま。近江ちゅうのんはな、そういう男や。容赦がない。せやから、あいつにそれをさせんためにどないするか、そこが駆け引きなんや。そのためにわしは長いこと策を練ってきたんや。静かぁにな。よう覚えとけっ。ああ、もうええわ。お前には心底がっかりした。あれやな、お前はもうちっと賢いやつや、思うてたけど、そうでもないんやな。もうええ。もうようわかった。お前はわしといっしょにやらん。そういうこっちゃな。立作者にはならんと、そういうてんのやな。ふんっ。この話、棒に振ったら、お前なんぞ、一生、立作者になんぞなれへんで。そんでもええんやな！」

　まあまあまあ、と割って入ったのは文吾だった。

「なに、いきりたってんのです。半二かて、そこまでいうてないやないですか。かなんなあ、そないないいかたしたら、まとまる話もまとまらんようなりますで」

　大三郎もおっとりと口を挟む。

「そうや。二人とも、ちっと落ち着いてもらわんと」

「わしは落ち着いてる！」

「わしもや」

　二人がすぐさまいい返す。

「そんならええですけど。そやけど半二はん、あんたはんも、ちょっと、なにやら誤解してはりますで。これは闇討ちとか、そんな物騒な話とは、ちゃいますねんで」

「そやで。半二、はやまらんと、よう聞いてくれ」

　文吾がゆるゆる補足する。

　一座の旗揚げは早くて秋口。場所は道頓堀ではなく、京。

ゆえに、竹本座とじかにぶつかりあうことはない、と文吾が断言する。

「そら、わてらかて、そのへんのことはよう考えてますがな」

　大三郎が口を添える。

「竹本座とはこれから先も、互いに腕を競いおうて、人形浄瑠璃を共に盛り上げていけたらええ、思うてます。まあ、こういう形でうちの一門が出ていくさかい、いっとき向こうは人が足らんようになるかもしれへんけど、そのときはそのとき。こっちから、ちゃあんと、スケ、出すつもりでおりますがな。そこらへんは、なんとでもなります」

「あんじょう助けおうて。なあ」

「さすがに豊竹座とは組めへんやろけど竹本座とは組めますさかい。せやからな、半二はん、あんたはんはなあんにも心配せんでええんです。わてらかて世話になってきた竹本座への恩義を忘れたわけやない」

大三郎の言葉を引き取って、文吾がいきなり頭をさげた。

「な、ともかく、半二、いっぺん、ゆっくり考えてみてくれるか。急かさへんよって。わしもな、いっしょにやれるの、楽しみにしてんのや。ええ返事、待ってるさかい、頼むわ」

「ええもん拵えて、客沸かして、人形浄瑠璃を京に根付かせたるんや！」

文三郎が、かっと目を見開いて大声でいう。

「そうしてな、いずれ、人形浄瑠璃の本場は京や、いわれるようになるくらいまで、盛り上げてったるんや！」

文三郎の夢が潰えたのは、それからふた月と少し経った、七月初めのことだった。

病と偽って隠居届けを出し、その裏で竹本座から許しを得ないまま一座の旗揚げを画策したとの廉で、吉田文三郎は竹田近江によって竹本座から追放されたのだった。

文三郎追放の経緯を記した覚書がある日いきなり竹本座の楽屋に張り出された。

あまりの唐突さに、皆、息を呑む。

むろん、半二も唖然となった。

文吾、大三郎兄弟も青い顔をしてぼんやりと張り紙を眺めている。

おい、こりゃ、どういうことや。

半二がきいても、二人とも首を振るばかりだ。そうしてあわてて家へとって返す。

その日から上を下への大騒ぎとなった。

近江はそのあと、ご丁寧にも、その覚書を収めた倒冠雑誌という書物まで出版して、竹本座の正当性を世間に訴えていくのだから、これはよくよく考えられ、練られたうえでの動きだったと思ってよい。

文三郎にしてみたら、なにもかも、寝耳に水の出来事だった。

京で旗揚げするつもりだった芝居小屋はすでに近江によって買い上げられており、他の小屋を借りようにも、とうぜん近江の息がかかって手が出せなくなっている。むろん、道頓堀の芝居小屋なんぞ、どこにも文三郎に付け入る隙はない。

文三郎に金を出すと約束してくれていた銀主らも近江の根回しによって、いつのまにやら、霧散していた。資金のあてがなくなっては、どうにもこうにも打つ手はない。

文三郎の一門の者らも、文三郎共々、一人残らず追放と張り出されていた。

ただし、と、ここが近江の賢さ、抜け目なさ、なのではあるが、吉田姓を捨てて、文三郎と決別する意思を示した者のみ、竹本座への帰順を許す、との但し書きをつけたのである。

旗揚げができなくなったとあれば、皆、食べていくためには、近江の条件を飲んで竹本座に残るしかない。そもそも人形を遣うしか能がない連中である、近江に強く迫られたら抗えない。ほとんどの者が、菊竹や竹田など、別の姓に変え、吉田文三郎と袂を分かつ。

こうして近江は文三郎の育てた人形遣いのほとんどを失うことなく、尚且つ、文三郎とその影響のみを巧みに排除してしまったのだった。

あれよあれよというまに事が進んでいくのを、文三郎は呆然としてみているより他なかった。

周到な近江は、吉田文三郎は金に目が眩んだ汚い奴、恩を仇で返す醜い奴、大嘘つきの迷惑者という噂を大いに広めていったため、世間からすっかり悪者扱いされ、となると、いくら悔しくとも、へたな反撃もできない。

手を拱いているうちに、噂には尾ひれがついていく。

かわいそうにな、あすこの一門の者ら、これまで、ずいぶん師匠の文三郎に虐げられてたらしいで。

長いこと、やりたい放題やったんやてな。

小面憎いやっちゃで。そんな横暴な師匠になんぞ、ついて出ていきとうのうても、断れへんやろ。致し方なかったんや。

きつい師匠に、下のもんが諫(いさ)めるなんて、できひんやろしな。

そのうえ、文三郎は大嘘つきやで。作病て、ほんま、恥知らずなやっちゃ。

下のもんは、この機に文三郎一門を抜けられて、あんがいせいせいしてんのとちがうか。

となると、こりゃ、近江様々やな。

せやで。座本の近江は、みんなを同罪にして追放せんと、下のもんだけ、うまいこと竹本座に残らしたったんや、よかったで。

まあ、せやけど、吉田文三郎の芸が金輪際(こんりんざい)みられんちゅうのだけが、なんや心残りやけどな。

それは仕方ないやろ。

ほんでも、あれだけの者(もん)が引退興行のひとつもせんとおしまいて、なんや寂しいけどなあ。

ここがあの人の引き際やった、いうことや。ちょうどよかったんとちゃうか。

なんや、きれいな引き際とは言い難いけどな。

そんなん、自業自得や。

自業自得、自業自得。

こうした噂は文三郎の耳にも入っているらしい。

「もうな、相当こたえてるみたいでな。さぞかし悔しいんやろな、うーうー唸り声上げて、寝込んでるわ」

　文吾が半二に教えてくれた。

　文三郎はこのところ、誰にもあっていないそうで、内弟子らも家を出ていったため、ほんのいっとき家族の者と顔をあわせるだけで、日がな一日、ぽつねんと布団にくるまって過ごしているのだという。せめてもの賑やかしにわしが見舞いにいこかと半二がきいてみたが、文吾にきっぱり断られた。ともかく誰ともあいたくないのだそうだ。

　外にもいっさい出ていないのだという。

　花形人形遣いとして華やかな道を歩んできた人だけに、世間にそこまで蔑まれているとわかって、人にあうのがこわくなったらしい。

　口をつくのは近江への恨みつらみばかりだそうだ。

「そら、そやろな。近江にここまで追い詰められたら、そら、そうなるやろ」

　竹本座の近くでこんな話をするのは憚られるので、日本橋のたもとまでぶらぶら歩き、暮れなずむ道頓堀の流れと川面に映る、揺れる柳を眺めながら、文吾と二人、腹を割って話す。

　湿気が強くて蒸し蒸しするが、風がある分、竹本座にいるよりうんと心地よい。

「誰が近江にしゃべったんや、誰が裏切ったんや、って、いっとき大騒ぎやったで」

文吾がにやにやしながら半二をみる。

「え。なんや、なんでわしをみる。おい、わしを疑うてんのか。やめてくれ。わしやないで。わしは誰にもなんにもいうてへんで。いうかいな。わしかて、あの張り紙みて、たまげた口や」

半二が手にした団扇をばたばたと振り回していう。

「誰もお前や、なんていうてない」

「当たり前や。わしが師匠、裏切るかいな。わしはそんな不埒な男やないで。立作者のこと、文三郎師匠にきちんと返事せえへんかったんは、あの火事で、それどころやなかったからや。他意はない」

「ああ、わかってる。あんときはみんな、たいへんやったもんな。わしらかてそうや。わしも大三郎も、うちの一門の者らも、旗揚げのことはひとまず棚上げにして、竹本座のために、朝から晩まで身を粉にして尽くしてたがな。けど、まさかあれが。あの火事が……」

「あの火事がどないした」

竹本座は五月、吉左衛門町から燃え広がった火により大西芝居、中の芝居とともに類焼してしまったのだったが、竹田近江の獅子奮迅の活躍により、どこよりも早く、仮小屋を建てて、半月後に再開を果たしていた。

阿呆ッ、みんなで沈み込んどる場合かッ、はよ動かんかいッ、はよ働かんかいッ、という近江の号令のもと、大道具方や裏方はもとより太夫も三味線も人形遣いも、半二のような作者部屋の連中に至るまで皆、それこそ、竹本座総出で寝る間も惜しんで働き、仮小屋での初日を迎えたのだった。

顔の広い近江が、あちらこちらを奔走し、懸命に金をかき集めてまわり、材木を用立て、大工を何人もつれてきたからこその短期間での再開だったのだが、そんな離れ業ができたのもひとえに、近江が常日頃から人との付き合いに力を注いできたからで、ところが、その最中、近江は、文三郎旗揚げの噂を耳にしてしまったのだった。銀主になる人、なれる人、つまり金を持っている者は、仲間うちでなんらかのつながりがある。誰がどこに金をだすつもりでいるか案外よく知っている。あるいは、どこにだすつもりの金を竹本座に融通するのか、近江に渡す際に、わざわざ恩に着せるように知らせる者もいる。

この銭、文三郎はんの旗揚げにだすつもりでとっといたったんやけどな、火事で困ってはる竹本座に先にだしたらな、あかんやろ、思いましてな。

なんのことやらわからぬ近江が不審に思ってきいてまわると、事情が少しずつわかってきた。他にも文三郎一座の銀主になるつもりの者が何人かいることも判明した。

近江は、激怒する。

文三郎の病は作病か。偽りやったか。くそ、まんまと騙(だま)されたわ。

それでなくとも、かねがね虫が好かない文三郎である。

近江は怒りに震え、文三郎、許すまじ、という考えに凝り固まっていく。

しかしながら近江は、すぐには事を荒立てなかった。

仮小屋での興行再開でそれどころではなかったというのもあるにはあったが、文三郎の企てを完膚なきまでに叩き潰すためには、誰にも悟られることなく、ひそかに動くのが賢明と判断したからだった。

「とまあ、おおよそ、そんなところやったようや。竹田近江が一枚も二枚も上手やった、いうこっちゃな」

文吾に事情をきいて、ようやく半二は理解する。

「なるほどな。つまり、きっかけはあの火事やったんか。しかし銀主、いうのんもあんがい口が軽いもんやな」

はたはたと団扇を煽ぐ。

「人の口には戸が立てられん、いうやっちゃ。その代わり、いうのもなんやけど、こっちも銀主のひとりにこっそりそのへんの話、きかせてもろたんやから、ま、おあいこや。せやけど、まさかあの火事の裏でそないなことになってたとはなあ。世の中、なにがどう転ぶか、わからんもんやで」

「たしかにな。しかし、それにしたって、そっから先、近江はうまい筋書き考えたもんやないか」

「まあ、そやな。ああいう海千山千でこの道、渡ってきたやつに、ただの人形遣いが挑んでも、所詮勝負にならんかった、いうこっちゃ。半二、わしな、一門の者らと一緒に竹本座に残ることにしたで。お前が今書いてる、太平記菊水之巻に出るつもりや」

半二はあんぐりと口を開けて文吾をみる。団扇を煽ぐ手も止まっている。

「え。お前、正気か。なんでそんな。いやいやいやいやいや、それは、あかんやろ。お前まで、吉田の名、捨ててしもたら、文三郎師匠が泣くで」

「いや、捨てへん、捨てへん。わしな、わしだけ吉田の名を捨てんでもええことになったんや。代わりに下の名を変える。それで許したれ、て三代目はんが口添えしてくれはってな」

「三代目って、小出雲か」

「そや。あの人、いずれ正式に三代目を襲名して、竹本座の座本になる、て前々から決まってるらしいな。その三代目はんが、吉田の名は残したらなあかん、て近江に強ういうてくれはったらしい。近江の方はかなり渋ったそうやが、あんまりえげつないことすな、って諫めてくれはったんやそうや。松洛はんもな、竹本座の看板に吉田の名がないなんて、そんなん、あってはならんことや、これまでの吉田一門の働き忘れて、そないあこぎなことしてたら、それこそみんなに笑われるで、て近江に詰め寄ってくれはったそうで。ありがたいこっちゃ、そこまでいうてもろたら、わしかて竹本座に残らんわけにはいかんやろ。それに、正直いうてな、うちとこも、誰か働かんとやっていけんしな。大三郎は出るな、いうてるけど、食うてくためにはそうもいってられへん。みっともないとはわかってても、とりあえず、この話にすがらせてもらうわ。吉田文三郎の前名の吉田三郎兵衛を襲名して出る、いうことやったら面目も立つやろ、て松洛はんが知恵を授けてくれはったし。そんならええか、思うてる」

「はーん」

半二は感心の声をあげる。

こりゃ、ますます、ようできた筋書きやないか、と半二は思う。この筋書きは竹田近江が書いたんか、それとも、たまたまできてしもうた筋書きか。誰が書いたか、誰の手柄か知らんけども、文吾がもののみごとに取り込まれてしまった。この男がいるのといないのとでは竹本座の人形の厚みがちがってくる。文三郎の抜けた穴を考えても、ここはなんとしてもこの男が欲しいはずや。そうして手に入れるために、敵役の近江の向こうを張って現われ出でたのが、竹田小出雲と三好松洛。この二人が救いの神として文吾に手を差し伸べる。いやはや、うまいこと考えたもんやないか。竹本座のほんまの跡取りの若者と、誰よりも古くから竹本座におる重鎮の老人と、この二人をつかうあたり、役者もええのん揃えてる。あっぱれや。あっぱれ、あっぱれ。

半二はふっと空を見る。

まったくこの世は狂言やな。

それぞれが、それぞれの役回りを背負って動いている。いや、動かされてんのかもわからんけどな。

「それで文三郎師匠はなんていうてはんのや」

「いや、まだ、なんにも伝えてない。へんにいうて具合悪うされてもかなわんしな。当面、黙っとこか、思うてる」

「そやな。それがええかもしれへんな」


九月。

太平記菊水之巻が幕をあけた。

文吾の吉田三郎兵衛襲名を文三郎が知っているのかいないのか、いちおう、めでたい興行ではあるはずなのに、文三郎の姿は一度としてみかけなかった。

なぜか文吾もその頃からぴたりと口を閉ざしてしまう。半二がなにをきいてもこたえてはくれないし、舞台がはけるとそそくさと帰っていってしまう。

そうこうしているうちに、年が明けて一月。

吉田文三郎が逝った。

人形遣いとして、まだまだやりたいことがあっただろうに、吉田文三郎は活躍の場をいっさい失い、名声も人気もすべて失い、失意のうちにこの世を去ったのだった。

まさかそれほど急に亡くなるとは誰も思っていなかったので、皆一様に、驚きと動揺を隠せなかった。

といって、夏以降の騒ぎの余韻があるため、竹本座では当たらず障(さわ)らず、誰しも、言葉少なだ。

半二もおとなしくしていた。

半二にしてみたら、そこそこ事情を知っているだけに、吉田文吾あらため吉田三郎兵衛に、いったいどのような言葉をかけたらいいのか、わからなかったのである。

弔いにも、よばれなかったので、半二はいかなかった。


「半二、お前もあん時、声かけられてたんやてな」

文三郎の訃報をきいてからしばらくして、竹本座からの帰りがけ、裏口のところで、ふいに半二は松洛に呼び止められた。

「ああ、べつに隠さんでもええ。責めてんのとちがう。それに、なんとのう、前々から気づいてはおったしな」

裏口のそばの壁に寄りかかり、松洛が半二を手招きする。帰る者の邪魔にならぬよう、半二も松洛の隣に立つ。松洛は半二より一回りほど小さいし、おまけにぼそぼそと小声でしゃべるので、半二は仕方なく背をかがめて松洛の口元に耳を持っていく。

「ま、そら、とうぜん、お前にかて、声かけるわな。そら、わかるわ。書き手がおらんかったら、旗揚げもできひん。せやけど、半二、おまはん、文三郎についていくとは、いわんかったんやてな。なんでや。ずっと一緒にやってきたのに、なんで断った」

「いや、断った、いうんやないんです」

松洛と半二の横を、会釈して一人、二人と通り過ぎていく。松洛が会釈をかえすのにあわせて、半二も言葉は交わさず、ただ頭を動かす。

「ついていくべきか、いかぬべきか、どないしたらええんかわからんようになってしもて、決めかねているうちに、あの張り紙ですわ。ようするに、わしはただ、返事をしそこねてしもただけなんです。火事やらなんやらで、それどころやのうなってしもて。文三郎師匠も、こっちの事情がわかってるだけに、返事の催促もなかったし」

「なんや、そういうことやったんか」

松洛が、しんみりとため息をつく。

「あの火事か。はー、あの火事なあ。つまり、あの火事がすべてやったんやな。しかし文三郎はつくづく不運な男やな。まさに憂き世はままならん、いうやつや。あいつなあ、わしにはなんも相談せえへんかったやろ。いずれ相談してくれるつもりやったんかもしれへんけど、あんときは、わし、なんにも知らへんかったやろ。ああ、それも、もしかしたら、火事でうやむやになってたんかもしれへんなぁ。ともかく、なんにも知らんかったから、わし、あの張り紙みて、動顚してしもてなあ。力になってやれるどころやなかったんや。それが残念でなあ。そのうち、ほとぼりが冷めたら、いっぺん会いにいって、なんぞ考えたろ、思うてたのに、こないにはよ、逝きよるし。もっとはよ、会いにいってやらな、あかんかった。こうなると、残されたもんは辛いな。会いにいきそこねたことが悔やまれてならん。今年の冬はまた、いつまで経っても、えらいさぶいしなあ。

さびしてかなわん」

板と板の隙間から吹き込む風を避けるようにして動きつつ、松洛が嘆く。

松洛の方が文三郎よりやや年上だけに、文三郎の死がこたえているのだろう。

「いや、会いにいかはっても、会えんかったんちゃいますか。だれにも会うてなかったそやから」

慰めるつもりで半二がいうと、

「そうか」

松洛が少し笑った。

「なあ、半二、あいつの人形、もういっぺん、みたないか」

松洛の声の調子がやや明るくなる。

「そら、みたいですわ」

半二がすぐにこたえる。このところ、じつは半二もずっとそれを思っていた。

「みたいよなあ」

まるでそう口にすれば今すぐにでもみられるかのように松洛がいう。

「わしなあ、半二。こないだから、文三郎の遣う人形がみとうてたまらんのや。いてへんようになって、つくづく思うけど、あいつの代わりはどこにもおらへんなあ。なあ、そう思わへんか」

半二がうなずく。

「そやろ。そやなあ。やっぱりお前もそう思うか。そやわなあ。そら、たしかにうまいやつはようけいてる。そやけど、あいつの人形はうまいだけとはちがうんや。な、そやろ。あれは誰にも真似できへんうまさや。名人の名人たるゆえんや。わしはなあ、半二、あいつの遣う人形が、いちばん好きやった。ちょっと癖があるけど、油断してると腹ん中まで入ってきよるやろ。いや、腹ん中がひきずりだされるいうんか」

文三郎の舞台を半二は思い出す。たしかにそうだった。えもいわれぬ奇妙な気持ちに何度させられたことか。

「あいつはもっとしぶといやつや、思うてたんやけどな。わしよりずっと長生きすると思うてたんやけどな。人形取り上げられたら、じき死んでしもた。あっけないほどはよ死んでしもた。な。人形なしでは生きてられへんかったんやな」

「ほんまの人形遣いやった、いうことですわ」

「そや。まさしく、そのとおりや。あいつは人形取り上げられて息の根、止められてしもたんや。なあ、半二。知ってるか。世間はなあ、文三郎師匠、作病やなかったんやなあ、ほんまにからだ壊してはったんやなあ、って、噂しよるらしいで。心ん中では詫びてるんかもしれへんな。おかしな名誉挽回もあったもんやで」

「命を懸けた名誉挽回、いうことですか」

松洛がうなずく。

「そうや。文三郎はん、ほんまに死ぬとわかってたから、最後にやりたいことやりたかったなんとちがうか、それで旗揚げしたかったんとちがうか、って、みんな、噂しよるらしい。世間の風向きもやや変わったようやな。これで文三郎も多少なりとも浮かばれるやろ。あの兄弟も、こっから先、いくらか、やりやす、なるはずや」

「それやったらええですけど」

戸口から吹き込む冷たい風に半二は着物をかき合わせた。

「なあ。こうなると、もういっぺん、舞台に立たせてやりたかったなあ」

「本人も立ちたかったやろ、思います」

「せやな。長生きしてたら、またきっと舞台に立ててたはずや。そら、そやで。よう考えたら、べつに、一生、舞台に立てへんほどの罪を犯したわけでもない」

「そんな、罪やなんて、そんなこと、いわんといたってください。文三郎師匠は、人形遣いとしての欲がただただ尽きんかったいうだけですわ。あの人はそこだけ、どうやっても、止められへんかった」

松洛が大きくうなずく。

「んなこと、わかってるがな。半二、わしの方が、あいつとは、よっぽど長い付き合いやで」

松洛の目尻に光るものがあった。半二はそれに気づいていたのだが、その皺くちゃな顔になんと声をかけてやったら慰めになるのか、わからなかったので、気づかぬふりをした。松洛が目を瞬くと、それが流れた。

ほな、わし、帰るわ、と松洛がいう。
あ、そうですか、ほな、お気をつけて、と半二がいう。
外を見ると、すでに宵闇が迫っていた。
裏口を出た松洛が、ぶるっと一度、大きく体を撼わす。
ゆらりゆらりと左右に揺れながら松洛が角を曲がって消えていく。
半二の耳には文三郎の声が聞こえていた。
人形浄瑠璃はもっともっとようなる。
もっともっとようせなあかん。
その声は、小さくなるどころか、次第に大きく聞こえてくるようになった。

雪月花

春の花、夏の草、秋の月、冬の雪。

そんなもんを次から次へと眼前にだして喜ばせるくらい、なんの苦労があるものか。年がら年中、うっとこの芝居小屋でやってることやないか。ちょいとばかし、家までもってきて、やってみせただけやで。あんなもんに銭なんて、そうかかってへんで。あんくらいのこと、ぱぱっとやってのけんでどないすんねん。うっとこはな、それで木戸銭もろてんのやで。腕のいいのがようけ揃てるわ。そら見事やったで。

竹田近江が奢侈の科で牢に入れられる前、周りの人らにそうほざいておったと半二は噂を耳にした。

そら、そのとおりやろ、と半二も思う。あの日、近江にいわれて竹本座の道具方やら裏方の小僧やらが、ごっそり手伝いに駆り出されていったのは、半二もよくおぼえていた。人だけでなく、道具や作り物も、おおむね小屋のありものですませたのだから、たしかに、いわれているほど奢侈ではあるまい。銭を遣わず、しかしながらいかにもたっぷり遣ったように見せかけてうまいこともてなすところが竹田近江の真骨頂なのである。

師走の一夜、お役人だの、ご贔屓筋だの、まとめて自慢の屋敷へ招待して、年忘れの宴と称して大いに喜ばせ、翌年も恩恵を賜ろうというのが近江の魂胆だった。

そんでもなあ、半二、食いもんだけは、さすがにたいしたもんやったで、と裏方連中を引き連れていった棟梁がいう。うまいもんが、ぎょうさんあってな。おかげさんで、わしらもおこぼれにあずからしてもろて、裏でいろいろ食うたり飲んだりしてきたわ。酒も、そらぁええ酒やった。わしらのためやのうて、お客人のための酒やとわかってても、そんなん、目の前に樽があったら飲まずにおれるかいな。せっかくやし、味見がてらみんなでこっそり飲んできたったわ。なあに、余るほどに用意されてんのや、わしらがちいっと飲んだかて困りはせんわ。

竹本座だけでなく他からも助っ人が来ていたので、さながら裏は芝居小屋の楽屋のような趣だったらしい。

家人や下働きの者は、客人をようもてなせ、この際、他のことはどうでもいい、と近江にきつく言われていたため、芝居小屋から駆り出されてきた輩にまでは気が回らなかったのだろう。というか、多少の無礼は大目に見たのだろう。

そらそやで。こっちは大忙しや。舞台とちごて、あんじょう隠れるとこもないしな、加減もわからへんしな、しくじったら許さへんで、と近江は始まる前からえらい剣幕やしな。あらかじめ決められた段取りいうのんが、これがまた、ややこしゅうてな。しつこう念押しするんや、あの近江が。じきじきに。己の思い描いた通りやないと気が済まへんのやろな。さぶいのに外で冷や汗かきながら、動き回ってたで。多少の無礼くらい目ぇつぶってもらわな、やってられへん。

近江が決めた段取りというのに興味が湧いて、半二は詳しくきく。

まずは、ようお越しくださいました、今宵はええお月さんですなあ、いうてお客人に、庭を眺めさすやろ。このためにわざわざ満月を当て込んどってな、雨が降らんように拝み屋にまで頼んどったらしいわ。お客はんらが月見て、ほんまですなあ、ええお庭ですなあ、さすがやなあ、とかいいおうてるところで、わしら黒子が頃合いよう、木の上から雪散らすんや。はらはらはら、はらはらはら。降らしすぎたらあかんで。客がしばらく気ぃつかんくらい、ちょろちょろでええんや。それまでわしら、木に登って目立たんように、じいっと隠れて待ってんのや。くしゃみ一つできひんかったで。しばらくすると、あれ、雪やないか、て誰かが気づくやろ。そしたら、もちっと降らせるんや。このの加減が肝やな。風に流れてきた雪を思わすように降らす。ここらあたりまでは、みんな、ほんまもんの雪や思うてはったようやな。月がよう見えて、雲ひとつない夜や、いうのに、まあ、人ちうのんは、易う目に騙されるもんやな。近江がすかさず、ささ、さぶいし、はよ中へどうぞ、とお客人らを座敷に引き入れてしまうから気づこうにも気づかれへんかったんかもしれへんけどな。人が見えへんようになったら、わしら、静かぁに木から降りてきて、用意してあった綿雪をうっすら庭に積もらせていくんや。しばらくしたら近江が窓を少し開けて、みんなで雪見酒、となる。あ、その前に、わしらはまた木の上に隠れるんやで。えらいこっちゃで。座敷のみんなが、こら風流やなあ、て雪見酒を酌み交わしてんのを、上で指くわえて見てるんや。ぐっと我慢や。そしたら次は近江の合図で、桜がぽつぽつ、咲いていくんやな。こっちの仕掛けは、別の一座のもんらが仕切っとったからようわからんけど、なかなかうまいこと咲いていったで。ここらで客人もようやく、やや、これが今宵の趣向か、と気づくわけや。そら気づくわな、師走にまさかの桜の花や。もう大喜びやったで。そのあとわしらが、上から花びらを散らしていくんや。はらはらはら、はらはらはら。白い綿雪に桜が積もって、ええ具合に色がみえて、わりかし綺麗やったな。ぼんぼり灯してて、それも綺麗やったしな。で、客人らがぽかーんと口開けて庭の桜に見とれとるうちに、別のもんらがそおっと座敷に上がり込んで朝顔やら向日葵やら、青々した花と草をびっちり仕込む、いうわけや。そっちの連中の手際もよかったな。その頃には綺麗どころの姐さんらもどっとやってきて、ひとしきり大騒ぎや。そうして、さて、と帰り際に座敷を出ると、桜も雪もはけて、庭は寂しいすすき野になってる、とこういう寸法や。こっちはわしらの仕込みや。紅葉もちょいと散らしたってな。月は満月。つまり、秋の景色や、くるっと一年経ったっちゅう見立てやな。

宴の評判は良く、近江の機嫌もたいへん良く、裏方連中が片付けをすませて帰るときには、土産に残り物の団子や饅頭なんぞを、たんまり持たせてもらえたのだという。

その日のことは、雪月花の宴と名までついて、あっという間に噂が世間に広がっていった。

「まあな、近江本人も、得意がってたとこ、あったしな。あえて、口止めなんぞ、せえへんかったんやろ」

半二が気楽にいう。

「客かて、そない珍しいもてなしを受けたら、どないしたかて、しゃべりたなるもんやしな。べつだんそれを悪いとも思うてへんかったんとちゃうか。お上のお取り調べが始まったときも、形だけやろ、いうて、のんきにしてたし、まさか牢にまで入れられるとは思うてへんかったんやろな」

「近江はん、えらい災難どしたなあ」

「まったくやで。ほんでも、そろそろ出てこられるはずやで。見せしめなら、ひと月かそこらでじゅうぶんや」

京の煮売り屋、まるのやの二階で、主人の喜助とそんな話をしていると、下からいい匂いが立ちのぼってくる。匂いだけで腹がふくれるわけではないものの、半二はついつい鼻から息を深く吸い込んでしまう。

「大根ですわ」

と喜助がいう。「お揚げと炊いたん、あとでもってこさせましょか」

「お。そら、ありがたいなあ」

「せやけど、近江はんとこのご馳走とは似ても似つかぬ代物ですよって、お口に合いますかどうか」

「なあに、いうてんのや。近江の馳走がわしの口にまで届いたことなんぞ、いっぺんもあらへんわ。竹本座からもらえる少ない給銀で食える馳走でもないしな。わしら、そら、貧しいもんやで。食うや食わずや」

半二が笑う。

「またまたそんな」

喜助も笑う。

折悪しく、近江が捕縛された師走の大坂では、奉行所が唐突に町人らに高額の御用金を、短い上納期限で命じたため、町じゅうが大騒ぎになっていた。御用金を調達するため、町方では、奉公人を減らすわ、やたら節約に励み出すわ、年末年始の諸礼も廃止するわ、と、まさに芝居見物どころではなくなっていて、竹本座にも客がとんと入らなくなってしまった。

おまけに御用金調達に奔走する町人らは、手っ取り早く金を作れる借金の取り立てを厳しくやりだしたので、竹本座の財布である竹田家もなけなしの金を搾り取られ、竹田近江入牢とも時期が重なり、竹本座は窮地に立たされていったのだった。

「その師走にかかっとった操浄瑠璃が、わしらが書いた、古戦場鐘懸松や。義経もので初手の評判はよかったんやけど、この騒ぎにことよせて、いつのまにやら、道頓堀のあっちゃこっちゃで、竹本座のやつら、しゃらくさいわ、なにが古戦場鐘懸松や、竹本座は五千両金借り待つやないか、と囃し立てられる始末でなあ。うまいこといいよるやろ、と感心してばかりもおられんしな」

そんなこんなで、竹本座は当面、道頓堀を離れるのを余儀なくされたというわけだった。

こんな湿っぽい風向きで意地になって幕を開けてても客足は伸びひん、いっそ河岸を変えて、京へいったがええかもわからんで、といいだしたのは一昨年座本を継いだ三代目竹田出雲で、そりゃええ、そしたら、お上にも竹本座は謹慎しとる、反省しとる、て見てもらえる、一石二鳥やないか、と古参の三好松洛がすかさず追随し、新たな演目は急遽、京で拵えることとなったのだった。

半二は、いつまでつづくかも知れぬ京での仮住まいを、竹本座の伝手で世話してもらい、この煮売り屋の二階に定めた。この店は、四条の芝居茶屋に仕出しをしているので、この界隈の事情に明るいし、芝居小屋へも近い。おまけに間借り賃もめっぽう安かった。なあに、ここは見ての通り、低い天井ですしなあ、なにぶん狭い部屋でございますしなあ、荷物もようけ置いてあるんで、どかしてつこうてもらわなあきまへん。安いなんてこと、あらしまへん。うちとこの子供らが上がってきよってうるそうしてたら、遠慮のう、叱りつけたってください。なんぞ不便がおましたらさっき店にいてたお佐久いうのにいうてくれはったらよろし。あ、お佐久いうのんはわたしの姉の娘ですが、もう長いことうちにおりますよって、娘とおんなし、なんでもようわかってます。

半二が礼を述べると、あんたはんがええもん書いてくれはって、芝居小屋が大賑わいになったら、茶屋も繁盛、うちとこも繁盛、大助かりですわ、と主人がいう。ここが芝居茶屋へ仕出し商いをするようになったのは、何年か前の竹本座の興行がきっかけなので、その恩もあるのだそうだ。

「わたしらが操浄瑠璃いうのんをみたんはその時が初めてでしてなあ。歌舞伎は先から馴染みがありますけれども、操浄瑠璃はここらあたりの小屋ではあんまりかからしまへんやろ。歌舞伎とちごて人形やし、どないなもんやろ、とまあ、いうてみればみずぎらいやったんですけども、縁があってみてみましたら、まあ、どうして、あれはたいしたもんどすなあ。はあ、お芝居してはるんが、お人形さんや、いうこと忘れて見入ってしまいましたわ。先年、亡くならはった吉田文三郎師匠のお人形さんも、たったいっぺんだけどすけども、みさしてもらいました。大入りで、息するのも大儀なほどでしたけど、あれは、はあ、みといてよかったですなあ。さすがに名人、道頓堀の宝や、いわれてはるだけのことはありましたわ。それはそれは、綺麗やった。お姫さんのくどきではつられて泣いてしもて。よう忘れまへんわ」

半二はうなずく。文三郎亡き後、こんなふうに、文三郎を懐かしむ声をどれだけ聞いたことか。

「そやろ。そうなんや。あの人の芸は人の心にいつまでも残る芸やったんや。死していっそう、その凄みがわかる、いうやつやなあ」

「ほんまに惜しい人を亡くしましたなあ」

「もう丸二年になるで。早いもんや。そういや、ついこの前、倅の三郎兵衛が吉田文三郎の名跡を継いだんや。とうとうあいつが二代目吉田文三郎や。先代を超える人形遣いになれるかどうか。いや、なってもらわな、あかんのやけどな」

「それはそれはおめでとうさんでございます。ほんなら、またみさしてもらわなあきまへんな」

喜助が満面の笑みを浮かべる。

「それがあかんのや。襲名したことはしたんやけど、あいつ、竹本座を出てってしもてな。二代目文吾を継ぐと決めた弟の大三郎といっしょに、江戸へ旅立ったわ」

「江戸。またなんで江戸へなんか、いかはりましたんや」

「んー。やー、まあ、いろいろあったんやろな。あいつも親父譲りの頑固者やさかい、行くと決めたら、翻意せえへんのや。秋の吉田文三郎襲名披露興行、よかったで。暮れどきから始める夜芝居でな、なんでそんなことにしたんかは知らんけど、なかなか珍しい趣向やった。道頓堀の最後の出番を夜で締めくくる、いうところがなんとのう、あいつらしいしなあ。ほんの十日ばかしやったけど、大入りやった」

半二もむろん、見た。冬籠難波梅。新薄雪物語だの、国性爺合戦だの、雁金文七だの、名場面を短く、次々つなぎ合わせていくとっつきやすい演し物で、後ろの壁に寄っかかって気楽に舞台を眺めているうち、ろうそくの灯りにぼうっと浮かび上がる人形らが、あの世から湧いて出てくる懐かしい者らにも見えてきて、ものがなしくなったものである。

なんとはなしに寂しさまでもが込み上げてきて、おい、なにも文三郎を襲名した今、江戸くんだりまでいかんかてええやないか、と終演後に二人を引き止めてはみた。道頓堀の客らは新たな吉田文三郎に期待を寄せている。この名跡が久しぶりに道頓堀に蘇ったのを待ってましたとばかりに喜んでいる。おそらく先代からの贔屓筋がこれから先、まだまだ押しかけてくるにちがいない。襲名したてで、ここを離れてしまうのはあまりに惜しいではないか。そう力説してみたのだが、半二には引き止めきれなかった。なんでや、と理由をきいても兄弟は口を噤む。ひょっとしたら、半二の知らないところで、初代文三郎逝去以降、竹本座、もしくは竹田近江との間に、なんらかの遺恨があったのかもしれない。

なあ、半二、わしらが江戸へいくんは、武者修行みたいなもんなんやで、と二代目文三郎はいった。親父殿もいてへんようになったし、わしらには他にこれといった師匠もいてない。となれば江戸へでもいって見知らぬ客を前に腕磨くくらいしか、やりようがないやないか。な、わしはなあ、半二、名だけやのうて、実を伴う二代目文三郎になりたいんや、そのためにここを出て行くんや、笑って見送ってくれや。

そこまでいわれたら引き下がるしかない。

二人とは、江戸へ発つ前にもういっぺん酒を酌み交わしてじっくり語り合いたかったのだが、あいにく師走になって近江が捕まり、あれよあれよという間に京へくることになってしまったため、ついに叶わなかった。

あいつら、そろそろ江戸についたころやろか、と半二は思う。

「いずれまたこっちに戻ってきはるんですやろ」

喜助にきかれ、半二は思案する。

「さてな。どやろな。そら、いずれは戻ってくるとは思うけども、それがさて、いつになることやら。なんぞ手応えでもあれば戻る気になるんやろけど、向こうには贔屓もおらんわけやしな。仲間もいてへんしな。一から積み上げていくには、こっちとは客種がちがうさかい、だいぶ難儀するんやないか」

勝手がちがう江戸の客を前に芸の力だけで小屋を沸かせられるかどうか。できなかったとして、下手な意地を張らずに戻ってくる気になれるか、どうか。

その土地その土地、客の受け方がちがうというのは、大坂と京を比べただけでもよくわかる。ましてや遠く離れた江戸、人形浄瑠璃になじみのうすい土地である。すべては手探りでやっていくしかないだろう。

そのむつかしさなら、半二にも多少わかる気がするのだった。

というより、今まさに京という土地で、そのむつかしさに直面している半二なのである。

なにがなんでも大入りになるような演し物を拵えてくれと、道頓堀を発つ前から半二は三代目出雲に泣きつかれていた。竹本座が切羽詰まっている折、京の客にそっぽを向かれたら、竹本座は立ち行かなくなる。万一、不入りになって、おめおめと尻尾を巻いて逃げ帰ったら、道頓堀の客に笑われる。笑われるだけならいいが、二兎追うものは一兎も得ず、どっちつかずな一座への愛着も薄れ、評判が地に堕ちるだろう。道頓堀の客まで離れてしまったら、竹本座は終わり、ともかく今回ばかりは並みの入りでは足りないのだという。京で連日大入りの大評判をとって凱旋せねば、道頓堀で巻き返しが利かない。待ってました！　と掛け声がかかるようでなければ、戻っていくわけにはいかないのである。

松洛からは、ええか、半二、京のお客はんをちゃあんと頭において書くんやで、と命ぜられている。

半二がこれまで書いてきた浄瑠璃のいくつかは、歌舞伎となって京でかけられているし、まあまあ客も入っているのだから、なんとでもなりそうに思うのだが、人形浄瑠璃の新作をかけるとなったらそこに甘えていてはならぬのだという。京のお客はんらは、歌舞伎のほうを見慣れてはるしな、まずは人形浄瑠璃に足を運んでもらわなあかん、そのうえで大入りを目指すんや、ご当地のお客はんらによう目配りして、楽しませせんかったら、うまいことといかへんで、と松洛は主張するのである。

まるのやの二階の格子窓から外を眺め、半二は京の客とやらのことを悶々と考えていた。

どうしたらこの人らが竹本座に足を運んでくれるのだろうか。なにを書いたら喜んでくれるのだろうか。とはいえ、半二はどうも、京の人らを苦手としているところがあるのだった。この人らのことがじつはよくわからない、といったらいいか。いや、それどころか、半二は少々おそろしくもあった。それはたぶん、この町の人らはあてにできそうであてにできないむつかしい人らだと半二の頭に叩き込まれているからだろう。

若かりし日、有隣軒(うりんけん)亡き後、半二が乞食のようにさまよったのが、まさにこのあたりだったのである。

「ふうん、あんさんも見かけによらず苦労してはんのどすなあ」

お佐久が炭を動かしていた火箸を端に置いてしみじみいう。暖を取れるのはこの火鉢だけだが、狭い部屋なので、あんがい暖かく、過ごしやすい。

「まあな。あのころは、わしもまだ子供みたいなもんやったさかい、愛想ようされても、その裏っ側がわからへんかったんや。真に受けて、挙句、途方に暮れて、四条の河原(かわら)でよう泣いたもんや。わあわあ面白おかしゅう喋(しゃべ)って騒いで煙(けむ)に巻いたつもりでも、つっと素に返って冷たさされるやろ。有隣軒先生の名を出してなんとか助けてもらお、て思うても、それはそれ、これはこれ、きっちり線引かれる。まあ、わしも汚らしい小僧やったからしょうがなかったんやろけども、それにしたって冷たいわな。な、ここらの人、そういうとこあるやろ。生まれ育った道頓堀と勝手がちごて、そこがどうにもなじめんかった。いつでもお越しやす、いうてたのをふっと思い出して、のこのこたずねていくと、えらい目にあう。ゆっくりしていきなはれ、いうてるから、へえ、おおきに、いう

ってゆっくりしとると怖い顔される。ついには手を差し伸べてくれる人もおらんようにな
って、ひもじいてひもじいて、道端の草、ひっこ抜いて食うとったわ」
くすくすとお佐久が笑う。
膳を運んでくるお佐久を引き留めては、半二はついつい長いこと話し込んでしまうの
だった。京には遊び仲間もいないし、はよ書けとせっつかれているし、竹本座の作者連
中とたまに顔を合わせるより他は、じっと文机(ふづくえ)の前にすわっているだけなので、お佐久
がくるとつい喋りたくなってしまうのである。お佐久がまた聞き上手で、
「ええんどすか、はよ、お書きにならんでも」
といいつつ、火鉢を挟んですわって、いつまでも相手をしてくれるので、余計な身の
上話をずいぶん語ってしまった。
お佐久は店のことやら、この家のことやらで忙しく立ち働いてはいるのだが、暇にな
れば半二のところで油を売っていてもなにもいわれないようだった。少し前までは任さ
れていた子守りでそれどころではなかったらしいが下の子も十歳になり、二つ上の子は
ちょこちょこ親を手伝うほどにまで成長したので、ここ何年か、お佐久の出番は少なく
なったようだ。
店の奥、喜助一家の住まいに面した坪庭を挟んだ離れの一室で寝起きしているので、
喜助らの暮らしとは少し距離があるというのも、お佐久には存外気楽らしかった。暇つ
ぶしがてら二階へやってくることもあったし、半二の世話はお佐久が受け持っていたの

で、日に何度も階段を上ってきた。お佐久に銭を渡して油だの紙だの酒だのを買ってきてもらうこともあったし、お佐久が差し入れてくれた菓子を二人で分けあって食べたりもした。

お佐久は、半二の話を聞くばかりでなく、問えばなんでもすらすらこたえてくれるので、半二はこの家の事情にすっかりくわしくなった。

十年ほど前、この家のお内儀が産後の肥立ちが悪くて寝込んだ折に、お佐久はここへやってきたのだという。若い頃よりたびたび流産していたお内儀は、その二年前にようやくはじめての子を授かったばかりで、歳もいっていたし、その子の面倒もみなければならないし、店のことも放っておけない。生まれたばかりの赤子の世話に、夫の世話もある。それで喜助の姉の子である齢十五のお佐久が手伝いに呼ばれたというわけだった。

お佐久はよく働いたらしい。里の躾がよかったのか、家事全般ひととおりこなせたし、読み書きもできたし、十露盤も教えられたらすぐにできた。お内儀の具合が悪くなれば看病もしたし、看板娘として店先にも立った。

二年ほどして、ようようお内儀が床を払い、本調子になったときに、いちどは里へ戻そうかという話もでたらしいが、ちょうどその頃、まさに竹本座が京に進出し、芝居茶屋の知り合いからの縁で仕出しを頼まれ、そのおかげか、名が知れ渡って、小さな店が繁盛しだした。となれば、お佐久なしでは回らない。里へ戻る話はうやむやになり、お佐久はそのまま居着いてしまったのだった。まあ、ええやないか、山科に帰らんでも、もう一年か二年したら、うちから嫁に出したったらええ、といわれつつ、日々の忙しさに紛れているうちに幾星霜。その間にお佐久の父が亡くなり、兄が嫁をもらって代替わりし、帰りそこねたお佐久は気づけばすっかり薹が立っていたというわけだった。

　こうなるとろくな縁談もなく、かといって娘同様のお佐久をみすみす苦労するとわかっているところへ嫁にだすのも気が引ける。まとまる話もまとまらず、近頃では、腫れ物を扱うように接してくるのだそうだ。

「そんなに気ぃつこうてもらわんかてええんどすけどなあ、まあ、そこがあの人らのやさしいところで、うちは、そこに甘えてんのやろ、て思います。叔父夫婦の後ろめたさに付け入って、好き勝手やらしてもろてる、いうのんがほんまのところですわ。もうこうなったら、このまんま、当分ここで気楽に暮らさしてもろて、あと何年かして、泰助のところにお嫁さんでもきたら、そのときは出ていこか、思てます。探せば、うちひとりくらい、つこうてくれるところ、ありますやろ。ないならないで、いざとなったら里の山科へ戻って、近所の尼寺へでも入りますわ。小さい頃からよう知ってるお寺さんやし、仲良うしてもろてる庵主はんもいてますし、なんとかなりますやろ」

「尼さんになるんか」

「へえ。そうして死ぬまでお経唱えて暮らしますわ」

　どこまで本気か、どこからでまかせかわからぬ調子で、火鉢に手をかざし、ふふふと笑うお佐久。痩せてはいるけれど、ぎすぎすしたところがなく、どこかしらふっくらした印象を抱かせる。

「一生、嫁にいかんでもええんか」

「あきまへんか」

「あかんことはないけども、そうはいうたかて、なにも尼寺になんぞ、わざわざいかんかてええやないか。その歳なら、まだ嫁にもろてくれるところ、あるやろ。もういっぺん気ぃ入れてさがしてもろたらどないや」

「そら、そこまでしたら、ないことはないかもしれまへんけど……どうどすやろ。なんや、気ぃ進みませんわ。そこまでして、もろてもらわなあかん、いうもんでもないのんとちがいますか」

「まあ、それは、そや」

ぱっと顔を輝かすお佐久。

「ほんまに?」

「ん、あ、ああ」

「ほんまにそう思てくれはりますの」

「まあ、それはそやろ。そんなん、本人次第やで。おなごかて、そこはいっしょや」

「いやあ、そないいうてくれはったの、あんたはんがはじめてやわあ」

「え、そうか」

「なんや、うれしいなあ」

おもろいおなごやな、と半二は思う。どこか力が抜けている。そのくせ、人として、妙にしっかりしてもいる。

なんならわしがもろてやろか、とついいいたくもなるのだが、さすがにそんな大事なことをこんなところでうっかりいうわけにもいかず、半二はごまかすように煙管をふかした。

「そろそろ御膳下げまひょか」

「ああ、そやな」

いまだに独り身の半二もまた、似たようなもので、竹本座に寄生してふらふら暮らしているうちに幾星霜、三十路どころか四十路に近づきつつあるというのに、嫁ももらわず、そろそろ身を固めたらどないや、と周囲からいわれながらも、のらくらごまかして生きている。竹本座のお抱え作者として浄瑠璃を書いてはいても、いまだ立作者になれていないので稼ぎは依然として少なく、あいかわらず狭い長屋暮らしのままだ。給銀については座本とろくに交渉したことすらない。おまえは欲がないな、といわれるが、欲がないというよりも、半二には、なにより気楽さが肝心なのだった。好きな浄瑠璃を書いて己の食い扶持だけ稼げたらそれでいい。あとはあちらこちらの芝居やら人形浄瑠璃やらを見にいったり、作者部屋であーでもないこうでもないと話しあったり、浄瑠璃の丸本やらなにやら読みふけったり、学びたいものがあればそれらを学びにいったり、まれに客が連日入りきらないほどの大入りになって気を良くした座本から小遣い銭をいただければ仲間うちで食べたり飲んだり遊んだり、気が向けば少し遠出をしたり、そんなことをしているうちに日が暮れていけば御の字だと思っている。若い頃からそう代わり映えせぬ日々の暮らしだが、しかし、こうして死んでいけたらいいと、どこかで決めているふしがあった。

　わしみたいなおなごがまさか京にもおるとは思わなんだなあ、と半二は思う。であからして、いざとなったら尼寺にいくというお佐久の気持ちが半二にはよくわかる。わしも浄瑠璃がすらすら書けへんようになったら、寺にでも入るか、と頭をめぐらす。そんなことはこれまで考えたこともなかったが、なるほどたしかに、書けなくなってもいじましく作者部屋にしがみついて過ごすより、竹本座を叩き出される前にすっぱりやめて田舎へ引っ込むというのもひとつの手だ。寺に入らずとも、田舎の子供らに読み書きでも教えてやれば糊口をしのげるだろう。

「そんなら、わしもいずれ山科へ引っ込むかな」

　にそりと半二が笑う。

「え、山科」

「そや、山科や」

　半二が知っている田舎といえば、有隣軒と暮らした山科しかない。

「そうどすか。ほんなら、そのときには、ぜひともうちとこへ訪ねてきてくださいまし。寂しい山暮らしどす。いっしょにお経をあげまひょ」

「なんや、お経て。辛気臭いな」

「せやかて、うちがいるのは尼寺どすえ。お経あげるくらいしかやることあらしまへんえ」

「まあ、そら、そや」

「あ、そおや。畑仕事、手伝うてくれたら助かりますわ。力仕事には男手があるとええですよって」

「それはあかん。みてのとおり、わしは腰が悪いんや」

「あ、そうどした。あんさん、田舎暮らしには向いてへんのとちがいますか」

ころころと笑っている。

お佐久のおかげか、京の客に怖気づくことがなくなり、ようやく新しい浄瑠璃に筆が走りだした。

「お佐久は福の神やな」

半二はいうが、なにをいうてますのやら、とお佐久は受け流す。

「いや、ほんまに福の神やで。見てみ、これ、もうじき書き終わるで。あとは作者連中で書いたとこ突き合わせて塩梅よう整えていくだけや。ま、だいたいわしの手柄やけどな」

ぱぱんと紙の束を叩く。

「どないな演し物になりましたの」

「清玄桜姫や」

「というと、清水さんの」

「そや、あれや。清水寺の、ご当地ものや。誰もが知ってる桜姫と清水寺の清玄、ではあるんやけどもや、ここでもう一工夫、じつはもう一人、おんなし字でな、清水清玄、いうのんを出したるんや。こっちは武士や。せやから読み方がちがうわけや。きよみずせいげんとしみずきよはる、な、おもろいやろ。こっちの筋と、向こうの筋を縒り合わしてひとつの演し物にしていくわけや。ここが腕のみせどころやな。幕開けは弥生月やし、桜姫には、ちょうど頃合いもええ。せっかくや、どの場も皆、ここらあたりにしたったで。東山に加茂社やろ、壬生寺に八瀬、北山、烏丸。人物もな、初瀬姫に高瀬の局、八坂御前に女房お嵯峨と、京にちなんだ名前だらけや」

「そら、よろしおすなあ」

花系図都鑑。

まるのやの二階で京、京、と考えあぐねているうちに、一昨年豊竹座でみた桜姫賤姫桜を思いだし、清水寺の清玄桜姫ならちょうどいい、あれをもっとうまいこと書いたろやないか、と閃いたのがきっかけだった。豊竹座の桜姫賤姫桜は、半二の目からみたら、隙だらけの演目だった。こらあかん、こらえらいもったいないことしよる。わしならもっとうまいこと書いたるんやけどなあ。舞台をみながらそんなふうに思ったのをよくおぼえている。豊竹座の連中といつぞや飲んだときも、酔った勢いで、それらしいことを口走った気もするが、たしか、そのときは大きな口ばかり叩くやつやで、とからかわれて終いだった。なので、どこをどうしたらもっとよくなるのか、それ以上突き詰めて考えなかった。そういえば豊竹座の若いのがひとり、半二にすり寄ってきて、あとでまたゆっくりきかしたってください、といっていたようにも思うが、そういうことはくだくだしく口で説明するより、実際書いて突き詰めていくのが手っ取り早いと、相手にしなかった。それが嘘ではない証拠に、この機にやってみるか、とふいに思い立ったのである。なにかを確かめるために書く、なにかを知るために書くというのが半二はわりあい好きだった。頭の中に比較するものがあるので、書きながら、手応えを摑みやすいのがいいし、してやったりとほくそ笑むのも楽しい。してやったり、といっても豊竹座の連中が京までみにくるとは思えないので、ただ半二が心のうちで思うだけのことではあるのだが、それでも楽しいにはちがいないのだった。

もっともっと京に寄せて、京に似合いの、きらきらしさでいっぱいの舞台にしたる。

半二の思いつきがよかったのか、松洛はじめ作者連中の食いつきもよく、いくつかの場を分担し、半二もそのまま勢いよく筆を進めていった。あと一息、あと一息と夜を徹して書き継ぎ、ようやく、ざっくり大詰めの切まで書ききって、倒れるように寝ついた夕刻。

大坂から遣いの者がきたとお佐久が二階へ駆け上がってきた。

お佐久の手から渡されたのはうすっぺらな文だった。

日本橋の呉服屋の手代が、京にいくついでに持って行ってくれと穂積以貫先生から頼まれたものだという。四条河原の芝居小屋あたりを尋ね歩き、半二の居場所をきいてここまで持ってきてくれたのだそうだ。

半二はただ首をかしげる。

これまで以貫から文など届いたことはない。

しかしながら、表書きは、みおぼえのある以貫の、癖のある筆跡だった。

お佐久は穂積以貫が半二の父だと知っているので、心配そうな顔で様子をうかがっている。そのため、うっちゃらかすわけにもいかず、寝ぼけ眼のまま、文をひらいた。

半二の母、絹が危篤だと記されてあった。

読みちがえたか、ともう一度、半二は字面を追う。

そうして、はあ、とため息をつく。

半年ほど前から具合がよくなかった絹が、いよいよ弱り、遠からず今世を終えるであろうという内容だった。だからどうしろ、とは書いていない。簡潔に、淡々と、それだけが記してあった。

「どないかしはりましたか」

「ん、ああ」

半二はぼんやりと文を眺めるしかなかった。

こんなことを唐突にいってこられても半二にはどうしたらいいのか、まったく見当がつかない。驚きはするが、それ以上、なにもない。悲しむというよりむしろ、困惑してしまう。絹が死ぬ。それはいったいどういうことなのだろう。絹の顔を思い浮かべようとしても、今となってはそれすらできなかった。なんとなく、絹の気配のようなものを寄せ集め、かろうじて、絹という人を思い出すようすがにするくらいだ。見慣れた着物であるとか、半二を叱りつける声であるとか、頭の中に散らばる断片を集めて、どうにか絹の像を組み立てる。

絹とは、もうずっと会っていなかった。以前は、しゃきしゃきと道行く姿をたまに見かけたりもしたのだが、ここ何年か、そんなこともなくなっていた。以貫からは、兄のところにうまれた四人の孫の世話に明け暮れているときかされていたので、それで家から出ることが少なくなったのだろうと解釈し、気にも留めていなかった。相変わらず気丈な絹は、この子らを道頓堀の芝居小屋にだけは決して近づけてはならぬ、と嫁のお豊に、きつく言い渡しているのだそうだ。わしはここへつれてきてやりたいんやけどもな、そんなことしたら、お豊が叱られるやろ、せやからつれてこられへんのや、あいつもうまいこと考えよるで、と以貫がぼやいていた。半二は笑っていた。それでこそ、我が母上じゃ、腹立つくらいに意気軒昂やで。

なので、いきなり弱っている、と知らされても、俄かには信じられないのだった。

「死ぬんやて」

「え」

「わしの母上、もうじき死ぬらしい」

「えッ」

半二は文をくしゃくしゃと丸めると無造作に火鉢に投げ入れた。

「なにしはりますの」

あわててお佐久が拾い上げようとするが文はすでに燃えだしている。それでも摘もうとするお佐久の指を半二は払った。

「もうええ。もう燃えてるがな」

「そやかて」

「もうええて。中身はわかってる」

「そんでも」

お佐久は恨めしそうに文が燃えていくのを見つめている。文はじきに灰になった。

「死ぬんやなあ、ああいう人でも」

半二はまだ火鉢を見ているが、文はもう跡形もない。

「なあ、お佐久。わしの母上はな、そらあ、きつい人やったんやで。前にも話したことあったやろ。ほんまにきつうて、恐ろしゅうて、なんや、鬼みたいな人やったんや。ひょっとして、あれ、ほんまに鬼やったんかもわからんな。ああいう人は、なかなか死なへんやろ、てどっかで思うてたんやけどな。やっぱり、死ぬときは死ぬんやな。なんとのう、誰よりも長う生きて、みんなの弔いをして、あの人いったい、いつまで生きてはんのやろ、どないなってんのやろ、て気味悪がられて、そんでも平気の平左で、いついつまでも長らえるような気ぃしてたんやけどなあ、そうでもないんやなあ。わしが生きてるうちはあの人、死なへんやろ、て思うてたんや。憎いわしをずうっと叱りつづけて、許さへんで、許さへんで、穂積の家に泥塗って、浄瑠璃書きになんぞなりおってからに、お前はこの家の恥さらしや、ろくでなしや、て、たとえ、まあ、わしが先に死んだとしても地獄の涯まで文句いいにきそうな勢いやったんやけどなあ。どういうこっちゃ。なんで死ぬことにしたんやろ」

「阿呆なこというてんと、はよ、支度して、はよ、大坂へいきなはれ。まだまにあうんですやろ。それやったら、はよ、いかんと。あんさんのこと、きっと、待ってますえ」

「待ってへん、待ってへん。んなん、待つかいな。逆や、逆。あの人はな、わしにだけは会いとうないはずや。出来の悪い不肖の倅やで。わしがいったら、かーっと頭に血ィのぼって、安らかに死なれへんようになるわ。それとも、もう、わしのことなんか、忘れとるかな。そやな。忘れとるかもしれへんな。な、そんなことより、お佐久、ちょっとひとっぱしり、酒、買うてきてくれへんか。もうなあ、わし、疲れてしもて、酒でも飲まんとやってられへんのや。みてみ、この三日ほどで、こないにようけ、書いたんやで。へとへとや。あとで、竹本座のもんが取りに来るはずやさかい、わしが酔いつぶれて寝てしもたら渡しといてくれるか」

銭を紙の束のうえに置き、ごろりと大の字になって寝転がる。目を瞑る。すーっとそのまま眠っていきそうになる。心地よかった。

つん、と肩をつつかれて目を開けると、お佐久が立ちあがって、半二を真上から見下ろしていた。肩をつついたのはお佐久の足の指だった。

「臆病者」

ささやくような声だったが、半二の耳にはたしかにそうきこえた。ごくりと半二は唾を飲み込む。

「あんさんに飲ませる御酒なんぞ、うちは一滴も買うてきまへんで。ほんまに情けない。子供やあるまいし、だだこねてんと、さっさと支度して、さっさと大坂行きなはれ。ぐずぐずしてたら叩き出しますえ」

そういうや否や、お佐久が階段をおりていってしまう。紙のうえの銭を手にしていないのをみると、酒を買ってくる気はなさそうだ。

おい、お佐久、待ちいな、酒買うてきてくれや、おい、と半二が半身起き上がって力なく呼ぶ。おい、と、もういちどいいかけて、半二は黙った。

買うてけえへんな。

お佐久は買うてけえへん。

そうかもしれへんな。

わしは臆病者なんかもしれへん。

せやけど、どないせえ、ちゅうんや。

おい、お佐久、二十年やで。わしはざっと二十年、家に帰ってへんのやで。

どないな顔して会うたら、ええんや。

わからへんやないか。

おまけに死ぬ間際やで。やり直しがきかへんやないか。

また大の字になって寝転び、半二は天井を眺めた。

こわいな、と思う。たしかにこわい。

目を瞑るのさえ、半二はこわいと思った。


翌日、半二は穂積の家の前にいた。

確たる決意で来たというわけではない。とりあえず、伏見にまでいってみるか、とまるのやを出て、歩きに歩き、伏見についたらついたで、そう深く考えもせず、まだ乗せてくれる船があったら乗せてもらおか、とたずねてみると、首尾よく乗せてもらえたので、そのまま乗船して川を下り、八軒家で下船して、朝飯を食い、腹ごなしに歩くかと歩いていくうち、京を発ってからずっと天気もいいしこのままだと難なくついてしまいそうやな、と思うまもなく、家の前にいたのだった。

そうして、はたと思案する。

さて、どうしたものか。

思案を後回しにしてまるのやを出てきたため、半二はここで棒立ちになってしまった。陽気がやけに良くていくらか汗をかき、喉が渇く。どこに井戸があるかよくわかっているのだけれども、半二はそこに突っ立ったまま、出がけにお佐久から渡された竹筒に残っていた水を飲む。

穂積の家は静かなものだった。

出入りする者はない。

それどころか、道ゆく人もない。

町じゅうが、しんとしている。

芝居がはけたあとの、空の舞台にいるようだった。

こうなると、あの文が偽物で、一杯食わされたような気になってくる。

連日、寝る間も惜しんで浄瑠璃を書いていたせいか、あるいは、揺れる夜船でうとうと、へんなふうに眠ったせいか、頭がぼんやりしていた。ひょっとして、これは夢なのではないか、と半二は疑う。ここは夢の中なのではないだろうか。母が死ぬという夢を見ているのではなかろうか。

そう思えば、天の真上から差すお天道(てんとう)さんの輝かしさまでもが、なにやら具合がよすぎるような気もしてくる。

あかん。

わしは、ずいぶん疲れてんのやな。

これほどまでにけったいな夢を見るとは、こりゃ、わしもだいぶ焼きが回ったで。しかし、それにしても、なんちゅう気色悪い夢や、と半二は首を捻る。もしかして、死ぬのはわしのほうなんやろか。

ぶるっと身震いする。くわばら、くわばら。

はよ、目、覚まそ。どないしたら目、覚めるんやろ。

などとつぶやいていると、どうんと脇腹を叩かれた。

「なにしてんのや、ちゃっちゃと、なか、入り。もたもたしてたら間に合わんようなるで」

「痛っ。なにすんのや。おっ。なんや、お熊か。なんでお熊がでてくんのや。うー、なんや、お熊は、まだ生きてんのやな。うー、えらい歳食ってるけど、まだうっとこで働いてんのか。それともなにか、わしの夢やさかい、つるっと生きかえったんか」

「阿呆。お熊はまだいっぺんも死んでへんで。阿呆みたいなこと抜かしてんと、はよ、なか、入り」

ぎゅっと腕を摑まれ、引きずられる。いたたたた。半二が悲鳴をあげる。

「なんや、これ、夢やないんかい」

お熊が手に力をこめ、半二を無理やり家の中につれていこうとする。

「なあ、阿呆ぼん。あんた、いくつになったん。ええ歳したおっさんが、いつまでも、けったいなことばっかり抜かしとったらあかんで。ええ加減、しっかりしいや。ほんまに、みっともない。浄瑠璃書くのんが、ちいとばかし、うもなったかて、これではなんもならへん」

半二はお熊の手を振りほどく。

「やめてくれ。わしは入らん」

「なんでやの。あんた、そのためにここへきたんとちゃうの」

「ちゃう」

「阿呆」

ぺしんと肩を叩かれる。

「ぐだぐだいうてる暇はないで。今日明日の命なんやで。ええか。亡うなったら、そっから先はないんやで。意地張るのもええかげんにしぃや。ほんまに、あの元気なお人が、あないになってしもて。代われるもんなら、わてが代わってやりたいけど、あいにく寿命の貸し借りはできひんよってな、せめて精一杯、看病させてもろてるのや。さあ、はよう。もうな、目ぇはおそらく見えてへん。耳は聞こえてるけど、ほとんど眠ってはる。そんでもせめて最期に会うてやりいな。最後の親孝行や」

「あかん。無理や」

「なんで」

「無理なもんは無理や」

踵を返しかけたが、その前にお熊が立ちはだかった。

「なんや」

「阿呆ぼん、あんた、ええ匂い、してるやないか」

「なにがや」

「こら、おなごの匂いやな」

「なにいうてんのや」

半二が眉間に皺を寄せる。お熊がいっそう近づいて鼻をうごめかした。

「わての知ってる阿呆ぼんはこないええ匂い、せえへんはずや」

そこまでいわれて半二は思い当たる。

「これか」

懐から手ぬぐいを出す。お佐久が出がけに急いで渡してくれた手ぬぐいだが、香が焚き染めてあった。

お熊がそれをもぎ取って、匂いを嗅ぐ。

「これや。んー、ええ匂いや。せやけど、阿呆ぼん、あんた、ちぃとはわきまえなはれ。お母上が今日明日にも死ぬ、いうときに、おなごにうつつぬかしてる場合やないで」

「ちゃう。ったく、なにいうてんのや。これはな、京で間借りしてるとこの、お佐久、いう娘に貸してもろたんや。貸してもろた、いうか、勝手にわしの旅支度や、いうて押しつけてきよったんや。手際よう渡されたんで、そのまま、ひょいとここへ、ああ、もうええわ、なんや、こんなもん。お熊、ほしいんやったらやる。持ってけ」

手ぬぐいをぐいと押し付け、半二は走りだした。

もうこれで、あの人とは会われへんのやろな、と駆けながら思っていた。

それでええ。

これがけじめや。

正真正銘、出来の悪い倅としての、これがわしのけじめなんや。親の死に目にあえへんのは当然の報い、そんなことは、ようわかってる。最期やからて、ついあたふたしもて、わしとしたことが、なにやってんのや。ひょっとして、どさくさに紛れて赦してもらいたかったんやろか。いいや、思ってへん。そんなこと、思うわけがない。それこそ、あの人が悲しむわ。いや、悲しむんやのうていきり立つわ。これでええんや。赦してもらえんかて、ええ。これがわしの選んだ道や。その覚悟はとうにでけてる。


それから十日ばかり、半二は道頓堀の栖で、ぐずぐずと寝て暮らした。汚い長屋ではあるものの、長年住み慣れた家だけに、なにしろ落ち着く。

すぐに京へ戻る気にもなれなかった。

浄瑠璃はおおむね書き終えていたので、べつに急いで戻らずともどうとでもなる。かといって、穂積の家にも近づかなかった。

絹が亡くなり、弔いが済んだというのは風の便りに聞いた。

そうか、と思っただけだった。

ただ、ぼんやりと、空を見ていた。

ようやく京へ発つ気になったのは、角の芝居で幕が開いた正三の女鳴神をみたからだった。チャリ場で知らず知らず、半二は声をあげて笑っていた。

はっと我にかえって思う。

笑てるがな、わし。

どっと笑う周囲の客らとともに、半二もまたいっしょになって大きな声で笑う。

そうか、わし、笑えるんやな。

正気に戻ったんやな。

さすがやな、正三。

わしを正気に戻してしまいよったで。

組んでいた腕を半二はほどく。

せやな、いつまでもこんなことしてられへんしな、そろそろ帰ろか。竹本座も、じき、初日や。あっちかて、こんくらい大入りにせんと、あかんしな。

数日後、京の四条河原の竹本座で、花系図都鑑が華やかに幕を開けた。

幸い、大入りとなった。

京の客だけでなく、大坂や近隣の町や村からも客が詰め掛け、そこには豊竹座の若いのもまじっていたらしい。

おまけに、どういうわけか以貫までもがやって来ていた。少し落ち着いたので、絹の弔いが無事すんだことを半二に知らせるためにわざわざ足を運んでくれたのだという。以貫は少し痩せたようだった。もてなす、というほどではないものの、なじみの芝居茶屋で二人で飯を食う。

お熊が、瀕死の絹の枕元で、適当な作り話をして絹を喜ばせていたというのは、その際にきいた。

絹の目が見えないのをいいことに、お熊は、お佐久の手ぬぐいをそっと嗅がせて、これが半二の嫁からの見舞いの品だとかなんとかいったのだそうだ。な、ええ匂いですやろ、この匂いによう似合う、ええ嫁御はんがきなさったよって、もう安心でっせ。お熊は、看病の手を休めず、絹に話しつづけたらしい。わてもいきなりのことですさかい、びっくりしてしもたんですけどな、なんや、ええとこの嬢(いと)はんらしいでっせ。どっからどうみても、もったいないくらいのおなごはんでな、きれいなべべ着てはって。お母上のお加減のよい折に、またあらためてご挨拶にうかがいます、いうてはりましたわ、ほんなら、そうしてくださいますか、いうて帰ってもらいましたけど、それでええですやろ。こんなときに会うたかて、あれやし。そういうこともな、よう心得てはる、気ぃの遣える人や、いうことですわ。はよ、お会いしたいですやろ。せやさかい、はよ、元気にならなあきまへんのやで。

お熊はただひたすら、そんなことを、語りつづけたのだという。

「病人の枕元で、ずっとしゃべってってな。どこまでわかってたんか知らんけども、お絹のやつ、そのうち時折、うっすら笑うよう、なってたわ。心のうちでは、お前が所帯持つの、楽しみにしてたんかもわからんな。お熊な、調子ん乗って、お前が竹本座の立作者になった、ともいうてたで。立作者にならはったんやから、嫁御はんもろたかて、どうにかこうにか、暮らしていけますやろ、とかいうてな、まあ、ええ加減なことを次から次へ、立て板に水としゃべるんや。この世の終いに、あいつもまさかお熊の語りをきかされるとは、思うてへんかったやろけど、ほんでも、顔がな、緩むんや。楽しんできいてんのが、どことのう、わかる。孫らの声きいてるときとおんなし顔やったし、あれで、あいつも、うれしかったんとちがうか。この世のつづきが、心のうちで願うてたようになってくんや。そら、うれしかろう。ええ物語やったで。お熊の拵えた物語は。でまかせにしては、ようでけてた。それに、お熊のやつ、存外、役者でな。あんまりうまいことしゃべりよるんで、わしまで、うっかり信じてしまいそうになったわ。おさく、いうんやてな、お前の嫁御は。気立てのええ、しっかりした嬢はんで、それはそれは器量好しやし、品もええし、いうことなしや、いうて褒めちぎってたで。よう、あないなええおなごが嫁にきてくれはったもんや、上出来、上出来、て。そんで、だれや、おさくて」

半二がお佐久と所帯を持ったのは、それからざっと三ヶ月後、花系図都鑑が大入りのうちに幕を閉じ、この勢いのまま京を引き上げると、決まったときだった。

一緒に道頓堀に来るか、と半二がきくと、お佐久は、いく、といった。狭い長屋の、貧乏暮らしやさかい、苦労するで、と付け足したが、かましまへん、とおっとり笑っていた。

まるのやの喜助夫婦は、ようもようも決心してくれはった、と半二に抱きつかんばかりの喜びようで、いうに事欠いて、あんたはんがお佐久をここへ置いていかはったら、わたしら松洛はんとこにでも訴えにいこか、いうてましたんやで、とまで漏らす始末。半二は苦笑いするしかない。そら、そうですやろ、ここまでの間柄になったからには、なにがなんでもお佐久をつれてってもらわな、わたしらかて困りますわ。お佐久が捨て置かれでもしたら、山科の姉にも、顔向けでけしまへん。そらな、道頓堀やなんて知らんところへいって、しかも浄瑠璃作者、なんてようわからん、むつかしいところへ嫁にいくとなったら、この娘も苦労するやろと思いますけど、そうはいうても切っても切られへん間柄、いうのんがありますやろ、そういう者同士は、なにがなんでも一緒にさせたらなあかんのですわ。こんだけお佐久が望んでんのやし、あんたはんにつれてってもらうのがなによりや。できたら大坂いく前に、いっぺん山科へも顔出したってください。姉も安心しますよって。

むろん、一日足をのばして、山科へ寄り、お佐久の母や兄らに挨拶してきた。自前の田畑を耕しつつ、寺まわりの庭仕事や雑用などをして代々暮らしているのだという。田舎家だがさっぱりとした気持ちのいい家だった。半二にしてみれば、その辺りは、なつかしい土地でもあった。見知った山々を眺めているうちに、どことなく、お佐久の里へきたというだけでなく、有隣軒によばれてお佐久をここへつれてきたような気にもなってくる。

それにしても山科で生まれ育った娘といっしょになるとはなあ、と半二はひとりごちる。あの頃、お佐久はいくつやったんやろ。小さな子供にはちがいないが、ひょいとどこかですれ違ってたかもわからんな。こりゃ、よっぽどの縁なのかもわからんで。

松洛には、ええ嫁御、もろたな、とからかわれた。まさか京で嫁取りとは恐れ入ったが、それもこれも、近江の雪月花の宴のおかげやで。牢に入ってくれた近江によう御礼いうとかな、あかんで。入牢感謝、ってな。

ふざけたいいようのわりに松洛が真面目な顔でつづける。

しかしあれやな、半二、おまいさん、あの宴には呼ばれへんかったけども、いちばんええ土産、もろたな。あの娘がおまはんの雪月花やで。あの日の雪月花より、よっぽど上等の雪月花や。わしはそう思う。よう愛(め)でたり。

誰がどう気を利かしてくれたのか、それとも祝儀のつもりもあったのか、座本三代目出雲、近江らの許しを得て、半二は道頓堀で秋に幕を開けた次の演し物で、思いがけず、立作者と相成った。

奥州安達原(おうしゅうあだちがはら)。

ここにたどりつくまで、長かったのか、そうでもないのか、よくわからないが、ついに立作者となれて、いくぶんほっとしたのは、確かだった。

とはいえ、座の懐事情のよくない折ゆえ、給銀はほとんど変わらず、半二もまた、増やしてくれとはいいだせず、狭い長屋暮らしをつづけていくしかなかったのだったが、お佐久が来てから、以貫がちょいちょい訪ねてくるようになった。

あの世へいったら、わしがあいつにつづきを話したらなあかんからな、お前の所帯をよう見といたるんや、と以貫はいう。お前の物語のつづきを語るんは、今度はわしの番やで。あんときは、まんまとお熊に先、越されてしもたけど、よう考えたら語りはわしのほうがずっとうまいはずや。そら、そやろ、なんちゅうても、わしは、その昔、近松(ちかまつ)門左衛門(もんざえもん)先生にじかに教えを乞うた穂積以貫やで。虚にして虚にあらず、実にして実にあらず、この間に慰みがあるものなり、ってな。ほんま、その通りやな。身にしみてようわかる。虚実皮膜や。それにしても、お熊や。なんやら、恐いくらいに、お熊の語りどおりに話が運んでいくけど、こりゃ、どういうこっちゃ。嫁御のことはともかく、まさか、ほんまにお前が立作者になるとはびっくりやで。虚は時に、実を呑み込んでいくのかもわからんな。

翌年、お佐久が身ごもった。

雪月花の花が実を結んだな、と松洛がいった。

渦

「ほんまに不入りやなあ」

ぐるりと客席を見回し、正三がいう。「せやけど、ここまで不入りやと、むしろせいせいするで」

舞台正面、真ん中あたりにどうんとすわって、正三がしげしげと半二をみる。

歌舞伎作者として次から次へと大当たりを飛ばし、人気も実力も、誰もが認める大物にまでのぼりつめた並木正三のかかわる歌舞伎芝居において、おそらくこれほどの不入りは最早ありえないのだろう。

「初日からこんな具合か」

「いや、初日はそうでもなかったんやけどな、日に日に客が減っていって、いつの間にやら、この体たらくや。一日替わりで二つの演し物にした、いうのがあかんかったんやろか。ともかく座本は頭抱えとる。目つきがだんだんときつなってきてな、もう、わしゃ、毎日、針のむしろなんや」

正三がおかしそうに笑う。

「立作者はつらいのう」

「つらいなんてもんやないで。こりゃ、地獄や、地獄。半年かけて力振り絞って書いて、勝負賭けたつもりがこのざまや。どないしたらええんや。なにがあかんかったんか、いっぺんおまえにみてもらいとうて、無理いうて来てもろたんや。忙しいのに、えらいすまんかったなあ」

「そんなん、ええで。どうせみにくるつもりではおったしな、半二と並んで一緒にみる、ちゅうのんも久しぶりでなんや楽しみやし。それにあれや、こんだけ客がおらんと、どんだけでも足伸ばせるし、なんなら横になってもみられるし、気楽でええやないか」

今や天下の並木正三となった男が、こうして半二に付き合って丸二日、がら空きの竹本座で人形浄瑠璃を見物してくれたのだった。

奥州安達原でようやく竹本座の立作者となった半二に、おまえのなかにあるもんをいっぺんみいんな出してみ、といったのは古参の三好松洛だった。これから先、立作者として書いていくにあたって、おまはんの中に、どんだけのもんがたまっとるんか、いっぺん、腹ん中からみいんな吐き出して、よお眺めてみ。

奥州安達原もそのつもりで書いたのだったが、それでは足らんのやろか、と半二が首を傾げていると、見透かしたように、もっと好きにやったったらええんや、と松洛がいう。

たしかにこの奥州安達原ちゅう浄瑠璃もようでけてるで。それは認める。お客はんかて、ようけ入ってるし、皆喜んではる。せやけど、半二、ここで満足してたらあかんのやで。おまはんは、もう独り立ちした立作者や。こっからや。ええか、ここでしぼむか、花開かせるか、ここが分かれ目なんやで。

正直、半二には松洛のいっていることがわかるようでわからなかった。つまり、なにを書けといわれているのだろうか。

年明けの演目のことですか、と半二が問うと、それは書かんでええ、と松洛がいう。年明けは仮名手本忠臣蔵やろかて出雲がいうてる。

そんなら二の替わりですか、ときくと、それも書かんでええ、と松洛がいう。菅原伝授あたりやっといたらなんとか凌げるやろ。

ようするに手堅い演目でしばし手堅く稼ぐつもりでいるらしかった。

「わしらが勝負すんのはその次や」

「その次」

「そこをお前にまかす」

「わしにまかす」

「ああもう、わからんやっちゃな、半二。満を持しておまえの新作をかけたる、いうてんのや。わしはいっさい口出しせえへんで。誰にも口出しさせへんで。なにを書いたってもええ。これぞ近松半二、いうもんを書いて、しっかと世に出してみ」

「え。わしの」

「そや！　勝負や！　というて、別段、気負わんでええ。ただ、好きに書いたったらええんや」

「はあ」
「そうして己の中からなにが出てくるか、よう見極めい」
「はあ」
「ここでしぼんでいくやつはなあ、ここらあたりまできたときの踏ん張りがもひとつ足らへんかったんや。わしはそう見てる。今になってみたら、なんとのう、それがわかってくる。せやからこそ、ここで、おまはんに、じっくり書かせたらなあかんてわしは思うわけや。な、半二、ここは、むつかしいとこやで。ええか、この機に、おまはんの腹ん中にあるもん出しきっていっぺん空(から)にせえ。そうせんと、次いかれへんで」

奥州安達原は好評で、客の入りもまずまずよかった。

とはいうものの、近頃やたら勢いのある、いや、勢いがとどまるところを知らない歌舞伎芝居の客の入りに比べたら、見劣りするのもまた明らかだった。それはもう、ここ何年、すっかり見慣れてしまっている光景で、人形浄瑠璃に関わるものなら皆、いくぶん諦めつつあることではあったのだったが、そんななか、松洛にここまでいってもらえるのだから、半二にしてみたらありがたい。

つまり、奥州安達原程度の出来ではまだ足らん、ちゅうことなんやな。

歌舞伎芝居の客をこちらにもぎ取り、あちらを超える大入りにできる演し物を拵(こしら)えたらな、あかんのやな。

その期待がわしにかかっとるわけや。

「どや」

ときかれて、

「やらしてもらいます」

と半二はこたえた。

じっくり腰を据えて書こうと半二はきめた。

もっともっと思い切ったことを、やれるだけやってやろう、と背筋を伸ばし拳を握る。

と同時に、ここらできっちり立作者としての重責を果たして、少しばかり給銀をあげてもらいたいという下心もあるにはあった。竹本座の懐事情が徐々に厳しくなっているのはよくわかっているので、そんな願いがそうそう易く叶えられるとは思っていないが、歌舞伎を超える大入りになれば、ひょっとしたら、と皮算用してしまう。これまで、低い給銀で文句ひとつついわなかったのだから、立作者となった今、そろそろ、というか、せめて、というか、狭い長屋暮らしを脱せるくらいには、あげてもらいたい。

京からつれてきたお佐久に、半二はもう少し楽をさせてやりたいのだった。

貧乏長屋住まいはお互い覚悟のうえ、ではあったのだけれども、いざ暮らしだしてみたら、さすがに窮屈なこと、このうえなかった。当のお佐久は、がらりと変わった大坂暮らしの物珍しさが先に立つのか、さして不満はなさそうだったが、半二のほうがなにやら申し訳ないという思いにかられてしまう。どうやら覚悟が足りていなかったのは、半二らしかった。

長年、気ままに一人で生きてきたゆえ、いきなり二人で顔を突き合わせて暮らすのがそもそも慣れないし、なにより狭すぎて、書き物をするだけの余裕がない。浄瑠璃を書くためにいちいち竹本座の作者部屋へいかねばならないのも不便だった。

父の以貫からも、ちいとましなところへ所帯を移したらどないや、といわれてもいた。ここはおまえ、所帯持ちが暮らすとこやないで、日当たりも悪いし狭いし汚いし、気が滅入るばっかりや。こんな穴蔵みたいなとこで暮らしとったら、この先ええことないで。といわれたところで、蓄えのない半二に引っ越しなんぞ、できはしない。

すまんなあ、と事あるごとにお佐久に詫びるばかりだ。

しかしながらお佐久は、かましまへんえ、といっこう気にするふうでもないのだった。ここはええとこどすえ、四条河原とはまたちごて、めっぽう明るいし、みんな気さくやし、親切やし、道頓堀端は、なんやら、歩いてるだけで楽しおますわ、と嬉々としている。

そうして、ぶらぶらと歩きまわっている。

京にいる時分からおもろいおなごや、と思ってはいたが、ほんまにおもろいおなごであった。と、大坂へきてから、半二はつくづくそう感じ入るようになっていた。そうして、お佐久がいっそう愛おしくなる。だからだろうか、お佐久に平気だといわれればいわれるほど、なんとかせねば、と焦るようになったのだった。

若いうちに穂積の家を出て、流れ流れてふらふらと生きてきた半二にとって、お佐久とかまえた所帯、いや、お佐久そのものが、これまで味わったことのないだいじなものといえるのかもしれなかった。


「ふうん、半二がなあ、そないなこと、いうようになってるとはなあ」

一日目の演し物、山城の国畜生塚を見終えて、正三の家へいき、二階でかるく酒を酌み交わしながら、つらつら近況を語り合っているうちに、そんなふうに感心された。

「半二が京から嫁御つれてきた、いうだけでも腰抜かしたのに、すっかり一家の主人、いう顔してるがな。お佐久さん、おめでたなんやてな。半二もじき父親やないか。しかし、あれやな、人、ちうのは変わるもんやなあ」

「やかましい」

「せやかて、半二。そないにおなごをかわいがるの、わし、みたことないで。色里でなじみのおなごと遊んどっても、一歩外に出たら、すぐと忘れてたやないか。惚れても惚れられても、なんや、すうっと醒めて飽きっぽいしな。ちいと薄情やないか、て思うてたこともあったんやで。それがどや、嫁御のために、銭のことまでいうようになって。あの半二が。いやはや、変われば変わるもんやで。昔っから半二、銭のことなんて気にしたこと、あらへんかったやろ」

「せやったかな」

「これや。銭のことなんて、おぼえてへんのや。今頃んなって、ようやっと、銭の姿形が見えてきたんやな。って半二、遅すぎやで」

「かもわからんな。せやけど、銭がないと、どうもこうもならんしな。お前かて、こんな立派な家、かまえてられんのも、銭があるからやろ。わしなんてお前、もうじき子がうまれる、いうのに、まだ、あの十軒長屋で暮らしてんのやで」

正三は、四年ほど前に妻を娶り、すでに子も二人いた。

のみならず、芝居茶屋の主を引退した親父殿の面倒をもみているのだからたいしたものだ。

「え、半二、お前、まだあすこの、肥溜めみたいな長屋におるんか。それはあかんやろ。若い頃ならいざしらず、あないなところでよう寝られるもんやな。子がうまれたらどないすんのや。ちゅうか、そもそも嫌がらんと嫁はんがようきてくれたもんやで」

「鼠だけはえらい嫌がってるけどな」

「いや、鼠だけとちゃうやろ」

正三の屋敷はまだ新しく、うっすら檜の匂いがした。半二の住む長屋とは雲泥の差である。

おんなしようなことをずうっとつづけてきているのに、なにゆえこれほどまでに大きな差がついたのだろうか、と半二は首を捻る。歌舞伎の道を行ったか、浄瑠璃の道を行ったかでこれほどまでに差ができるものなのか。

むろん、歌舞伎芝居で名を成し、年がら年中、引っ張りだこの並木正三だからこそ、こうした屋敷を構えられるのだろうが、それにしたって、差がつきすぎて、うらやましさを通り越し、次第に笑いさえこみあげてくる。

半二が今回、この正三の歌舞伎芝居を超える大入りをめざして書いた渾身の演し物は、前代未聞の不入りとなった。出雲も松洛もここのところ、小屋に顔すら出していない。大方、この損失をどう埋めるか、どこかで話し合いがもたれているのだろう。給銀の値上げ交渉なんぞ、夢のまた夢。出るのはため息ばかりである。

「まあ、ともかく食え」

正三が手を叩いて、板張りの縁に井戸のごとく空いた穴から吊り具を引き上げると、釣瓶の中から盆の上に載った魚の煮付けが姿を見せた。

「お、なんや、これは」

見慣れぬ仕掛けに目を見開いていると、得意げに正三が煮付けの皿を差し出す。受け取って膳におき、箸を伸ばして、さっそく食す。もともと芝居茶屋をやっていた家だけあって、そこらの料理屋顔負けのうまい肴である。

正三は空いた盆に小さな駒を乗せて、また釣瓶をおろした。しばらくすると吊り具が揺れる。ちりりん、と鈴の音がした。正三が引くと、今度は漬物の載った皿があがってくる。さっそく食すと、これまたうまい。

「な、おもろいやろ。これはな、わしが親父殿のために作った仕掛けなんや。これがあると、いちいち下に降りていかんかてすむ。この家にはな、こういうからくりがようさん仕掛けてあんのや」

いよいよ半二に笑いがこみあげる。

「お前は、うちに帰ってきてもこんなことばーっかやってんのんか。ほんま、けったいなやっちゃなあ」

正三が子供らに拵えたという玩具を投げて寄こす。からくり仕掛けの猿だった。握ってみたら、いきなり、ぴょんと頭が跳んで、あらたに人の顔になる。

「お前んとこの子はこんなんで遊んでんのんか」

「そや。拵えたんは道具方やけどな、考えたんはわしや」

次に糸でくくられた人形をよこした。

「それはな、宙乗りの工夫のために拵えたんや。もうちっとうまいこと飛ばれへんかと思てな」

立ち上がると正三はその人形の背にくくられた糸を柱に結び、人形を動かしてみせた。

歯車が仕込んであるらしく、つうーっと滑らかに人形が動く。

数年前、霧太郎天狗酒醼という演目で、派手な宙乗りをやってのけ、人々の度胆を抜いた正三だったが、まだ改善の余地があるとみているらしい。まだやれる、もっとやれる、やったらなあかん、と突っ走っていくところは人形遣いの故初世吉田文三郎に通ずるところがあった。とはいえ、どこかしら、ほの暗い執念を宿していた文三郎とちがって、正三には底抜けに明るい幼心が充満していて、そこが面白い。

「なあ、どやった」

と半二がきいた。

「ん？」

「なあ、今日の演し物、どないやった」

糸を巻き取りながら、正三が半二をみる。

「どない、て、まだ半分やし。明日の演し物をみてからや」

「なんでや、これかてちゃんと一つの演目になってたやろ」

「なってたけど、そんでも、二つの演目を日替わりでやるんやから、一つみただけであだこうだいいたない」

人形を片付け、正三がすわる。

「ほんでも、なんか、一言くらい、いうてくれや。そやないと、酒が喉、通らへん」

半二が食い下がる。

正三が少し嫌そうな顔をした。

なあ、と半二が顔を突き出し、なおも食い下がる。

「ふーん、そこまでいうんやったら、いうたるか。そうやな、治蔵のことをおもいだしたな」

「治蔵」

「そや。そら、そやろ。おもいだすやろ。……治蔵のやつ、これ、みたかったやろな。

朝鮮王の臣下が曾呂利になりすます、て、これはあいつの、あれやないか。そのうえ光秀の遺子の叛逆ときたら、こりゃ、もうまちがいない。これはあいつの書いた、なんやったかいな、近松門左衛門の国性爺合戦を下敷きにした……」

「仮名草紙国性爺実録」

「それやそれ。そっからやろ」

「そや」

「まさか、あれをやるとはなあ。弟の宇蔵も人形遣うてたな。切は宇蔵やった。すぐにわかったで。宇蔵も治蔵のこと、思いながら舞台に立ってたんとちゃうか。なんや、あれみてたら、泣けてきてな。これはあれか、治蔵の葬いか」

治蔵。

竹田治蔵。

大酒飲みで、ついには酒に殺された治蔵のことを思いだしながら、半二はつがれた酒をぐいと飲み干す。

「どやろな。ようわからんけど、なにを書こうか、つらつら、思案しておるうちに、あいつの書いた曾呂利が頭に浮かびあがりよったんや。そうなると、つこうたらなあかんような気ぃしてきてな。ちょうどこれを書きだす寸前やったからなあ、あいつが死によったのは。安い冷酒がぶがぶ飲んで、飲んで飲んで飲みまくって死んでった治蔵のことが、どうにも頭から離れへんようなった」

弟の人形遣い、吉田宇蔵が必死に止めても治蔵の酒は止まらなかった。若い身空で歌舞伎芝居の立作者に取り立てられ、正三と人気を二分する勢いで芝居を拵えていった治蔵だったが、その勢いに比例していつの間にやら酒の量が増えていったらしい。どこかで箍が外れてからは、命を差し出すようにして飲みつづけ、ある日、酔って眠ったまま、冷たくなっていたのだという。

「あいつ、いくつやった。わしよりだいぶ若かったやろ」

正三がきく。

「ああ、若いで。あいつは昔っから、周りから舐められんようにと、なんやえらいじじむさい格好してたんで、年よりやけに上に見られよったけどな。それに、ここんとこ、酒にやられて、顔色悪うして、ずいぶんと老けて見えるようにもなってたしな。そやけど、あいつはお前よりだいぶ若い。三つか四つ、いや、もっとか。な、そう思うと、早すぎやろ」

「早すぎやな」

「こないにはよ、逝きよってからに。ほんまになんや、わしは、あいつがつくづく哀れでなあ。ちっさい時分からよう知ってるし、宇蔵はずうっと竹本座にいてるし。浅からぬ縁やからな」

弟の宇蔵は怒っていた。こうなるとわかっていたのに、酒をやめられなかった治蔵に。宇蔵をひとり、道頓堀に残してあの世へいってしまった治蔵に。

「そんなら半二、わしかて、あいつとは浅からぬ縁やで。なんちゅうても、あいつはいっとき、わしんとこに弟子入りしてたんやからな。わしにしてみたら、弟分や。三年かそこらでやめてしまいよったけどな。まあ、しかし、いつまでもわしの下になんざ、おることはない。やめて然りや。そんくらい、あいつは、はよう、なんでも身につけていきよったんや。空恐ろしいやつやったで。あんなやつ、ちょっとおらんな。いうたらなんやが、歌舞伎芝居でわしを超えてくやつがおるとしたら治蔵や、あいつしかおらん、わしはそう思うてたんや。実際、じき抜いていきそうやったしな。楽しみにしてたんやで、あいつがどんなもん拵えてくんのか。毎度毎度、どっかしら驚かしてくれよったしな。まあ、いきなり死んだんがなにより驚いたけど」

治蔵と宇蔵は、道頓堀で生まれ育った兄弟だった。

二人の父親は、どこぞの芝居小屋の木戸番(きどばん)だったらしいが兄弟がまだ物心つく前に死んだ。その後、芝居茶屋で働く母親の手で育てられていたのだったが、その母親もある日、忽然(こつぜん)と姿を消してしまう。出奔したのか、かどわかされたのか、行方は杳(よう)としてしれなかった。嘘か真実(まこと)か、亡くなった二人の父親はさる大店(おおだな)の出という噂もあったようだが、兄弟が孤児になったとて、特段、そこから手が差し伸べられた様子もなく、二人は誰の助けも借りず、二人だけでどうにか生きながらえていった。逞(たくま)しいといえば逞しい兄弟である。道頓堀の芝居小屋界隈(かいわい)で、ぶくぶくとあぶくのように隙間をみつけて動きまわり、食いつなぎ、やがて兄の治蔵は大道具方の棟梁(とうりょう)の下で働いたりしているうちに、二世竹田出雲に拾われ、竹本座で出雲の弟子というか、小僧のように使われだした。そうして浄瑠璃のいろはを身につけたのち、歌舞伎作者を志し、竹本座を出て、並木正三の弟子となったのである。

この二人を知らぬ者は道頓堀にはいない。

半二もまたこの兄弟を昔からよく知っている。ふたりとも、目端が利いて抜け目なく、利発で、道頓堀で生まれ育っただけあって芝居をみる目がやたら肥えていた。つまり、かっこうの遊び相手だったのである。

とくに兄の治蔵は年下だからといって安易に侮れないところがあった。

口数は少ないが、あらゆることをよくおぼえていて、頭のなかにある抽斗を自在につかいこなしているようだった。半二が忘れてしまったことでも、たずねれば、なんでもたいがい、すらすらこたえる。いっしょに芝居をみても、治蔵は細部までよくおぼえていた。浄瑠璃の詞章をおぼえるのも治蔵は抜きんでていて、なんなら太夫の癖まで再現してみせた。三年前の演目でも、五年前の演目でも、今みてきたかのようにそれをやってのける。道頓堀界隈の人の名前や性質も、だいたい頭にはいっていて、どこのだれがなにを欲していて、いつなにをすれば飯がくえるか、いちいち判断してうまくやりくりしていた。兄弟ふたりで生き抜くために培われ、磨かれたものだったのであろう。

読み書きも好きらしく、半二が学問の手ほどきをしてやったこともあったし、よく浄瑠璃本を又貸ししてやった。一を教えれば十わかってしまう治蔵は、教えがいのある若者だった。弟を守り育てているという自負からか、気負いからか、ちょいちょい鼻につくような尊大さが見え隠れするのが玉に瑕(きず)ではあったものの、半二は気にしなかった。なぜだかわからないが、半二には、ぴりぴりと張り詰めている治蔵の心のうちが手に取るようにわかってしまうのである。治蔵のほうも半二になにか似た匂いを嗅ぎ取るのか、よくなついた。まだ小僧の頃には手っ取り早く稼ぐといって、飛脚になるだの、船頭になるだのと、道頓堀をとび出していったこともあるにはあったが、毎度すぐに舞い戻ってくるのもおかしかった。あの頃の治蔵は身体よりも頭をつかうほうが向いていると、まだわかっていなかったのだろう。

治蔵が落ち着きだしたのは、歌舞伎芝居にかかわるようになってからだった。兄が落ち着き、塒(ねぐら)が定まると、弟の宇蔵は吉田一門に入り、兄弟ともに修業に励むようになった。

二人ともそういうふうにしか生きられないと、あらかじめ定められていたかのような成り行きだった。

治蔵は歌舞伎作者が性に合っていたのだろう。弟子入りした正三のもとを離れてから、ほんの三年かそこらで立作者にまでのぼりつめた。

そうして、正三よろしく、仕掛けにも凝る作風で、見る間に道頓堀の客の心を摑んでいったのだった。

当代きっての人気役者や、座本、銀主(ぎんしゅ)からも、引く手数多(あまた)だった。

まさに順風満帆、目を見張る出世ぶりだった。

治蔵は正三のように恵まれた出自ではない。まさに底辺から這い上がって摑んだ成功だった。

では、その治蔵がなぜ酒に溺れたのか。

根っからの貧乏人だった治蔵が慣れぬ銭を手にしたからおかしくなったとか、身につかない銭が行き場を失って治蔵を酒に走らせたとか、勝手なことをいう輩は大勢いたが、半二はそうは思わなかった。

書きたかったからや――。

あいつは書きたかったから酒に走ったんや――。

治蔵の鬱屈に半二が気づいたのはいつ頃だったろう。

いっぱしの歌舞伎作者として明るくふるまっていても、ひょいとしたときに見せる影があうたびに濃くなっていた。

こいつもだいぶやられとるな、と半二は思っていた。

この手の鬱屈にやられていく作者連中を半二はこれまで何人も見てきていた。いったいあれはなんやろう、とかねがね思っていたものだったが、半二もまた浄瑠璃作者として年月を重ねていくうちに、ぼんやりとその正体がわかってきたような気がするのだった。

客の受けがよかったの、悪かったの、客の入りがよかったの、悪かったの、贔屓がついたの、つかないの、そんなことで一喜一憂しているうちはまだいい。褒められた、けなされた、そんなことで騒いでいるうちはまだいいのである。そのあたりに危うさはない。傷ついてもあんがい痛手は小さい。致命傷にはならない。そんなことにはじきに慣れてしまうからだ。痛みに次第に鈍くなっていく。

いけないのはそのあとだ。

真っ黒な深淵がある日、蓋を開けるのである。

誰も知らないところで。

誰もみていないところで、それはぱかりと開く。

ただひたすら文机に向かい、硯で墨をすり、起きているあいだは二六時中筆を走らせる、あるいは芝居小屋でああでもない、こうでもないと知恵を巡らすという暮らしを延々、来る日も来る日も黙々とつづけていると、あるとき、ふと、底知れない虚無に足をすくわれそうになることがあるのだった。芯の芯まで消耗し朦朧とし、倒れこんだそのときに、それは口を開けて待っている。

その深淵はみてはならぬもの。

のぞきこんではならぬもの。

けれどもふとみてしまう。

治蔵もみてしまったのだろう。

深淵には獰猛な生き物がいる。

目が合えば、なにかしら差し出さなければならない。いや、差し出すもなにも、すでに食らいつかれている。そいつに、己の魂が削り取られていっているのである。

虚が実を食いちらかしていく。

治蔵は、あれに捕まったのだ。

そこから逃げ出すために酒に走ったのだ。

あれを抱えてなお、書きつづけるためにはどうしても酒が必要だったのだろう。虚を飼いならすための酒が。

それがあいつのやり方だった。

結句、虚に食われてしまったのだと半二は思っていた。

だから。

「あいつをな、わしが食うてやったんや」

半二がいった。

「え。なんやて」

正三がききかえす。

「いやな、あいつが書いたもんをわしが食うて生かしてやったんや、いうてんのや。わしの浄瑠璃と渾然一体（こんぜんいったい）となって、あいつはここに生きておるわ」

正三がしばし黙る。

黙ってまっすぐ半二をみる。

それから、しずかに酒を飲む。

半二も黙って酒を飲んだ。

くちびるを浸した酒が、かっと熱く臓腑(ぞうふ)におちていくのを半二はじっくりと味わいつくす。それから、ゆっくりと杯を、膳に戻した。

半二は酒に溺れない。

酒代がないので溺れるほど酒が飲めないというのもあるのだけれど、それだけではなく、半二は酒に救いを求めないたちなのだった。あればあったで飲むには飲むが、なければないで、どうということはない。酒にはわりあい強いほうだが、だからといって酒に己を委(ゆだ)ねはしない。その代わり、朝もはよから、あちらこちらの芝居小屋へ足を運び、浴びるように芝居やなにかをみつづけるのが昔からの常だった。それはもう、がぶがぶと大酒を飲むかのように、貪欲にみつづける。こちらは半二にとって、なくてはならぬものなのだった。芝居をみ、それから浄瑠璃をきき、丸本(まるほん)をよんだ。飯代に事欠いても、それは変わらなかった。毒をもって毒を制す。虚に食われて削られたのなら、虚を食らって取り戻すまで。それがおそらく半二のやり方だった。

「なるほどな。半二は治蔵を食うて生かしてやったんか。治蔵をな。ふうん、そうやったんか。なんや、わからんようで、どっかしら、わかるような気ぃするな。渾然一体か。そやな。たしかに治蔵は今日、竹本座にいてたよな。山城の国畜生塚は治蔵の芝居でもあったよな」

正三がつと杯をおく。

そうして、なにやら思案しつつ、ぼんやりとした顔で、肴に箸を伸ばした。むしゃむしゃと煮魚を食べていく。骨から身をせせり、心ここにあらずといった顔で食いつづける。あっという間に平らげてしまった。

「せやけど、半二、そないいうたら、治蔵にかぎらず、この道頓堀全体が、渾然一体となって息しておるような気ぃせえへんか」

半二が正三をみる。正三はにかっと笑っている。

正三がなにをいいだしたのかよくわからないので半二はとりあえず黙って酒を飲んだ。

正三は、しばらく半二の言葉を待っていたが、待ちきれなくなったのか、おかまいなしにしゃべりだした。

「だってそやろ。そんなん、この演し物にかぎったことやないやろ。半二と治蔵のことだけやない。ここではなにからなにまで、ぐちゃぐちゃや。歌舞伎も操浄瑠璃も、お互い、盗れるもんがないか、常に鵜の目鷹の目で探しとる。歌舞伎が操浄瑠璃を。操浄瑠璃が歌舞伎を。歌舞伎が歌舞伎を。操りが操りを。からくり芝居かて、お神楽かて、そこら辺りの寺社の境内の、小屋掛けの小芝居に至るまで、なんでもええ、これや、いうのんをみつけたら、ちゃっちゃと盗んで、練り上げて、こねくり回して、もっとええもんに拵え直す。そのまんま、やってしまうこともままあるしな。そのためにご丁寧にも丸本なんてもんまで売りにでてる。せやけど、せっかく盗っても、ええもんにならへんかったら客に愛想尽かされてお陀仏や。そやろ」

「そやな」

「そうして今度は客の取りあいや。客いうたかて道頓堀の客はむつかしいで。なんでもようみてはるしな、目が厳しい。あの人らの目がわしらにええ芝居を拵えさしよるともいえる。道頓堀、ちゅうとこはな、そういうとこや。作者や客のべつなしに、そうやな、人から物から、芝居小屋の内から外から、道ゆく人の頭ん中までもが渾然となって、混じりおうて溶けおうて、ぐちゃぐちゃになって、でけてんのや。わしらかて、そや。わしらは、その渦ん中から出てきたんや。治蔵もそやで。宇蔵もな。あいつらはまさしく、この道頓堀が生んだ兄弟や。治蔵は渦ん中から生まれて、渦ん中へ早々に帰っていきよったんや。ああ、そやな、そやから、この渦には、きっと門左衛門も溶けとんのやろな。そやろ。治蔵の書いた国性爺は、門左の書いた国性爺からきてんのやで。ちゅうことはやな、あの並木千柳も、吉田文三郎も、みんなここに溶けてる、ちゅうことやないか。みんな溶けて砕けてどろどろや。な、そやから、わしらの拵えるもんは、みんなこっから出てくるのや。このごっつい道頓堀いう渦ん中から」

「渾然となった渦か」

　いわれてみれば、半二もまた、それをよく知っているような気がした。

　どろどろの渦の心地よさをよく知っているように思われた。なぜだかわからないが、そういうことをずっと感じていたような気がしてならなかったのだ。渦。そこに足を浸せばわしもすぐさま溶けていく。わしがわしであってわしでなくなる。であればこそ、この渦から生まれたがっている詞章をずるりずるりと引きずりだして、文字にしてこの世につなぎ止めていけるのではないか。

半二はふと、己の手をみた。指を動かしてみた。

握っていない筆がみえた気がした。

まだ書かれていない文字がみえた気がした。

わしはわしのためだけに浄瑠璃を書いてんのやない、とふいに半二は思う。たとえばわしは、治蔵を背負って書いとんのや。いや、それだけやない。それをいうなら、治蔵だけやのうて、筆を握ったまま死んでった大勢の者らの念をすべて背負って書いとんのやないか。

ひょっとして浄瑠璃を書くとは、そういうことなのではないだろうか、と半二は思う。この世もあの世も渾然となった渦のなかで、この人の世の凄まじさを詞章にしていく。

治蔵、と半二は心の中で呼びかける。

お前、まだ書きたかったんやろ。そやろ。そやな。そんなら、治蔵、わしの手ェつかって書け。わかってる。お前はまだまだ書ける。もっとええもん、書きたかったはずや。そんなら書いたらええ。ここにあるわしの指、つこうて書いたらええ。お前はまだ道半ばや。書かしたる。書きたいもん、いっくらでも書かしたる。書いたらええ。そしてな、わしもわしで書かしてもらう。そういうことや。ここで書く、いうのはつまりそういうことなんや。わしの手ェつこうて、指つこうてわしはわしで書いていく。この渦んなかで。

「なあ、半二。治蔵が死ぬ前の夏に書いたんは、清水清玄六道巡やったな。あれはたしか半二の」

　正三がいう。

「ああ、そや。あれはわしの花系図都鑑からや。治蔵のやつ、わざわざ京までみにきよって、そのあとすぐに書いたんや。あんときもあいつ、へべれけに酔うてたな」

　正体をなくして茶屋で寝ていたのを半二はみていた。

「そんで花系図都鑑はその前に豊竹座でやった桜姫賤姫桜からきてんのやろ。やっぱり渦やな、半二。ぐるぐる巻きの渦や。花系図都鑑、あれは今日とちごて、大入りやったな。豊竹座の連中もようけ京までみにいきよったで。わしもいった。わしはたまたま出くわした藤助といっしょにみたんや。知ってるやろ、豊竹座でちょこっと書いとった福松藤助。あいつ、京に泊まり込んで何遍もみたらしいで。桜姫賤姫桜がどう姿をかえたんか、気になったんやろな。打ちのめされた、いうてたわ。いや、完膚なきまでに打ちのめされるためにわざわざ何遍もみたんかもわからんな」

「福松藤助か。あいつ、あのあと田舎へ戻ったらしいな」

「そや。花系図都鑑をみて、作者として大成するのは無理やと見切りをつけたんや。あいつの田舎は筑後やったかな。なんや、ええとこのぼんらしいで」

「そうなんか」

「そや。たいした素封家らしい。そこの後継やて。ああいうやつは田舎へ戻っても、おとなしゅうせえへんで」

「かもわからんな。そんで、よけいなことしでかして、周りに迷惑がられんのや」

「ありうるな。新たな渦のはじまりや」

ひとしきり、二人で笑う。

「そんで明日の演し物は天竺徳兵衛郷鏡やったかな、え、半二」

「そや」

「それはつまり、わしの」

「そや。天竺徳兵衛聞書往来からや」

ふっと正三が息を吐く。

「まさに渦やな。お手並み拝見や」

また二人でひとしきり笑った。

翌日夕刻、すべてを見終えた正三はわずかに口を開けたまま、呆然となっていた。

少ない客がそそくさと竹本座から出て行くのを見ても、正三はびくともしない。

半二もその隣で動かず、幕の引かれた舞台をぼんやりと眺めていた。

どう贔屓目にみても客の反応は鈍かった。中途で帰っていった客も多かったし、かといって、中途から入ってくる客は少なかった。目も当てられない不入りである。哀れなものだ。

太夫も三味線も人形遣いも、熱演とはいいがたかった。いくつか、しくじりがあったし、緩急もうまくなかった。息の合わないところも多々あり、間も悪かった。ぬるぬると惰性で演じているようなところもあった。まあ、これほどの不入りとあっては、当然演者のやる気もでないのだろう。風通しのいい、がら空きの小屋でへたに熱演したら空回りして、もっと客を困惑させたかもしれない。なので、このくらいでちょうどいいのかもしれない。

いやいやいやいや、それでもやはり熱演すべきだったのではないか。小屋の空気を一新し、鼓舞するためにも熱演しなければならなかったのではないか。

などと逡巡していると、正三がぼそりといった。

「おもろいで、半二。これはおもろい」

「え」

「わかったで、半二。なんで半二がこういうけったいなやり方したのか、見えたで、半二。二日つづけてみた甲斐、あったで」

正三にいわれても、半二は俄かには信じられない。あんぐりと口を開いて正三をみる。

「おいおい、なんちゅう顔してんのや」

「ほんまか」

「ほんまや」

「ほんまにか」

「ほんまにや。昨日の曾呂利は本日はここの世界に現われたんやな。おもろいで、半二。なんや、所と時を自在に動かして、ひょいと世界を飛んだみたいやな。妖術で世界と世界を繋げたったんやな。なるほどな、こうしてつづけてみると、へんな気ぃ、するわな。世界っちゅうもんをどう捉えたらええのか、目が開かせられるで。なんちゅうたらええんかな。……半二はつまり、わしらに一つ上の、大きい世界を開けさしたんやな。道具立てやら仕掛けやらやのうて、浄瑠璃だけでそれをやりおったんやな。すごいで、半二。いや、じつをいえばな、昨日の山城の国畜生塚、あれはあれでおもろかったんや。入り組みすぎてこなれてないとこもあったけども、筋立てはよかった。今日も今日とておもろいし、不入りになるわけがわからん。あえてあげるとすれば、この二日つづきの興行や。これが敬遠されたんや。そら、そやろ。前の日からのつづきでもないのに、それどころか舞台の世界ががらっと変わっとんのにつづきや、いうてみせられても、お客はんらは、ちんぷんかんぷんや。こんなつづきがあるかいな。こんなん、つづきとちゃうで。せやから、大入りにしたいんやったら、やはりこれは別々の月に興行すべきやったんやと思う。けども、半二。そんでもやはりこれは別々にしたらあかんのや。わかるで。これこそが、半二のやりたかったことなんやろ。この大きさこそがほしかったんやろ。昨日の演し物が色濃く頭にあるところへ、これをみせる。そうすることでしか、半二のやりたかったことはみせられへんのや」

「わかってくれるか」

「わかる。ようわかるで、半二。あっぱれや。ええ覚悟や。そもそも、こんだけのもんをようも半年かそこらで一人で書ききったもんやないか」

「いや、手伝いの若いのはおったけどな」

　急に照れ臭くなって半二がいう。

「手伝いは手伝いやろ。他のもんの匂いがせえへんで。これは半二ならではの大法螺(おおぼら)や。まったく、どんだけ大法螺吹きなんや。こんなもん頭んなかに抱えて、半二は生きてんのやな、生きてきたんやな。ほんま、けったいなやっちゃ」

　正三が笑う。

　掃除や片付けをする裏方連中がごそごそと動くのを見回しながら、正三がぶん、と腕を突き出した。

「受け取ったで、半二。今度はわしの番や」

　ぶん、ぶん、と腕を交互に繰り出す。

「やったるでえ」

　半二が、はっしと正三の拳を止めていう。

「なんや、正三、これ、つこうてなにか書くつもりかいな」

「そやがな。こんなんみせられておとなしゅうしてられるかいな。あんな、半二、わし、さっき、夢んなかでどっか遠いとこへ行った気、してたんや。三の切のあたりやったかな。それより少し前やったかな。人形みてんのに、みてんのがわしか、わしがみられてんのか、ようわからんようなってしもてな、夢みとった。刹那の夢や。ああ、あれも、わしやないか、て夢んなかで思うてたんや。へんな気持ちやったで。わしはどこにでもおんのやな。いったいわし、てなんなんやろか。わしの大きさがようわからんようなったわ。それいうたら三千世界の大きさもようわからんのやけどな。三千世界とおんなしくらい、わしはあんがい大きいんやろか。なあ、どやろ。ああ、あかん。半二の頭んなかの大法螺がうつってしまいよった。これも渦やな、渦。半二は渦のことなんてとうに気づいておったんやな。道頓堀だけやのうて、この世は渦なんや、そやな」

つい最前まで、一言も口をきかず、黙って舞台をみていた正三が、怒濤のようにしゃべりつづけている。

半二は安堵していた。

立作者として歌舞伎を超える大入りにするという使命は果たせなかったけれども、半二が己のなかから出し尽くしたものを、正三が受け取ってくれた、それだけでじゅうぶんだった。たった一人でも、これほどまでに昂奮し、これほどまでに楽しんでくれた客がいてたんなら、もうええ、と半二は思う。これで竹本座の立作者を馘首にされても本望や。そうや、わしは、もっと翻弄したかったんや。こっち側にのほほんとすわって見物している客に、まことの妖かしをみしてやりたかったんや。この世は妖かしや。この世こそが妖かしやないか。こっちとあっちは別個やない、こっちもあっちゃ。虚実の渦や。わしは、それをとっくにわかってて、書いてたんかもしれへんな。

「ようそこまでみてくれたな、正三」

「おう」

「さすがは正三や」

「褒めすぎや」

「わし、まだ、やれるかな」

「あたりまえや」

正三が立ち上がった。

「帰るで、半二。またみにくるわ。もっぺん、じっくりみさしてもらう」

颯爽と出て行く正三。

しかし、正三がこの演し物を再びみにくることはなかった。

みにこようにも、数日後、打ち切りになってしまったので、叶わなかったのだ。

立作者を馘首にこそならなかったが、半二が冷や飯をくうことになったのはいうまでもない。それだけの損失を出してしまったのだから文句のつけようもない。

座本も銀主も怒り心頭だったが、幸い、山城の国畜生塚も、天竺徳兵衛郷鏡も、読み物としてはそれぞれに面白かったらしく、どちらの丸本も出ると途端によく売れた。刷り増しもあったらしく、竹本座にはそちらからの実入りも少々あり、なにより丸本の評判がすこぶるよかったおかげで、半二の面目はどうにか立った。また自信にもなった。

とはいうものの、半二の新作をかけるのには懲りたのか、当面は、竹本座の何人かを率いて京へいき、向こうの竹本座を仕切るようにといいわたされた。道頓堀は道頓堀でいろいろ工夫して客受けする演目をかけて稼ぐから、お前はお前で今回の穴埋めができるくらい京で稼いでこい、というわけだった。座本の出雲には、新しいもんがやりたいんやったら、あっちでいっくらでもやったらええがな、それはかまへんで、あっちの客の方がお前に合うてるかもしれへんしな、などと調子の良いことをいわれ、つまりは、体良く道頓堀を追い払われた格好だった。いったいそれがいつまでつづくのか、期限のはっきりしない京行きで、ひょっとして、もう道頓堀には戻ってこられないのではないかといささか不安もよぎったのだったが、

「なあに、ええもん拵えて、大入りの出来になれば、またすぐこっちでやらしたる」

と松洛がいってくれた。

「大当たりの演し物、拵えたら、座本も銀主もほっとくかいな。評判がきこえてきたら、わしが口きいて、じきに戻したる」

松洛がそう約束してくれたので、半二はそれを信じて素直に従い、十軒長屋を引き払って、身重のお佐久ともども京のまるのやに身を寄せた。お佐久の叔父、喜助夫婦は温かく迎えてくれたし、部屋はまだ空いていたし、ここでなら、お佐久も安心して子が産

める。

立作者としてはいくぶん惨めな境遇に身を落とした半二ではあったが、少しもめげていなかった。

むしろやる気満々だった。

さあて、こっからや、と半二は墨をする指に力を込める。そうして、まるのやの二階で日がな一日、勢いよく筆を走らす。

松洛のいうとおり、いったん、すべて出し切ったからこその清々しさだったのかもしれない。

夏が過ぎ、秋になり、無事、女の子が生まれた。

そうして年明け、京の竹本座でかけた半二の新作、傾城阿古屋の松は大入りになった。

つづけて四月にかけた次の演し物、京羽二重娘気質もそれを上回る大入りとなった。

評判はすぐに道頓堀にまで轟いたらしい。

この演目を携えて、半二は道頓堀に戻ってくることとなった。

みごとな復活だった。

大入りつづきのおかげで臨時の給銀もいただけたし、これからはもっと稼げると踏んで、新たな住まいは久左衛門町の、以前に比べたら、ずいぶんとまともな長屋に定めた。

まずまず広くて小綺麗な住まいである。

半二の筆は走りつづける。

というか、勢いが止まらない。

次々、新作をかけていく。

二年後、半二は代表作の一つである、本朝廿四孝を世に出した。

四段目、客席が二つに割れて動きだすという、並木正三もびっくりの大仕掛けは、客らを喜ばすと同時に、妖かしにでもかけられたかのような奇妙な心地を味わわせるものだった。大勢の客をのせたままじりじりと尻の下が動いていくため、はじめはなにが起きたかわからない客がほとんどだったようだ。正面の舞台もまた後方へ退き、御殿がせりあがってくる。ふと気づけば先ほどまで客席があったところに、舞台の御殿の楼下があらわれている。あれ、あそこにおったわしはどこへいった？

そこには人形がいる。

客席と舞台の境目があやふやとなる。

もはや、落ち着いて見物などしていられない。

いつまた己の尻の下が動くかしれやしないのだ。

そんな客を見物している客もまたその外側にはいて、そこにすわるものもまた、ここも動くのではないか、との疑いを捨てきれない。そして、そんな客をみている客もまたいるのである。ただみていたはずの客らはみているだけではなく、みられてもいて、いつの間にやら、舞台の中へ、いや、奥へ奥へと引きずりこまれていくかのような心地を味わわされるのだった。

いうまでもなく、本朝廿四孝は連日大入りとなった。

客席もまた舞台だったという衝撃に客は熱狂し、あらたな虚実の渦に呑み込まれていく。

妹背山

その日、空が燃えた。

つい今しがた日が沈んだばかりだというのに、また俄かに空が明るくなったのである。

夜の闇が赤く大きく染まっていく。

なんだかおかしな具合だった。

どういうこっちゃ、と皆、驚きの目で、空をみる。

どこぞで火事やろか、と顔を見合わせる。

火事ということであれば一大事である。

しかしながら、火の見櫓の半鐘の音は一向にきこえず、あたりはじつに静かなものなのであった。

なんや気味の悪い空やなあ、と手をかざして人々が遠くをみやる。

火事にしてはやけに範囲が広く、これではどこで火事なのか、見当がつかない。いや、どれほど遠くの火事であろうともあんなふうに空全体が赤く見えることはない。すわ、大火か。いや、それともまた、なにかがちがう。

大店から様子見に駆け出していった小僧らが、あちらこちらから戻ってきて、口々にどこも燃えていないようだという。どこまで走っていっても空の様子は変わらず、右往左往する人ばかり増えているのだそうだ。

道頓堀端にも、なんやなんや、なにごとや、と人がぞくぞく集まってきて、いつの間にやら身動きできぬほどになっている。

半二もその一人として空を見上げていた。

不気味な空だった。赤い色がいっそう濃くなり、すでに半天を覆っている。その赤のなかに白い筋が間隔をあけて幾筋もまっすぐに伸びている。ちょうど扇の骨のようだった。それがゆうらり、ゆうらりと揺らめいている。どこかに扇を握る手でもあるようだ。いや、あんな大きな赤い扇でばさりばさり煽がれたら、ここらにいる人々は皆、ちりぢりに飛ばされてしまうだろう。

その恐ろしさが伝わるのか、

「この世の終いとちゃうか」

とつぶやく者がいた。

「いよいよか」

「いよいよかもしれへんで」

「わしゃ、あんな空、みたことないで」

とささやきあう者がいた。

という声に、

「わしもや」

「わしもや」

と賛同する声。

「阿呆かいな、あんな空、誰がみたことあるかいな。見てみ、この明るさ。夜がのうなってしもたやないか。こないなこと、そうそうあってたまるかいな」

「そや、そや。それにしたって、この赤々とした空はなんなんやろ。火事やなかったら、ほかになにがある、いうんや」

「火の雨でも降るんとちゃうか」

そんな恐れを抱いた者がすでにいたのだろう、屋根にのぼって水をかけている店があった。一軒それをやりだすと、次々、追随し、水しぶきが道にまでふりかかる。ますます尋常ではない気配があたりを覆う。

南無阿弥陀仏、南無阿弥陀仏。

一心に念仏を唱えだす者がいた。

泣きだす者もいた。子を抱えて走りだす者もいた。お助けくだされ、お助けくだされ、お慈悲を、お慈悲を、と額を地面に擦り付けて懇願する者もいた。

皆、気が立っているのか、怒鳴りあう者がいたし、わけのわからないことをただただ叫んでいる者もいた。

半二は、これがいわゆる天変地異、いうやつか、と感心していた。

話にはきくが、天変地異だの怪異だのに、そうそう巡りあえるものではない。ついにそれに遭遇したとあっては、恐さより先に心が沸き立ってしまう。

この手の怪異には芝居小屋のなかでしかお目にかかれないものだとばかり思っていた。あるいは読み物のなかか。だがしかし、これはどこからどうみても明らかなる天変地異、生まれてこの方、四十幾年、半二がまだ一度もみたことのない不気味な景色なのだった。というか、空に巨大な扇が出現するなど、あってはならないことだ。

ふうん、わしもだいぶ齢を重ねて、この世のことは、だいたいわかったような気ぃしてたけど、まだまだびっくりすることはあるもんやなあ。

半二は飽くことなく空を眺める。

芝居小屋で作られる天変地異より、とうぜん雄大豪壮、心底おどろおどろしい空だった。とはいえ、じっと見ていればなにやら妖しくもあり美しくもあり、心が鷲摑みにされていくような迫力は、やはり人の手による拵え物とはわけがちがった。大いなる天の向こうのなにものかの気配をも察して、半二は少々寒気がする。己が小さく縮んでいく気持ちになる。

これが吉兆なのか、凶兆なのか、半二にはわからなかった。

この天のありようはいったいなんなんだろう。

のちの世で、これがオーロラと呼ばれる発光現象であるなどとは知るよしもないし、低緯度の日本でみられるのが稀有なことだともむろん知らない。

そのうちに、あれッ、そういや、こういうんは、ひょっとして、赤気、いうんやなかったか、と思いだす。唐の史書かなにかにそんなようなことが書いてあった気がするのだが、はて、どこで読んだのだろう。

博学で鳴らした父、以貫にきいたらわかるのではないか、と閃き、すぐ、いや、それはもはや叶わぬことだ、と首を振る。

半二の父、穂積以貫は前年の秋、鬼籍に入っていた。

そうよなあ、あの人はもうあの世へいかはったんやったなあ、と半二は赤い空を見ながらじんわりと憂い、あの好奇心旺盛な以貫が生きていたら、おそらく、この空をみて大騒ぎしているにちがいないと、その姿を思い描いて、小さく笑った。みせてやりたかったな、とぼそり、つぶやいてみる。あと十月かそこら長生きしてたら、この奇ッ怪な天変がみられたのに、親父殿、残念やったな。

喜寿の祝いまでして天寿をまっとうした父だったのに、亡くなってみると、半二はなんともいえない寂しさにつきまとわれているのだった。

穂積家から飛び出して、勘当同然になって以降も、以貫は近からず遠からず、いつも半二のそばにいた。

そもそも幼い半二を芝居小屋へと連れ歩き、近松門左衛門から譲り受けた硯を託して、浄瑠璃作者へと導いた張本人が以貫なのである。

師匠というわけではないが、そこはかとなくそれに近い思いはいつも持っていたし、なにかというと本を貸してもらったり、教えを乞うたりもしていた。

根っから芝居好きの以貫なので、道頓堀でかかる半二の新作浄瑠璃は知らせずともまたいていみにきてくれ、みればみたで、なにか一言二言いって帰っていくのが常だった。聞き逃したときでも、のちのち、どこかで顔を合わせれば、こないだの演目な、とあたりまえのように話題にする。素人のようで素人でない、玄人のようで玄人でない、以貫の意見をきくのは半二にとって長年楽しみでもあったのだった。

以貫が亡くなってしばらくして、半二は、自分が知らず識らず、以貫の目を気にしながら浄瑠璃を拵えていたのではなかったか、と気づいた。そう、あの目があるかぎり、恥ずかしいものはやれないと心のどこかで覚悟して文机に向かっていたのではなかったか。その目がなくなってはじめて、半二はその大きさに思い至り、愕然としたのだった。以貫のために浄瑠璃を書いてきたわけではないものの、以貫が逝って張り合いをひとつ、失くしたのはたしかだった。そのせいか、半二は、このところ、糸の切れた凧のような心許なさを味わっている。おまけに以貫が亡くなる前年、資金難に陥った竹田家が株を手放したため、竹本座は拠点であった芝居小屋を失い、昔ながらの興行を打てなくなっていた。

竹本座だった芝居小屋は、じきに歌舞伎芝居の小屋へと様変わりし、竹本座と競い合っていた豊竹座もまた似たような事情で何年か前に小屋を失っていたため、今や道頓堀は、右を向いても左をみても歌舞伎芝居ばかりかかっている。

道頓堀にはためく幟も歌舞伎芝居のものばかりだった。

操浄瑠璃はもうあかんのかなあ。

そんなことを思いたくはないが、つい、弱音が口をついてでてしまう。

それでも竹本座にいた演者の大半は小屋を失ってもなお操浄瑠璃を捨てず、どうにか竹本座の名前だけは残して、借り小屋での興行をつづけていた。むろん半二も一緒になって踏ん張ってはいるのだが、隆盛を極める歌舞伎芝居に反して操浄瑠璃の客は減る一方、いつまでつづけられるかわからないような有様だった。

こういう状況に陥ったため、立作者である半二はなにかと頼られることも多くなり、次第に金策だの雑用だのに追われだしてもいた。若い衆から頼られるだけならまだしも、高齢でいつ死ぬかもわからない三好松洛あたりに拝み倒されると、やらないわけにはいかない。いったいなんのためにこんなことに走りまわらねばならないのかと愚痴のひとつもいいたくなるが、半二が手を引けば竹本座という名すら消えてしまいそうで、引くに引けない。といって、こんなことが得意なはずもなく、たいした働きもできぬまま、やみくもに動き回っている。

そのうえ、半二は新作を期待されてもいた。

手堅い演目で手堅く稼ぐだけでは首が回らなくなりつつあり、というより、そんな演目には客が入らなくなっていて、どうしても新作をかける必要があるのだった。

ええもん書いてくれや、お前だけが頼りやで、と皆にせっつかれるが、このところ半二の書く浄瑠璃は精彩を欠いていた。評判もそうよくないし、客の入りも悪い。

忙しさにかまけて、やっつけで筆を走らせているのだからそれも致し方あるまい。それでも経験を積んできているぶん、そこそこのものを書き上げてしまえるというのが逆によくなかった。やすやすとそれに甘んじてしまう己に内心、うんざりしていたし、いっとき感じていたようなかーっと身のうちから湧いてくる熱がないというのももどかしかった。それでも請われるまま、ずるずるとつまらないものを書いてしまう流れから抜け出せないでいる。

以貫が生きていたら、なんといっただろう、と半二は赤い空を見ながら思う。

呆れられただろうか。

しっかりせえ、と活を入れられただろうか。

ひょっとして、この空の異変こそが以貫からの活ではないだろうか、と思ってみたりもする。

わしはこっからちゃあんとみてるでぇ、という以貫の声。

あるいは天からとどく以貫の怒り。

いや、しかし、この不穏な空は、それよりも、やはり半二の心の奥の不安をうつしていると思う方がしっくりくる。

半二は空を眺めて、操浄瑠璃と己の行く末に思いを馳せた。

いったいこの先、どうなっていくんやろか。

客は戻ってくんのやろか。

それとも、このまま尻すぼみになっておわっていくんやろか。

そしたらわしは操浄瑠璃と心中か。

空の赤色は夜半を過ぎてなお、ますます濃くなっていた。白い筋だけでなく、濃淡のちがう赤い筋もゆらゆらと見え隠れし、蠢き、妖しさはいっそう増している。

とはいうものの、火の雨が降るようではなかったし、地面が揺れたり割れたりもせず、いつも通り変わらぬ夜がただ坦々と更けていくばかりだ。

それがわかってきて、いくらか落ち着きを取り戻したのか人々が家路につきだしていた。安心したら眠たくなってきたのだろう、そぞろ歩いて、次第に塒へ向かっていく。残っている者も地べたにすわりこんでこっくりこっくり船を漕いでいたし、物好き連中は寄り集まって、筵を敷いて、涼みがてら、酒盛りをしていた。こうしてみると人というのはあんがい呑気なものである。

丑三つ時を過ぎたころ、半二の隣にお佐久が立っていた。

「まだみてはりますの」

お佐久が手にした団扇で風を送る。

「ん、まあな。せっかくやし、切まで見届けよかと思うてな」

お佐久が笑う。

「そんなことやろ、思うてましたわ。あんさんにかかるとなんでも見世物どすなあ」

「せやかて一生にいっぺんみられるかどうかの大見世物やで。こんなんみせられて途中でやめられるかいな」

お佐久が懐から竹の皮で包んだ小さな握り飯をだす。お、気がきくな、と半二が嬉しげに受け取り、飲み込むようにひとくちで食う。

お佐久は近頃、京で培った腕を活かして、片手間に煮売りの商いをはじめていた。小銭稼ぎにすぎないが、それでも日銭が入るのは心強いらしい。

「おきみは」

「よう寝てますわ」

「これ、みせたったか」

お佐久がうなずく。

「みせたりましたけど、子供はいつまでもみてしまへんえ。そう恐がりもせえへんし、すぐに飽いてしもうて」

「そんなもんか」

お佐久がくれた竹筒から水を飲む。

「まだ八つやそこらでは、ようわからんのですやろ。お空、赤いなあ、お空、きれいやなあ、いうて眺めてましたけど、ほんまのとこ、夕焼けにしかみえてへんかったんとちがいますか。大人はなんや、うす気味悪うて、そわそわしますけどなあ。こんな空みてたら、おちおち寝てられしまへんわ。なんですの、これ」

「さてな。赤気、いうやつやないかと思うんやけどな」

「それはなんですの。なんぞ悪いことでもおきますの」

「どやろな」

「朝になったら、お天道さん、ちゃんと、のぼってきやはるんやろか」

半二は笑う。

「そら、のぼってくるやろ」

「ほんまですか」

「そら、おまえ、のぼってきいひんかったら、いよいよこの世も終いやで」

ふざけていって、半二は、ふと首をかしげた。

この世の終い。

それはなんなんやろ。

口にはしても、そんなことがほんまにおきるとは誰も思っていないもの。

ぐるりと半二はあたりを見回す。半二の目は次第に遠くへ向かう。

「あんさん、どないしはりました」

この世の終い。

けど、ほんまにそうなんやろか。

今宵、この赤い空が忽然とあらわれたとき、この世の終いや、と思うたもんはようけおったはずや。

それが遠い絵空事ではないと、どうしていいきれよう。今もまだ、まさに絵空事のような空がそれ、ここに、この目の前に、広がっているではないか。

夜が更けても、いっこうにおさまる気配がない空の赤。

みたことのない空。

この結末はどうなるのか。

なにごともなく終わっていくとどうしていえよう。

丑三つ時を過ぎてもなお、赤々と、不気味に揺らぐこの空の正体を、じっさい誰もしらないのだ。

どこにもいない。こいつが本性をあらわにしたらどうなるのか、正しくわかっているものはどこにもいない。ならば、お佐久がいうように、こいつがお天道さんの邪魔をせぬとはかぎらぬではないか。

そうかもしれへんな。

お天道さんよりこいつの方がつよいんかもわからんな。

こうなると、なにが絵空事でなにが絵空事でないんか、わかったもんやない、と半二は思う。

この大きさの異変があるのなら、もっと大きな異変に見舞われたっておかしくないはずだ。どこから有りえないのか、どこから有りうるのか、その線引きが、今まさにかわろうとしているのではないか。しずかにゆっくりと、半二がきめつけていた絵空事の枠組がかわっていく。枠が広がっていく。壊れていく。はっとお佐久の顔をみた。

「なんですの」

お佐久の声が遠くにきこえる。

「どないしはりました」

お佐久の顔形が作りものの人形のように見える。

じつに奇怪な心地だった。信じていた足元が崩れていくような。

身のうちが冷たくなっていくような。

こんな空をみてしまったからには。

くるはずの明日がこなかったら。

ここにいてるぎょうさんの人がいっぺんに死んでしまったら。

火の雨がふったら。

地面が割れたら。

大いなる悪が勝ち、天が奪われたら。

「おい、お佐久」

「へえ、なんどす」

「あした、お天道さんがのぼったらな、わし、ちょっとの間、京へいってくる」

「京」

「せや。来月かける浄瑠璃はもうだいたい書き上げてあるさかい、わしがおらんでもええはずや。あとは若い衆にまかせる。そういうといてくれるか。萩大名はあいつらだけでやれるやろ。わしな、萩大名のことも、竹本座のこともいったん忘れて、まるのやの二階で、新しい浄瑠璃を拵えたいんや」

「まるのやの二階、貸してくれるやろ。すまんが、こっちのことはよろしゅう頼む」

「へえ。わかりました」

「なんや書けるかもしれへん。そんな気ぃしてきたんや」

「あらまあ」


　夜明けが近づくと、あれほど濃く、あれほど広かった赤い色がまるで空に溶けるようにすうっとしずかに消えてなくなっていった。

　あっけない幕切れだった。

　夢から醒めたように、お天道さんが機嫌よくのぼってきて、なにごともなかったかのような朝になる。

　すずしい風がふく。

　物売りの声が聞こえだす。

　しらじらとした朝の空気が先ほどまでの怪異など、なかったことにしてしまう。もしくはすべてはあの世の出来事で、無事この世へ帰還してきたかのような気にさせられる。

　半二は一眠りしたあと、京へ発った。

　歩きながら、こんな心地になったことが前にもあったような気がしてきて、いつやったかな、いつやったかな、と考えながら歩きつづけ、ずっと昔、吉野の金峯山寺に参拝したあと、這々の体で山をおりたときやった、と思い出した。

そうや。あんときもそうやった。そうか、わし、また、生き返ったんやな、と半二は思う。

浄瑠璃の神さんが呼んでるで。

はよ、書いてくれ、いうてるで。

半二は笑いながら先を急いだ。

ちゅうわけで、わしは、ここ、まるのやについてすぐに、荷解きもそこそこに、書きだしたんや。ほれ、この、近松門左衛門先生の硯で墨すってな。疲れておったけど、一服なんかしてられへん。なんやしらん、すぐにそうせなあかん気ぃしてな。おかしなもんやで、急き立てられて自然とそれをやってたんや。

道頓堀からきた松田才二(まつださいじ)を相手に半二はしゃべっている。

松田才二はこのところ、半二の下でともに浄瑠璃を拵えている作者仲間のひとりで、かつて大物作者だった故松田文耕堂(ぶんこうどう)の門人に名を連ねていたゆえ、以来ずっと松田姓を名乗っていた。いっしょにやりだしてまだ二年ほどと日は浅いが、勘所もよく、半二はかわいがっている。

「おい、獏(ばく)、きいてんのか」

「きいてます」

ぬぼうっとした顔をしているが反応ははやい。

松田才二のことを半二は獏とよぶ。悪夢を食べてくれるという、奇妙な動物の形をした獏枕で毎夜寝ていると知ってから、からかい半分で、そうよびだしたら、もう他の名ではよべなくなってしまったのだった。今では半二を真似て皆が、獏、獏とよぶようになっているが、本人も、そうよばれるのが存外いやではないらしい。

獏は、道頓堀から竹本座の面々に命じられて半二を連れ戻しにやってきたのだった。萩大名傾城敵討の幕は数日前にあいたものの、大当たりには程遠く、このままでは大損になる、次の演し物のことなど、一刻も早く相談せねばならないと、急ぎ京へ走らされたのであった。今年はこのあと、十一月に初世吉田文三郎追善と銘打つ興行が控えているので、そちらについてもそろそろ固めていかねばならない。

ところが獏に乞われても、半二は腰をあげる気配がまったくないのだった。

萩大名傾城敵討が不入りで、ひと月もたせるのもやっとだ、と獏が悲しげに伝えても半二はどこ吹く風。そうか、やっぱりあれ、あかんかったか、というだけだ。そのうえ、まあ、あれやで、そんなら傷が浅いうちに早いとこ、なんぞ客がよろこぶ演し物と差し替えたった方がええで、と他人事のようにいっている。

「その相談をしたいってみんなが」

「そんなもん、相談もなにも、あるかいな。適当にみつくろってありもんの演し物から決めたらええがな」

「みつくろう、て」

「そやな、用明天王職人鑑とか、どや。あれはいつやってもわりあい客が入るで。ええ芝居やしな。鐘入りの段やったらええやないか。飯炊きの段からつづけて」

「近松門左衛門の」

「そや。全段やらんと、二段くらいで。あとはそやな。萩大名の敵討ちにかけて、敵討ちものでもなんかいっしょにやっといたらええんとちゃうか」

「敵討ちもの。なにがええですやろ」

「そんなん、みんなで知恵だしおうて決めたらええがな。太夫かてなんぞやりたいもん、あるやろ。人形らは人形らでいろいろあるやろし。そこんとこをあんじょう話し合うてやな。……なあ、わしにばっかり頼っとらんと、飯食うてくためには、みんなで知恵ださなあかんで。やる気ださんと、文句ばっかりいうて、喧嘩しては分かれとったら、座は小そうなる一方や。ぎゅっとひとつにまとまれる演し物やって、みんなで食うてくこと考えなあかん。そいでわしはな、獏、あんときな」

とまたつづきをしゃべりだす。

閉口するが、機嫌を損ねたら、道頓堀につれてかえれなくなると思うから、獏は仕方なく、きいている。

書かなあかん、書かなあかん、はよ、書かなあかん、てひたすら思うばっかりで、なにが書きたいんかも、わしはようわかってへんかったのや、と半二がいう。

せやけど、やらなあかんのや、わかるか、獏。

はあ、とどっちつかずの返事をする獏。できればこの日のうちに伏見から夜船でかえりたいので、いつまでも半二のたわごとにつきあっていられないのだ。なんとかいっしょに道頓堀へ引きずっていきたいがどうしたらいいのだろう。

半二がにやりと笑って煙管をふかした。

わしもな、頭ではちゃあんとわかってるんやで。浄瑠璃の詞章が浮かんでるわけでもないのに、わしはなにを書こうとしてんのやろ、てな。書くもん、なあんもきまってへんのに書く、てそもそもおかしいやないか。せやけど、どうしても、やらなあかんて思うわけや。

そんで、まあ、とりあえず、さらさらさらっとそこらの紙に思うまま、筆を動かしてみたわけや。

そしたらな、獏、わし、こんな絵、描いてたんや。

半二が紙を広げる。

「絵」

「そや、絵や」

獏がのぞきこむ。

「字にみえるか」

「いや、絵です」

「あんがい、うまいやろ」

獏がうなずく。

「苦し紛れ、いうやつやな」

半二が紙に指をさす。

「なんぞ書かなあかん、思うたら、これがでてきたんや」

紙は一枚ではなかった。束ねた残りを半二は際におく。

「なあ、獏、これ、なんや思う。妹背山や、妹背山。吉野の麓にあるやろ、妹背山。知っとるやろ。こっちが妹山、こっちが背山、真ん中に流れてんのが吉野川や。え、なんや、獏、おまえ、まだ吉野へいったことないんか。ないんやったら、いっぺんいってきたら、どないや。ええとこやで。ここにな、お屋敷があんのや。妹山にはお姫さんのお屋敷、背山には若武者のお屋敷。そいでな、ふたりはこう、互いに思い合うてるわけや。ところがや、この家同士は前々から反目し合うてんのやな。ふたりは泣く泣く引き裂かれとる。どや、それが一目瞭然の舞台になってるやろ。な、よけいな小手先つかわんかて、これだけで、もう、みぃんなわかるやろ。そういうことや。昔みたいに仕掛けに銭かけられへんでも、まだまだ工夫次第で、やれることはようけある。上手も下手も、はかない桜が満開でな。吉野だけに桜は欠かせん。そんでな、太夫と三味線も上手と下手に分かれるんや。な、どや、なかなか引き込まれる舞台やろ。

獏が指差す。

「これ、なんです」

「雛壇や」

「雛壇」

「ときは弥生、雛の節句。つまり、おなごの節句やな。お内裏さんが仲良う並ぶ雛の節句に、女雛の首が飛ぶわけや。ごろん、てな。三人官女もお雛さんを守られへん。むろん、妹山の姫君の首も飛ぶ」

ほお、と獏が感心する。なんだかしらないがきいているだけで心が躍る。

「でな、お姫さんの首が、宙を飛んでくわけや」

「首が……とぶ？」

半二が煙管の吸殻を灰吹に叩き落とす。

「そや。お姫さんの、せつない思いをのせて首が飛ぶ。雛の節句に飛んでく鳥や、雛の鳥、雛鳥や。それがこのお姫さんの名や」

「雛鳥」

「そや」

「雛鳥が、空を飛ぶ」

「そや、首だけな」

「首だけ飛んで若侍のところへ」

「そや、そや。飛んでく先の、背山は背山で切羽詰まってんのやけどな」

「この川、越えていくんですか」

「そや、川を……え。あ、そやな。川か。川があるな。うん、せっかくここに川があるんやし、川を渡らしたってもええな。うん、そうしよ。そっちのほうがええ。首はまたべつんとこで飛ばしたろ」

半二はくるりと向きをかえ、墨に浸した筆を持つと、文机に広げた紙になにごとか書きつけた。

「字は。字は書いてはるんですか」

獏がきく。

「字か」

半二が束ねてあった紙から一枚抜いてみせた。ぺらぺらと獏の目の前で揺らす。

「書いてるで。ちょろちょろやけどな。このお姫さんと若武者のことはな、ずうっと前に書こうと思うてたんや。それやのにすっかり忘れてしもててな、悪いことした。せやから、はよ、書いたろ、と思うてな」

「悪いことした、て、お知り合いですか」

「誰がや」

「このお姫さんと若武者」

「んー、この世の知り合いやないけど、どこぞで知り合いやったんかもわからんな。ふたりの嘆きが両の耳からようきこえてくるんや」

半二からわたされた紙には、つらつらと文字が書かれてあった。

獏がむさぼるようにそれをよむ。

「ええやろ」

獏がうなずく。

「古の神代の昔山跡の、国は都の始めにて、妹背の始め、山々の、中を流るる吉野川、塵も芥も花の山、実に世に遊ぶ歌人の、言の葉草の捨て所」

獏が声にだしてよむと、半二がうなずく。

「妹山背山の段の語りだしや。どや」

「ええやないですか。ええ文句や」

「そおか。んー、そやけど、まだ、それ、試しに書いてるだけやで。焦ったらあかん。早まったらあかん。もうちっと、備えてからや。もっともっとおっきい渦に巻き込んでったろ、て思うてるからな」

「渦」

「そや、渦や。もうな、この渦んなかにわしは、なんもかんもいれてったろ、て決めたんや。わしのなかにあるもんを残らずな。そういうこともな、できるはずなんや」

獏が紙を凝視している。

「いつやるんですか、この浄瑠璃。文三郎追善ですか」

「それは無理や。まにあわん」

「せやかてまだ八月やし、追善は十一月、じゅうぶんまにあうんとちゃいますか」

半二が腕を組んで思案する。

獏が身を乗り出し、是非ともやりましょや、今からならきっとまにあいますて、と畳み掛ける。

いつもなら、このくらいの日にちがあれば浄瑠璃の一つや二つ、書き上げられる半二だから獏の言い分には一理ある。近頃では、竹本座の仕事だけでなく、浄瑠璃を歌舞伎に直す手伝いなんぞも頼まれるのだが、それとて、ほんの数日でやってのけられるほど半二の手は速くなっている。獏をはじめとして、半二の下には使える連中が何人かいるし、なんとしてもやりとげようとするなら、やれるのかもしれない。だが。

「すまんが無理や。追善に、わしのことは数に入れんといてくれ、てみんなにようというといてくれるか」

半二がいう。

「なあ、獏。もともと、わしは、こんどの追善の演し物、やるとはいうてへんのや。頼まれてもない。あいつら、ほとんど江戸にいてるしな。追善興行は吉田一門で盛り立ててったらええんとちゃうか。二代目文三郎が、どこまで親父に近づいたか、それを道頓堀の連中にきっちりみせたったらそれでええはずや。あの兄弟に親父の血ぃがちゃあんと流れてると思わせたら、それがなによりの供養になる。それをなにも新しい浄瑠璃でやることはない。むしろ、文三郎に所縁(ゆかり)のある演し物のほうが合うてるやないか」

「そんなら半二はん、追善になんもせえへんのですか」

「わしか。そやな。なんもせえへんな。いや、これがわしの追善供養なのかもわからんで」

　と笑いながら紙の束を指で突いた。

　獏が納得のいかない顔をする。

「あのな、獏。わしの知ってる吉田文三郎はな、そういう爺いなんや」

「そういう爺い」

「ようおったやろ、昔、そういう爺い。芸のことしか考えてへん、頑固一徹の、頭のおかしい爺い。吉田文三郎はそのなかでも飛び抜けとった。あのひとなら、わしが今こういうのやりだしたと知ったら、四の五のいわんと待っててくれたはずや。ええか、追善興行なんざどうでもええ、書け書け、存分に書け、そういうてくれたはずや。ええか、半二、ひよったらあかん。あのひと、ようそういうてたわ。あの爺いならな、腰据えて、まずはこれを仕上げろて、まちがいなくそういうと思う。あの爺いの口癖は、人形浄瑠璃はもっともっとようなる、歌舞伎になんぞ負けへんで、いうのやった。その声が今でもきこえてくるんや。そんなら、それをやったるのが、ほんまの追善供養やないか。な、そやろ」

「そんな浄瑠璃が書けるんですか」

「どうかわからんが、やったりたいわな。そんくらいの意気込み、わしかてあるで。ぐわーっと大きい渦を拵えたるつもりや」

「ふーん」

と獏がなにごとか思い悩むような顔で半二の描いた絵をみつめている。やがて際におかれた束から紙をとり、畳に何枚か並べて、これ、なんですか、これ、どこですか、と次々、半二に問いだした。ああ、それか、それはやな、衣掛柳や、猿沢池のほとりやな、つまりそこは奈良や、と半二がこたえる。これは鐘楼ですか。そうや、鐘楼や、南都十三鐘や。〽一つ撞いてはひとり涙の雨やさめ、二つ撞いてはふたたび我が子を、ってあるやろ。あれや、あれ。

これは？

それは鹿や。馬やないで。ちゃんと鹿の角、描いてあるやろ。その鹿をな、弓で射る。鹿が死ぬ。それが、こっちの絵や。な、死んどるやろ。奈良の鹿は神鹿や。神鹿殺したらどないなる。〽三つ見たやと、四つ夜毎に泣き明かす、や。

むつかしい顔で獏がうなずく。

半二が束から探りだした紙をおく。

獏がまたあらたな紙をみる。こりゃ、なんの絵です、不気味な絵やな、腕が蛇みたいになってとぐろ巻いとるやないですか、この悪人面はだれですか、と問う。半二が、ああ、それはやな、この世を暗闇に陥れる大悪人や、という。わしが今いちばん苦心してるところや。こいつはただの悪人やないで。もっと大きいもんを背負ってるんや。それはなにか。こうな、銭が欲しいとか、家督が欲しいとか、そんなちまちました欲やないんや。あれが憎い、これが憎い、そういうんでもない。敵討ちでもない、ようあるお家騒動や意地の張り合いみたいな喧嘩騒ぎでもない。そんなもんですませるつもりはない。これはな、この前みたやろ、あれや、あれ、空を覆ってしもた、あの赤や。血の赤や。わしらのはるか上をいく、あそこまでの恐ろしさを背負ってもらわなあかんのや。こいつはな、お天道さんに勝るとも劣らぬ強い力を欲しとるんや。正真正銘の悪や。ひょっとしたら、この世のもんではないのかもわからんな。とはいえ、操浄瑠璃やさかい、とりあえず人の形にはしとかなあかん。誰ぞ、こんだけのことを引き受けられる、わかりやすい人物はおらんかったかな、とさがしてみて、蘇我入鹿あたりはどやろ、と思い定めつつあるところなんや。そこまで遡れば、いけるんやないか。入鹿大臣皇都譚て、あったやろ。あれでいこか、て思うてる。妹背山は吉野やしな。

どれもこれも、へたくそなりに半二の頭のなかがうかがえる絵なのだった。

じっと眺めていた獏が、

「わし、なんや、こんな夢、みたような気ぃしますわ」

とつぶやいた。

「夢？」

「うなされるほうの、いやあな夢ですわ。こういう夢みて、寝汗かいて起きたことがあったような。さて、いつやったかな。まだついこの前のように思うんやけど」

毎夜、獏枕でねているだけに獏は夢をよくみるのだそうだ。本人曰く、いやな夢をみたくないゆえ、獏枕で眠るようになったらしいが、それでもまだ夢はみるらしい。いい夢、わるい夢、さまざまだそうだが、獏はつねづね、浄瑠璃かいてるとなにしろよう夢はみますな、といっている。どうも夢の道がひらくような気がしてなりませんのや。

獏は夜な夜な、その夢の道に引きずり込まれているらしい。

「んー、しかし、あれですな、こうしてじいっとみてると、なんや、これ、ほんまに、わしの夢のように思えてきますわ。なんやろ、えらい気味の悪い絵ですな。このまま、ここに吸い込まれていきそうや。んー、せやけど、こんなこと、ありますのやろか。なんでわしのみた夢を半二はんが描いてんのやろ。これ、わしの頭ん中から盗んだんとちゃいますのんか」

「盗めるかいな、そんなもん」

「んー、そやけど、なんや見覚えある気ぃしてなりませんわ。こら、どういうことやろ」

「どういうことやろな。それもまた渦、いうことかもしれへんで」

「渦」

「朝から晩まで道頓堀の渦に身ぃ浸してたら、なんもかも、いっしょくたになっていくんや。お前の頭んなかも、わしの頭んなかもいっしょくたに繋がってってんのかもしれへんで」

半二が新しい紙を取り出し、そこに、にゅるにゅると線を描く。にゅるにゅる、にゅるにゅる、ただ線を描いている。それから人の頭を二つ描く。その二つの頭ににゅるにゅると線が伸びる。硯の海に筆をひたして、また線を描く。にゅるにゅる、にゅるにゅる。ぽとりと墨が垂れた。

「おい獏。いっしょにやらへんか」

半二がきく。

「文三郎追善興行にお前の出る幕、ないやろ。かというて、そこらの小屋でスケやってもそう稼げへんで。どうせ稼げへんのやったら、こっちきて、いっしょに妹背山、やらへんか。お前は独りもんやし、どこにいてたかて、かまへんやろ。わしはとうぶん、こっちで書く。道頓堀にいてると、落ち着いて書かれへんからな。ここに腰を落ち着けて、道頓堀を遠くに眺めながら妹背山を書く。これはな、相当気張らんと書かれへん演目なんや」

「この浄瑠璃、妹背山、いうんですか」

「仮にな、今はそうよんでる」

「妹背山」

「わしの頭んなかにあるもんを、この妹背山に、みんな入れ込むつもりや。大事な浄瑠璃なんや。わしの頭んなかだけで足らへんかったら、お前の夢も、入れていこやないか」

「わしの夢」

「そや。お前が日々みあぐねてる夢、こんなかへ叩き込んでったろやないか。そしたらお前の頭もさっぱりするかもしれへんで。獏枕、いらんようになるかもしれへんで。書きあがったら、よう眠れるようになるんやないか」

獏が笑いだした。

「ほんまですか」

半二がぐっと目に力を込める。

「どや」

獏がうなずく。

「この絵、みてたら、わし、やらん、とはいわれへん。なんせ、これ、わしの夢やし」

半二も笑いだす。

「そやろ。わしもや。ここまできたからには、もう引き返されへんのや」

獏はいったん道頓堀に帰り、半二からの伝言を伝えてまわった。

萩大名傾城敵討はじきにべつの演目と差し替えられることになり、その話し合いがすぐに始まった。

初世吉田文三郎追善興行は吉田一門が総力をあげてやると決められ、江戸にいる二代目文三郎らにその旨、伝えられる。

そんなわけで、ここのところ、半二の下でいっしょにやっていた半二の弟子、近松東(とう)南(なん)も追善興行からあぶれたため、獏とともに京へいくこととなった。獏より年下なので、使い走りにはちょうど良い。

三好松洛は獏の話をきいて目を輝かせた。

ほー、そら、えらいよさそうな演目やないか。

床に伏せることが多くなったという松洛は夏の気候にやられたのか、ずいぶん痩せて、顔色も悪くなっている。

とはいえ、頭はしっかりしていたし、口調もすこぶる滑らかだった。

そうかそうか、半二は、そんなん書きだしてたんか。ええこっちゃ、ええこっちゃ。あいつ、このところ、どうもあかんかったやろ。竹本座もこんな具合やし、わしも老いさらばえて、こんなみっともない身体(からだ)になってしもたし。長生きしすぎたんやろな。かといって、好き勝手には死なれへん。じき喜寿を迎えるけど、なにがめでたいもんかいな。寄る年波には勝てん、いうやつや。なにやるにしてもえらい大儀でな、そやから、あいつになんもかんも押し付けてしもた。それもあかんかったんやろけど、心配はしてたんや。そうか。京で書いてたんか。蘇我入鹿が大悪人て。ふーん、妹山と背山の悲しい恋に絡めていくんか。なるほどな。ほー、そんなら天智(てんち)天皇も出てくんのかいな。そら、大時代物やな。半二の大風呂敷が出たわけや。それ、ええで。きっと、おもしろうなる。わしな、そういう匂い、わかるんや。何十年と、ここでこういうことばーっかりしてきてるからな、鼻が利くんやろな。それ、ええ匂い、してるで。芳しい匂いや。まあまだまだこれからやろけどな。うまいこといったら、ええもんになると思う。あれやな、じきに文三郎の十三回忌やし、あいつが半二をせっつきにきよったんかもわからんな。はよ、ええもん書いて、歌舞伎から客取り戻せ、って。あの世の文三郎ならいいかねんやろ。あいつがきりきりして、半二に書かせてんのが目にみえるようやで。

獏が、いや、さっきもいいましたけど妹背山は追善の演目とはちがうんです、そこには間に合わんのです、とあらためて断りを入れる。すると、そんなん、わかってるがな、と松洛がいいかえす。

文三郎はな、そんな、お前、追善にこだわるだけの、ちっさい男やないで。あの文三郎が半二にいうとしたら、あの並木正三(なみきしょうざ)をびっくりさせる演し物、拵えたれ、って、それしかあらへんがな。あの正三の勢いはもう、どうにもこうにも止まらへん。あいつの勢いと相俟(あいま)って歌舞伎芝居の勢いも止まらへん。それに一撃食らわせられるとしたら、もう半二しかいてへんやろ。あー、わしも京へいって、半二のあのどでかい声で、滅法おもろいあいつの法螺話(ほらばなし)、ききたいなあ。そしたら、身体もいっぺんに楽になる気ぃするんやけどなあ。病も、飛んでってしまいそうやのになあ。

お連れしましょか、獏がおずおずいうと、松洛が、うっすら笑って首を振った。もうな、それは無理や。わしはもうどうやったって京までなんぞいかれへん。

松洛の声が寂しげに沈む。

仮に駕籠に乗せてもろたかて、京まではもたへんやろ。わしにどうにかできるのは、せいぜいその妹背山とやらが道頓堀の小屋にかかるまで、この世にとどまることくらいや。まあ、それかてあやしいもんやけどな。そんでもな、わしは、なんとしても生きながらえたるで。半二が今、わしをそういう気にさせてくれたからな。これみるまではなにがなんでも死なれへん。なあ、獏。浄瑠璃いうのんはおもろいもんやなあ。わしに生きる執念を思いださせてくれたで。竹本座が歌舞伎芝居を超えるほどの連日大入りになってやな、お客はんらが大喜びで操浄瑠璃楽しんでくれはってやな、道頓堀の至るところで、よかったなあ、おもろかったなあ、いう声がきこえてきてやな、みんなが楽しそうに人形の話をしてるところを、わしはもういっぺんみたいんや。わしかてそういう演目がみとうてたまらん。これぞ、操浄瑠璃、これぞ竹本座、いうやつをなんとしてももういっぺんこの目でみたい。みてから死にたい。な。わしの目の黒いうちに、それ、みしてくれ、て半二にようういうといてくれるか。これがわしの最後の頼みや。

松洛は、この演し物の後ろ盾になると獏に約束してくれた。そうして、まとまった銭を託してくれる。大入りになったら、きっちり返してもらうけどな、と冗談をいいつつ、わし、もうな、そうながないさかい、くたばる前に、へそくり始末しておこうと、ちょうど思うてたとこなんや、と獏にしてみれば、思いがけないほどの、かなりの額を渡される。

それから、大坂に残されているお佐久にも、渡したってくれ、と銭の包みを預けられた。こんなもん遺して逝ってもあとのもんが争うだけやしな、なんでこんな金があんのやとあれこれ詮索されるのも面倒やしな、と松洛がいう。これは返していらんで。わしからの贈りものや。

お佐久にそれを渡しにいくと、大いに喜ばれた。

思いがけない助け舟に、お佐久はひっそりと涙ぐむ。

半二はまるのやの二階で、獏や東南を相手に妹背山を練り上げつつ、道頓堀のお佐久とおきみを思う。

松洛がくれた銭で母娘ふたり、どうにかしばらく凌いでいけそうだときいて安堵している。

この浄瑠璃がうまいことといって、大入りになったら、少しは楽させられるはずやさかい、待っててくれよ、と祈るような思いで、半二は窓の外をみる。

西の空に日が傾きだしていた。

夕暮れがだいぶ早く訪れるようになった。

下の通りからは、ちょうどおきみくらいの年頃の子らが元気に遊ぶ声がきこえている。そろそろ家路につかねばならないだろうに、なにをして遊んでいるのか、けたたましい笑い声がする。

楽しそうやな、と半二は耳をすます。

やがて母親やら子守やらに連れられ帰っていく子らの声がきこえだす。まるのやの店じまいの音も階下からきこえてくる。

それがすむと急に、しん、と静かになった。

夕餉のしたくがはじまり、じきに半二のところへも膳が運ばれてくるだろう。今宵もまた、半二はそれをちびりちびり食べつつ、ひとり、浄瑠璃を書くのである。

そうして、ひとり、眠る。

どこかから虫の音がする。

長い夜だ。

半二とて、お佐久やおきみと長く離れて暮らすのは寂しいのである。口馴れたお佐久のこしらえる飯を食いたかったし、可愛い盛りのおきみのそばにいてやりたかったし、三人で川の字になってにぎやかに眠りたかった。

たまにはおきみをつれて道頓堀の芝居小屋へもいきたかった。

おきみもさぞ、芝居小屋へいきたがっていることだろう。

もともと以貫が幼いおきみを歌舞伎芝居や操浄瑠璃に連れていったのがはじまりだったが、それですっかり芝居好きになったおきみは以貫亡きあとも芝居にいきたいとねだるようになり、半二がたびたびつれあるくようになっていた。以貫に鍛えられたのか、子供なりに、みてきた芝居のことをあれこれいうのをきいていると、おきみの頭のなかをのぞいているようで、半二はそれがおもしろくてたまらない。近頃は、ひとりでみにいくより、おきみといっしょにみたいと思うくらいだった。

あれはいい気晴らしになるんやけどなあ、と半二は思う。

そうはいっても道頓堀は遠いしなあ、と半二は頬杖をついて煙管をふかす。

切ないもんやなあ。

なんや、わしらの方こそ、妹山と背山に分かれてるみたいやないか、とおかしくもなる。

半二が向こう岸の道頓堀へ帰っていくためには、この妹背山という浄瑠璃を書き上げるしかない。

それにしても、なんでわしはこうまでしてこの浄瑠璃を拵えねばならんのやろうと目の前に広げた紙をみながらふと思う。中途で捨てることだって、中途で逃げ出すことだってできるはずなのに、ひたすら書きつづけていくのはなぜなのだろう。

わしはこいつに捕まってしもてるんやろな、と半二はうすく笑う。

まるでわしそのものが、この浄瑠璃になってしもたかのようやないか。

半二の手にした筆の先から墨がしたたる。

やがて、わしが文字になってここへ溶けていくのかもしれへんな。

あのときの赤い空のように。

妹背山は初段、二段目、三段目と、順調にできつつあった。まだまだ荒っぽいが、次第に、形が整いだしている。

婦女庭訓

その知らせは、吉野へいった獏からもたらされた。

まだ妹背山をみたことがないという獏に、そんならいっぺんいってこいと熱心に勧めたのは半二だった。

十一月の半ばに幕開けする、竹本座の文三郎追善興行が目前に迫り、半二の弟子である東南は、裏方のスケを頼まれ、少し前に道頓堀に戻されていた。

すると、なんとなく、半二は、獏を、どこかへ追いやりたくなったのである。

このところ、話し相手が獏ばかりだったので、少なからず飽いていたというのもあったし、長らく根をつめて書いていたので、しばし、ひとりになって、ゆっくり休みたいというのもあった。また、次の段からの展開をじっくり練りあげるためにもここらでひとりになるべきではないかとも思われたのだった。

だが、獏はごねた。

「なんでわしが、今さら、吉野へいってこな、あかんのです。妹山背山の段、ほとんど仕上がってるやないですか。なにしにいかな、あかんのです。桜の頃ならいざ知らず、こんな季節に枯れ木の山なんか、わざわざみにいきたないですわ。紅葉かてもうみられへんやろし、となれば道中、ただ、さぶいばっかや。くたびれるだけや。銭もかかるし」

半二はいいくるめる。

「まあ、ええから、つべこべいわんと、いってこい。あそこがこの浄瑠璃の発端やないか。いっぺんその目でしっかとみてこい。そしたらなんぞええこと思いつくかもしれへんで。ついでに霊験あらたかな吉野の金峯山寺にまでのぼっていってやな、この浄瑠璃がうまいこといきますようにって、祈願してこい。ああ、そうや。山道にくたびれたら、帰りに三輪へ寄ったらええ。あすこには知り合いがいてんのや。酒屋でな、ええ人らや。お末、いうお内儀に、わしのこというたら、泊まらせてくれるはずや。うまい酒、しこたま飲ましてくれる思うで」

ほんの気まぐれにいい添えたひとことだった。

獏はようやくその気になり、半二がお末にあてて書いた文を携え、吉野へと旅立ったのだった。

帰りに三輪へ立ち寄ることにして——。

ききたかったのはお末の近況。

ききたかったのはお末からの言伝。

あいつ、いま、どないなってんのやろ。

半二は思う。

あれからお末、どないな人生、送ってきたんやろ。そら、あんだけのとこへ嫁いだんやさかい、まあまあうまいことやってんのやろけど、どやろ、息災に暮らしとんのやろか。娘やら息子やらはもう大きゅうなっておるやろし、順当ならばそろそろ隠居の身か。ちぃとは楽させてもろてるやろか。それともあいつのことや、相変わらず気ぜわしゅう働いとんのかな。なんたって心中しそこねた男の弟や。忘れるわけがない。お末のやつ、わしのこと、ちゃあんとおぼえとるやろか。そら、おぼえとるわな。

半二が三輪の里をたずねたのはまだついこの間のように思われるのだが、あらためて数えてみれば、あれからすでに二十年近く経とうとしていた。

早いもんやなあ。

めくるめくような年月と、あのときの旅を思い起こせば感慨はひときわ深い。あのときの奈良、大和(やまと)での出来事が、今、書いている浄瑠璃に影響を及ぼしているのは明らかなのだから、おもしろい巡りあわせともいえ、いや、もしかしたら、それだからこそ、ふと、お末のことを思いだしたのかもしれなかった。

あれからむろん、一度もお末とは会っていない。

思いだすこともほとんどなかった。

わしも三輪へいけばよかったなあ、と半二はひとりごちる。獏を三輪へいかせるのではなく、半二がいけばよかったのだ。獏にすすめたときにはそこまで思い至らなかったが、半二はお末にあいたくてたまらないのだった。親も亡くなり、お熊(くま)のような幼い頃から半二を知るものも次々亡くなっていき、兄とは相変わらず疎遠だし、昔話をできるのはもうお末くらいしかいない。なにが話したいわけではないものの、おきみがうまれたせいもあって、そんな幼い年頃のことがなつかしく思い出されるようになっていた。

そやな、獏が帰ってきたら入れ違いにわしが三輪へいってきてもええな。わしらも、もう、ええ歳やし、ここらで会うておかんと、二度と会えへんようになるかもわからんしな、旧交を温めるにはええ頃合いや。

あすこのうまい酒もなつかしいしなあ。

しかしながら、獏からもたらされたのは、お末がすでにこの世を去っていたという無常の知らせなのだった。

「なんやて」

といったまま、半二はそれきりなにもいえなくなってしまう。ただぼんやりと獏の顔だけ眺めている。

まさか、あのお末が。

あの気丈な娘が。

かつて兄の許嫁だった、あのお末が、すでに亡くなっていたとは……。

衝撃を受けている半二を尻目に、獏がくわしい事情を話してきかす。

お末は五年ほど前の夏の夕方、道を歩いている最中に、なんの前触れもなく、ばたりと倒れ、それきり帰らぬ人となったのだという。その頃、すでに舅姑は亡く、そろそろ長女のお結を嫁にやらねば、と縁談をすすめようとしていた矢先であった。あまりの急逝に、皆が途方にくれるなか、しかし、嫁入りどころではなくなったお結は気丈にも母親がわりとなって弟らを世話しつづけた。家のことだけではない。店のことまでも、お内儀がわりとしてよく立ち働き、それもあって、残された旦那は後添いをもらわず、お結とともに店と家を守り、近々長男の小太郎のところへ嫁がきたら、跡を継がせて、いよいよ娘もどこかへ嫁がせてやるつもりだといっているらしい。

「このお結はん、いうのんが、まあ、ようでけた嬢はんでして、わしみたいなもんを、それはこころよう、もてなしてくれましてな。半二はんのことも、お母上からいろいろきいていたそうで、文を渡したら、えらい喜んでくれはって、いっぺんおあいしとうございます、いうてましたわ」

「そうか、お末はもうこの世にはおらへんかったんか」

「商売は繁盛してるようやし、まずまず裕福な暮らし向きやったんで、そんならどうぞおたずねくださいまし、て、ここの所書き、残してきましたで。女のひとり旅はあぶないさかい、おすすめできませんが、お父上か弟御とでもいらしたらどないです、いうて」

「そうか、お末がな。死んでたんか。お末がな」

「人の寿命、いうのんはわかりませんな。お末さん、持病もなければ、寝込むこともいっぺんもなかったそうで、ほんまにいきなりやったみたいです」

ほな、さいなら、と笑って去っていく、若かりし日のお末の姿が目にみえるようだった。

三輪の山がよくみえるあの店先で、お末はなにを思っていたのだろう。

半二はつらつらと物思いにふける。

人の生き死にとはじつにあっけないものだ。

半二とおない年の、だからなんとなく生きているとばかり思いこんでいたお末が、すでに五年も前に亡くなっていたとは、まさに狐につままれたような心地、というのが正直なところだった。知らなければいつまでも生きていたはずのお末が、この知らせをきいた途端、死んでしまったのである。

そうか、お末は死んだんか、となんべんもなんべんも口にする半二。

獏が帰っていっても、まだなお、取り憑かれたようにお末のことを思いつづけていた。

お末はけなげな娘だった。

幼い頃からの縁談を破談にされるという理不尽な目にあいながら、それでも最後にはそれが己の定めと受け入れていた。

あんたの兄やんと心中するつもりやったんやで、と物騒なことをいって、にいっと笑っていたお末。

ここで暮らすのが合うてる気がしてきてる、と三輪の酒屋でしみじみと語ったお末。

そこで生きると決めた嫁ぎ先の酒屋で、お末は、日々、なにを思って暮らしていたのだろう。生母の生地近くゆえ、縁者は多いときいた。それなら、なにかと心強かったにちがいない。じきに子宝にも恵まれたのだし、夫婦仲もよさそうだったし、舅や姑ともうまくやっていたし、あれはあれで、ええ人生やったんやろう、とは思うのだけれども、お末が亡くなったときいてから、やけに思い出されるのは、道頓堀の芝居小屋で一心に操浄瑠璃をみていた、あの日のお末なのだった。芝居茶屋で団子を口いっぱいに頬張って、元気にしゃべるお末なのだった。阿呆ぼん、阿呆ぼん、と呼びかけるお末の声が耳にきこえる。

　お末は大坂のまちなかで生まれ育った。
にぎやかな道頓堀界隈をなつかしく思う日々もあったはずだ。
幟のはためく芝居小屋にでもいって、たまには憂き世を忘れたいと思う日だってあったはずだ。

　お末は、竹本座で立作者となった、近松半二の活躍を知っていたという。幼なじみの阿呆ぼんの出世をたいそう喜んでくれていたという。そのうちいっぺんみにいかなあかんなあ、と夫婦でよく話していたのだそうだ。

　そんでも、やっぱりうちとこは店がありますやろ、使うてるもんもようけいてますしな、あの時分はまだ小さい子らもいてましたし、よほど思い切らんと大坂へなんぞいかれしまへんのですわ、とお末の夫が獏にいったそうだ。まさか、こうもはよう、仏さんになるとは思いませんでしたしなあ。

そやろなあ、と半二も思う。

舅姑が存命の頃ならなおさらだ。いくら話のわかる舅姑でも、芝居にいきたい道頓堀までいきたいなどとのんきなことはいわれまい。たいした贅沢なのだから、舅姑亡き後だって、安易に口にはできなかったはずだ。夫婦でそんな話ができただけでも、お末は幸せだったのかもしれぬ、とは思う。たとえそれが夫婦の間の戯言(ざれごと)、叶わぬ夢だったとしても。

半二がためいきをつく。

叶わぬ夢か。

道頓堀の芝居小屋が叶わぬ夢か。

半二にとっての日常が、お末にとって、そこまでたいそうなものになっていたのか、とつくづく思う。

めぐりあわせとはそういうものよな、と兄の顔を思い浮かべる。

嫁ぎ先が三輪ではなく、あのまま半二の兄と結ばれていたなら、道頓堀は目と鼻の先、夢でもなんでもなかったはずなのに。

いやいや、待て待て。それをいうなら、思い人との仲を無残に引き裂かれた、あれもまた、お末の叶わぬ夢のひとつだったとはいえまいか。

周りの思惑に巻き込まれ、互いの親が決めたことに従わされ、お末の純情は踏みにじられた。

心中しようと思うほどに一途だったお末の真心をみんなで潰したのだ。

人とはいったい、いくつの叶わぬ夢を抱えて死んでいくものなのだろう。抱えきれぬほど抱えて、しかし、抱えていることを忘れてそれでも生きていくものなのであろうか。

思い起こせば、あのときの無慈悲な破談の張本人は半二の、今は亡き母ということになってはいるが、その母をあの頃、あそこまで追い詰めたのは、もしかしたら出来の悪い穂積家の次男、半二だったのかもしれず、そう思うと、半二もまた、知らぬ間にそれに加担していたともいえた。

不憫やったな、と半二は思う。

ちっさい頃からずっと許嫁や、いわれて育ったのに。

その気にさせるだけさせておいて、なんであんな意地の悪いことをしたものか。

それぞれに思惑があり、損得勘定があり、いうにいわれぬ事情はあったのだろうが、それにしたって若い娘にはいくらなんでも無理無体な仕打ちだった。今となっては、心中してまで己の思いを貫こうとした、お末のほうがよっぽどまともだったという気がしてくる。

すまんかったな、お末。

あのときはそこまで思い至らなんだが、穂積の家のせいでお前をずいぶんひどいめにあわせてしもた。

おそらく穂積家では誰ひとり、お末にじかに詫びた者はないはずだ。半二にしたって詫びてはいない。所詮、おなごの身の上、決めるのは親、破談のひとつやふたつ、ざらにある、そんなふうに軽くみていた。穂積家へ嫁ぐよりかえってよかったではないか、などとのんきなことをいって、つまり、お末をみくびっていた。

阿呆やったな、わし。

お末、すまんかった。許してくれるか。

お前のいうとおり、わしはつくづく阿呆ぼんや。

今さら謝ったところで、お末はすでに死んでいるのだし、あらためて許してくれるわけでもない。だいいち、お末は生きているうちに、その仕打ちを己の力で乗り越え、きちんとべつの道へ歩みだし、それなりに満足していたではないか。この期(ご)に及んで半二の出る幕などない。

とわかっているのに、なぜだかしらぬが、あの頃のお末のことが、どうにも気になって仕方ないのだった。

もやもやする。

もやもや、もやもやする。

半二の頭のなかがもやもやでいっぱいになる。

霞(かすみ)か雲か、淡い色をした、頭を埋め尽くす勢いの、そのもやもやの向こうから、やがて、ひとりの娘があらわれた。

まだ若い。おぼこ娘や。

ほう、と半二は目をみはる。

若かりし日のお末のようでもあり、それとはまったく別人のようでもある。

これ、だれやろ、と半二は思う。

桃割れの髪、小さな簪、色白の瓜実顔。

思いつめたような瞳、紅をさした、うすいくちびる。

子供でもないし、大人でもない。どっちつかずのあやうさと、愛らしさがある。

ふわりと甘い香りがする。

半二の心を惑わすような、なにやら懐かしいような、せつないような、膨らみのあるやさしい香りだ。

娘がにいっと笑う。

やっぱり似てるな、お末に、と思うが、昔のお末がこんな娘だったのか、じつは半二はよくしらない。お末がこの年頃だった時分、半二は京へ追いやられていて、ろくに顔をみていないからだ。再会したときには、すでにお末はすっかりおとなの女になっていた。

それなのに、この娘をよくしっているように思えてならないのはなぜなのだろう。

おまえ、誰や、と半二がきく。お前、お末か。

ふふ、と娘が笑う。

お末やないな、と半二がいう。お末でもあり、お末でもない。というか、お末は、もう死んでいる。死んで渦にとけていった。そのとけた渦に今、おそらく半二は半身、浸している。半身浸して書いている。お前、誰や、ともういちど、半二がきく。

ふふふ、と笑いをふくませ、娘がいう。

〝わたしは三輪と申します〟

ややうつむき加減で、しかし上目遣いにしっかりと半二を見つめるその目がきらきらと光り、なにかをうつしている。

弓なりの眉。ふっくらとした頬。

お三輪か、と半二がいう。なるほど、お三輪か。そりゃ、ええ名や。

娘が首をかしげる。簪が揺れる。

そうか、お三輪か。

半二にはもうわかっている。この娘が、この浄瑠璃を導いていくということを。だからこそ、この娘をよく知っていると思えてならないことを。

よしよし、お三輪。

では先を急ごう。

まるのやの二階の狭い部屋で、背を壁にもたせかけ、あぐらをかいた獏が渋い顔をして手にした紙を凝視していた。

紙に書かれてあるのは、半二がざらざらと荒っぽく書いた、四段目のとっかかりの構想である。なあ、獏、妹山背山の段につづく四段目の展開は、こっから詰めていこうやないか、と半二が意気揚々と話しだしたのだったが、すぐさま獏が難色を示した。

「こりゃどうもこうも」

といったきり、むう、と唸って押し黙ってしまう。紙を畳に置き、口をへの字にして、ぼりぼりと両手で頭をかく。白いふけが飛ぶ。おかまいなしに、獏は頭をかきつづける。

「おい、獏。なんとかいえや。ふけ飛ばしとったってなんもわからんやないか。まったく汚いやっちゃな。黙っとらんでなんとかいえ」

半二が幾度もせっつくと、ようよう手を止め、獏が口をひらいた。

「これはあきまへんやろ」

獏が紙に向かって顎をしゃくる。

「こら、あかん。まるであかん」

「なんでや。なにがあかんのや」

「半二はん、正気でっか」

「おう、正気や」

「そんならなんでこうなりました。これまでうまいこと書いてきてたのに、すこんと調子がはずれてしもたやないですか」

「どこがや。どこの調子がどうはずれたいうんや」

「せやかて半二はん、なんでいきなり三輪の酒屋です。これ、わしがこの前、吉野の帰りに寄ってきた、お末はんの店ですやろ。世話物やあるまいし、ええですか、この浄瑠璃は、前の段まで、蘇我入鹿やら、天智天皇やら、やがては大いなる悪が世界を飲み込むいう、王朝時代物やったんでっせ。雛鳥はそれに巻き込まれて死んでったんでっせ。それがなんでいきなり三輪の酒屋や。このお三輪、そこらへんにようけいてる町娘やないですか。ようするに町娘の好いた惚れたや。どっからどうみても世話物や。そら、こうやって舞台をがらっとかえる、いうのも一つの趣向、それくらい、わしかてようわかってます。そやけど、これはあかん。これはあんまりや。繋がらへん。台無しや」

「なにが台無しや。台無しやあらへんで」

「いんや、台無しや。半二はんはそれがわかってへんのです。おかしなってるんです。半二はん、わしが三輪へいく前は、こないなこと、ひとっこともいうてなかったやないですか。いうてはりましたか」

「いうてへん」

「そら、お気持ちはわかりますで」

「なんの気持ちや」

「半二はんのお気持ちですわ。幼なじみのお末はんが亡くならはって、気ぃ落とすんも無理はない。悲しむのは当たり前や。そやけど、それとこれとはべつですやろ。それにとらわれすぎたらあかんのとちゃいますか。書きたいんやったら、べつの演目でやってもらわんと。この演目でそれやってもろたら困るんですわ。だって、そうでっしゃろ。

半二はん、わしら、歌舞伎芝居を蹴散らして連日大入りになる操浄瑠璃の演し物、拵えるんでっしゃろ。わしかて、この浄瑠璃はいけると信じて張り切ってますのや。ここはしくじりたない。いや、しくじるわけにはいかんのです」

「しくじらへん」

半二がきっぱりという。

「獏。お前、あることないことぺらぺらと、なに勝手なことぬかしとるんじゃ。あのな、わしはお末が死んだのを、悲しんではおるが、べつにそれにとらわれてえへんで。わしを幾つや、思うてんねん。そんなおぼこ娘みたいなことがあるかいな。あのな、生きる、いうんは、絶えず死ぬ者を見送る、いうことやで。この歳になってみ、わしかて、いろんな者を見送ってきたわ。今さら、それにとらわれるような柔な心根でおるかいな。そやのうて、お三輪や」

「お三輪」

「わしがとらわれとるんやとしたら、お三輪なんや」

獏が怪訝な顔をする。

「あのな、獏。わしはな、お三輪に捕まってしもたんや」

「はあ？」

素っ頓狂な獏の声。しかし、半二はかまわず、先をつづける。

「お三輪はな、わしが拵えたんやない。お三輪はな、あらわれたんや。わかるか。これまでわし、いろんな人物を、そらあ、ようさん拵えてきた。神さんでもあるまいし、いろんな人物を拵えては、好き勝手にこねくり回してきた。そやかて、浄瑠璃書く、いうんは、そういうことやからな。ところが、お三輪は、ちょいとばかし、勝手がちがうんや。お三輪はな、ただの拵えもんやない。お三輪はな、はなっからお三輪やったんや。お三輪は、お三輪として、わしんとこへやってきたんや。わしはな、このお三輪を書いてやりたいんや。いや、書かなあかん、思うてる。今のわしの腕なら、それができる。そやろ。ようようわしの腕が追いついてきた。この腕で、お三輪の性根をきちんと紙に書きうつしたろ、思うてんのや。この性根はな、この浄瑠璃の性根とも繋がってんのやで。そやで、獏。そこんとこ、よう、わかっといてくれるか。蘇我入鹿は大物や。比類なき大物の悪人や。そやさかい、通り一遍の話の筋ではそこがあんじょう立ち上がらへんのや。そやろ。そこんとこ、しくじったら、どないなる。おんなしような話、性懲りもなく、繰り返すだけや。それではあかん。そんなことでは歌舞伎芝居も並木正三も超えられへん。そやから、そのためには、なんぞ、今までとはちがう力がいるわけや。わしはずっとそう思うてた。それはなんやろ、てずっとさがしてた。そしたらお三輪があらわれたんや」

　獏が胡散臭そうな目で半二をみる。わかったような、わからんような、半二がこんなふうに唾を飛ばして、おまけに身振り手振りを交えて一心不乱にしゃべるときは、どことなく作り話めいて、一から十まで信じていいのかどうか迷ってしまう。といって、こういうかにも半二ならではの物言いこそが、近松半二という浄瑠璃作者のもっとも面白いところであるようにも思われるので無下に撥ねつけられない。

獏がふうん、と声をもらした。

「このお三輪いうのんが、そないたいそうな人物なわけですか。このお三輪が。この浄瑠璃を背負って立つような」

「そや」

半二に迷いはない。

獏が腕組みして首をかしげた。

「んー、そないいわれたかて、わしにはそこまでたいそうな人物には思われへんのやけどなあ。こういうおなご、わしら、これまでにも、ようさん書いてきましたで」

半二がにそりと笑う。

「そうなんや。そこがふしぎなんや」

「まったくなにいうてますのやら。わしにはちいともわからしまへんわ」

「まあ、そやろな。わしかて、ほんまんとこ、ようわからんのやけどな。つまりやな、これは伸るか反るかや」

半二の声がひときわ大きくなる。賽子を振る真似をする。ばん、と畳を手のひらで叩く。

獏があんぐりと口を開く。埃が舞う。

「ええか、獏。この浄瑠璃が通り一遍の話におわっていくか、それとも、そこを乗り越えていけるかは、このお三輪にかかってる。なあ、ここは伸るか反るかや。この際、お三輪の導くほうへ引きずられていってみいひんか。こんな人物はそうそうあらわれへんで。せっかくや、どないなことになるんか、終いまで見届けよやないか」

獏の眉尻が悲しげに下がる。

「いやや、いうても、どうせ無駄なんでっしゃろ」

半二が笑いだした。

「獏、お前、ようわかってるやないか。そや。わしは、もう、お三輪に連れられていくと心を決めたんや。なんでか、いうたらな、こいつがわしを摑んで離さへんからや。なあ、なにかに似とる、思わんか。そうや、浄瑠璃や。わしを摑んで離さへん浄瑠璃にそっくりなんや」

その日から、お三輪を芯にして、四段目が練り上げられていった。

半二のはったりではないかと、内心、半信半疑の獏だったが、半二が次々書きあげてくる断片をあれこれみていくうちに、案外いけるかもしれん、と思い直していく。

新たな断片を、ふんふん、と眺め、繰り返し読み、ふたりで話し合うのが楽しみになった。話し疲れて昼寝をすれば、お三輪の夢をみるようになった。半二は獏の夢をくわしくききたがった。酒樽の呑み口が抜け、酒屋が酒浸しになる夢などは早速取り入れられる。

飯を食いながら、酒を飲みながら、ふたりは話しつづける。

ふいに半二が筆を持ち、なにやら文字をしたためる。

それほど気負って書いているようでもないのに、というより、思いつきをさらさら紙にうつしているだけなのに、そのたびに場が、はっきりと充実してきている。

酒屋の娘、お三輪が、なにしろよかった。

さすが半二が入れ込むだけのことはある。

好いた男を一途に追いかけるさまといい、一緒になると夢見て七夕の苧環（おだまき）に願（がん）を懸けるところといい、女の色気というにはやや幼いが、その幼さゆえの鈍さがむしろ可愛らしい。生まれて初めて男に惚れた、田舎娘の純朴さ、いじらしさが、ちょっと珍しいような輝きをみせている。はねっかえりなところも楽しいし、といって、いかにも拵えものめいたふうでもなく、そこいらに住んでいそうな親しみがあるのもよかった。

ふうむ、と獏は感心する。

どうやったらこんな娘が書けるものやら。

獏にはもう、この浄瑠璃を己の手で書く気が失（う）せている。下手に手をだして、せっかくのお三輪を台無しにしてしまったら、と思うとおそろしくて触れない。せいぜい清書を手伝い、細かな間違いを直すくらいが関の山だ。それでもこの浄瑠璃に関われているのが獏はうれしくてたまらなかった。そろそろ道頓堀から戻ってくるはずの東南にここまでのところを読ませたら、きっと驚くにちがいない。東南だけではない。松洛だって、竹本座の連中だって読めばきっと驚き、喜ぶにちがいない。

　このお三輪、舞台に立ったら、さぞかし、華やぐだろう、さぞかし評判を呼ぶだろう、と獏は早くも楽しみでしかたなかった。これまでも数々の浄瑠璃に関わってきた獏だけれども、これほどまでに気が逸ったことはない。生き生きと舞台で動く人形のさまが、文字を読んでいるだけで、目に見えるようなのである。

　そう。お三輪は歌舞伎役者なんぞが演ずるよりも、まちがいなく、人形にやらせるべき人物だった。この娘の愛らしさ、みずみずしさを舞台のうえで醸しだせるのは、男の歌舞伎役者には難しい。たとえどんな名役者だろうと、所詮むくつけき男、この手の娘はきっとやりにくいはずだ。すんなりやれるとすれば、それは生身の人間ではなく人形、操り人形こそ、お三輪にはふさわしいのである。

　ということはつまり、この演目は、まさに操浄瑠璃のための演目といえた。

　お三輪の恋の相手の正体は、前段にも登場していた藤原淡海。

　お三輪の恋敵の正体は、蘇我入鹿の妹、橘姫。

　半二の強気な筆が、ちぐはぐさが否めないはずの世界をまとめ上げてしまう。

「たいしたもんや」

　獏がうっかり声を漏らすと、半二が、うなずく。

「うまいこといきだしたやろ」

それどころか、思っていた以上の出来になりつつある、と半二も獏も気づいている。

「チャリ場、いうわけやないのに、四段目に入ると笑えるとこがぐっと増えて、客は喜ぶんとちゃいますか。三段目までがちぃと重かったさかい、ここで客はひと息つける。わしはここが好きですわ、お三輪が、橘姫に食ってかかるところ。婦女庭訓、読め、いうて」

親が子に教えるべきことを集めた庭訓。その中でも、おなごにだけ教えるべきことを集めた婦女庭訓、それを楯に取って、町娘にすぎないお三輪が、正体がしれない姫君を下にみて、滑稽にも、説教する。

半二が、さすが獏やなあ、と目を細める。

「そこは、わしも気に入ってんのや。とんとんとんとんといくとこや。婦女庭訓躾け方、ようみやしゃんせ、えぇ、嗜みなされ女中さん、ってな具合に調子よう、な」

「それにしても半二はん、婦女庭訓なんてもん、よう思いつかはりましたな。それがようきいてる。そんなおかしなもん、振りかざす田舎娘の素朴なところやら、気ぃ強いところやら、お俠なところやら、一緒くたになって、おかしいやら、可愛らしいやら」

うん、と半二がうなずく。そうしてどこをみるともなしにみて、ふと笑う。

「おなごかて、いっつも唯々諾々、引き下がるばかりやない、いうところを、お三輪が身をもって、わしらにみしてくれとるのや。大事な男、横取りされてたまるかいな、許されへんで、てな」

それはお末のことでもあったし、お末だけではなく、同じように、親やら目上の者らに従わされ、己のせつない心をのみこんで引き下がるしかなかったおなごらの、行き場のないまま葬られた悔しい思いのすべてであった。

お三輪には、きっと、たくさんの娘らが溶けこんでいるのだろう。

そんなつもりで書いていたわけではないのだけれども、気づけば、道頓堀を歩いていたおなごも、竹本座の客だったおなごも、いや、それだけではない。操浄瑠璃の人形に託されたおなごも、つまり、近松門左衛門が拵えたおなごも、並木千柳が拵えたおなごも、文三郎が遣うてたおなごも、お三輪はみんなみんなのみこんでしまっていた。このお三輪には、それらをのみこんでもびくとも揺らがない海原のような大きさがあるのだった。

おそらく客は、このよく知っているような気がしてならない、三輪の里の田舎娘、杉酒屋のお三輪に乗り移って、王朝時代ものの世界、蘇我入鹿の住む御殿へと誘われていくのだろう。お三輪には、悠々と時を超える力があったし、世界を切り裂く力があった。お三輪は客を乗せて運べる乗り物となれる人物なのだった。

おい、お三輪、お前はたいしたやっちゃなあ。

半二はお三輪に話しかける。

お前は、きっと、この浄瑠璃の向こうにまで、いつか、駆けていってしまうんやろなあ。わしにはわかるで、お三輪。お前はたいした乗り物や。それゆえ、わしの浄瑠璃の中になんぞ、いつまでも留まっておられへんはずや。いずれ、お前はもっと先までいくんやろう。先の先までいくんやろう。わしの書いた浄瑠璃なんぞ蹴散らして、お前はやがてわしの手の届かんところにまでいってしまうんやろな。な、そうやろ。わしの書いたお三輪がいつの日かわしを乗せて三千世界（さんぜんせかい）の向こうにまで連れてってくれるんや。ああ、それ、おもろいな。ぜひとも連れてってもらいたいもんやなあ。さて、それはどこやろな。むろん、まだ見ぬ世界なんやろな。いったいそれは、どないなところや。空に瞬く星の向こうか。それとも時の向こうか。どっちにしたって、遠いとこにはちがいない。わしはそこへお三輪に連れてってもらうんや。次第に半二は空の彼方へ吸い込まれていくような心地になっていく。めまいがするような漆黒の闇とともに悠久の世界がそこにある。わしのおらん世界やな、と半二は思う。わしはそこにおらんのやけれども、しかしそれがなぜかわしの内側に広がっている、とわかっている。そうかそうか、無量（むりょう）無辺（むへん）百千万、那由多阿僧祇劫（なゆたあそぎこう）、その果てにわしは飛んでいくんやな。ああ、そしたらそれもまた書きたなるんやろな。んん、あ、そうか。わし、そこでもまた書いてんのか。書いてるやないか。阿呆やなあ、わし。どこまでいっても、書いてんのやなあ。

半二はうつらうつら昼寝する獏の隣で、そんな突飛な夢想をしていた。

だからそれは、もしかしたら獏の夢だったのかもしれない。

獏の夢が流れ出てきて、ひたひたとまるのやの二階を包み込んでいたのかもしれない。

獏につられて、半二も近頃よく夢をみるようになっていた。寝てみる夢と、覚めてみる夢がだんだんと接近し、重なり合っていき、なんともいえない奇妙な心地を味わわされている。

なんとなく、半二はもうじき死ぬんじゃないかという気持ちにもなっていた。あの世とこの世のはざまにいるのではないかと思われてならないからだ。ぐいと夢のなかに入り込んでいくと、そこは夢のなかではなく、あの世かもしれないという気がしてくるのである。これがあの世なら、死なずともあの世へいける、ということか。ならば、死んでいく先にあるのはいったいどんなところなのだろう。そんなものは、どこにもないということなのだろうか。芝居のように幕が引いたら終いになる。やはりそういうことか。

「おい、獏、婦女庭訓、書きだしてから、わしゃ、寝とるのか、起きて書いとんのか、ようわからんよう、なってきたで」

半二がいうと、

「わしもですわ」

と獏がいう。

四段目に入り、この浄瑠璃は、妹背山という仮の名ではなく、婦女庭訓という仮の名に自然と変わってしまっていた。

半二はしつこくしつこく詞章にこだわりつづける。

太夫の良し悪し、その日その日の出来不出来に左右されないほどの名文をさがしつづける。

獏も手伝い、一行書いては直し、一行書いては直しを繰り返す。

航路の中途で立ち往生してしまった船のように、大海原の真ん中で揺れつづけている。いつもなら痺れを切らすところだけれども、妖怪にでも魅入られたかのように、ちっともそこを抜け出せないでいる。

「なんや、もたもたしとると、半二はんともども、魂までこの浄瑠璃に抜かれていきそうでこわいですわ。わしらの魂魄、お三輪が吸い取っていくんとちゃいますやろか。早いとこ、婦女庭訓、書き上げてしまわんとわしら、命まで取られてしまいそうや」

あながち冗談ともいいきれぬまじめな様子で獏がいうと、半二も同意した。

「そやな、わしら、少々のんびりしすぎたかもしれへんな。師走に入ってあわただしなってきたし、こっから一気呵成に仕上げていくで」

その頃になると、文三郎追善興行が無事終わり、道頓堀から、半二の弟子、東南も戻ってきた。

文三郎追善興行は、そこそこの入りではあったものの、追善と銘打ったわりには、客足は伸びず、竹本座の窮状は詳細をきかずとも伝わってくる。

東南と連れ立ってやってきたのは栄善平。

もともと並木正三の弟子であり、その後、亡き竹田治蔵のもとでも働き、すでに独り立ちして歌舞伎芝居の立作者として仕事をしている善平を四段目五段目を仕上げるためのスケとして送り込んだのは竹本座の連中だった。歌舞伎芝居の上をいくためには、歌舞伎芝居をよく知る者をぜひとも一人加えるべきや、と治蔵の弟、宇蔵(うぞう)が熱心に推したからだったのだが、兄が生きていれば、兄に頼みたかったという思いが透けてみえるものだから、誰もなにもいえず、とにもかくにも、ここらで大当たりがほしい竹本座の連中としては、そのためになら、多少の出費は致し方なし、とすぐに意見がまとまったのだという。

「まあ、そんくらい、皆さん、この演目に賭けてはる、いうことなんでしょうな」

と、どことなく他人事のように善平はいい、早速、書き上がっている浄瑠璃に目を通しだした。腕に覚えのある、職人肌の男だけに、きつい目つきで、素早く読んでいく。

「あちらの皆さん、なにがなんでも年明けにこの演目かけたい、いうたはりましたで。なんや、小屋も、もう押さえてあるらしいですな。そやけど、これをみしてもらうかぎり、まだ四段目は半分にもならへん量や。半二はん、急がな、間に合わへんのとちがいますか」

「そ、そやな」

厳しい口調でいわれて半二の身が縮む。

「えらいのんびりしてはるようやけど、歌舞伎芝居でこない悠長なことしてたらすぐに馘首(くび)でっせ」

善平も半二と同じく長年道頓堀の芝居小屋界隈にいるのでお互い知らぬ仲ではない。

とはいえ、組むのは初めて、まずはお手並み拝見、といったところなのに、善平は頓着せず、痛いところをいきなり、ぶすりぶすりと突いてくる。

「いやな、貘とふたり、ここぞとばかり気合い入れてやってたもんやからな、ちぃと遅れてしもてな」

　半二が言い訳すると、善平が、

「気合い入れてやってたからって、遅れたらなんにもなりまへんのやで」

　取り付く島もない。

「それはそうや。その通りや」

　久々にぴしりとやられて、半二には言い返す言葉もない。

　これまで、こうやって半二に意見するのは、重鎮、三好松洛と相場が決まっていたものだったが、松洛が高齢になり、おまけに今回は離れたところにいるため、諫める者が誰もいない。それで少しばかり、わしは気が緩んでいたんやろか、と半二は己を顧みる。そんなつもりはなかったものの、これだけのろのろやっていれば外からはそうみえただろうし、大坂にいる連中は、さぞや気が揉めたにちがいない。ひょっとしたら、そんな半二を諫めるために、善平は送り込まれたのかもしれなかった。そう思えば、いろいろ合点がいく。

「なるほどなあ。うまいこと考えたもんやなあ」

　半二がいえば、

「なにがです」

善平が手にした紙をたしかめながら、ききかえす。

「いや、なに。まあ、なんや、歌舞伎芝居に明るい人に手伝うてもろたら、そら、頼りになるな、思うてな。馘首にされへんように、わしゃ、ますます気張らなあかんな」

半二が愛想よくいう。

にこりともせず、善平が半二に詰め寄る。

「半二はん、ほんまでっせ。ほんまに気張らな、あきまへんで。わしかて、なんのためにここへ呼ばれてきたんかは、ようわかってまっせ。皆さん、苦しい台所事情やろうに、給銀、弾んでくだはりましたしな。その心意気にこたえられへんかったら罰が当たりますわ。わしなあ、前から半二はんとはいっぺんいっしょにやらしてもらいたいと思うてたんですわ。ええ機会や、ええもん拵えまひょや。三段目までは、これでだいたいええんとちゃいますか。よう出来てる。となれば、あとは力ずくや。走り書きでもなんでも、今でけてるもん、いっぺんわしにみんな、みしてください。あ、おおきに。ええと、これは、人物表でっか。ふんふん。ところで半二はん、この四段目から出てくる、お三輪いうのんは、正三はんの書かはった、いつぞやの女鳴神のお三輪からでっか」

ひょいと善平がおもしろいことをいった。

「ちゃうで」

と獏がいうが、半二が、すぐに、ああ！　と声をあげる。

「そういや、あれも、お三輪やったな！」

半二の頭がぐるぐると回りだす。そうやそうや、半二の母親が亡くなったすぐ後に、道頓堀でみた正三の歌舞伎芝居が、その演目だった。女鳴神のお三輪が嫉妬に狂い、髪を逆立て、化物のようになっていった場が眼に浮かぶ。ああ、そうか、あれもお三輪やったか。なるほどな、いわれてみれば、あのお三輪と、このお三輪、あんがい通ずるところがあるかもしれへんな。

半二がぼそり、そうつぶやくと、善平が大きくうなずいた。わしもそう思いますわ、そやからわし、すぐにあのお三輪のことを思い出したんですわ、という。ところで半二はん、好いた男がよその女とあげる祝言によって女が狂う、いうのんはわしらの浄瑠璃でもいけるんちゃいますか。それ嵌めていきましょや。善平にいわれて、半二は、たしかにそうや、と感心する。というか、そういわれた途端、これはもう、つかわなあかん、そういう流れや、という思いでいっぱいになる。おいっ、そうしよっ、そうするでっ、と半二がいきなり大声をだし、なんや、わし、とっくにそうするつもりやった気ぃしてきたで、と勢い込んでしゃべりだすと、すぐさま獏が、ちゅうことやったら淡海と橘姫の婚礼をこの先にもってきたらええんですな、と声をあげる。半二はいっそう昂奮する。そやそや、それを入鹿の御殿の奥でやらしたったらええんや、そこにお三輪が居合わせるわけや、と早口でまくし立て、そやったらその前に、誰かに邪魔させたりたいですな、と善平が意見する。あー、それやったらそこも一つの見せ場になるくらい、目立つ邪魔者を持ってきたいところやなー、と東南も遠慮なく口をだす。うん、そやな、と半二はしばし考え、そんなら、三人官女や三人官女、妹背山でお雛さんを守れんかった官女衆でいこか、入鹿の御殿にも官女はいてる、婦女庭訓では、あやつらがいじめる側にまわるんや、と丁々発止、次から次へ、誰かがなにかを思いつき、どこをどうする、誰をどうする、というのが話し合われていく。

そんならここらへんは、ちぃと書き直していかなあきまへんな、そやな、ほんなら、この詞章はこっちで活かそか。ああ、それはあかん、けちくさいことしとったらあかん。そやで、ここはここできちっと書いたほうがうまいこといく。急がば回れや。そしたらここらで、もう一捻りしまひょか。おい、笛はそのまま使えるで。なるほどなあ、そんなら、これ、どこに入れ込みます、ああ、そしたら、ここで場を変えますか。あ、ええな。おい、大筋はこんなところでいけるんちゃうか。いけますな。

思いがけず、どうどうと、浄瑠璃の流れが決められていく。

半二は心を躍らせていた。

ひとりで根を詰めて書くのも楽しいが、大勢であーでもないこーでもないと絡み合うようにして話の筋を詰めていくのも、これはこれで楽しいものだ。これほどまでに、いきなりうまいこと回っていくのも珍しいが、それはおそらく善平が加入したことによるのだろう。

なんや懐かしいな、と半二は思う。

竹本座にまだ並木千柳がいた頃、作者部屋はこんなふうにいつも大騒ぎやった、と思い出す。千柳の他に、二代目竹田出雲(いずも)がいて、三好松洛がいて、この三人を中心に、いつもこのくらいの勢いであゝでもないこうでもないと新作浄瑠璃のことが話し合われていた。作者部屋というのは、居合わせる人の組み合わせによって、うまいこと回ったり回らなかったりするものだけれど、今回の、この、善平、獏、半二の組み合わせは、千柳、松洛、出雲の組み合わせに匹敵する良い相性のように思われる。となれば、弟子の東南は、さしずめ、あの頃、作者部屋をうろちょろしていた、下っ端半二といったところか。いやいや、あの頃の半二は、今の東南よりも、もっともっと下っ端で、使い走りに毛が生えたような破落戸(ごろつき)だった。勝手に作者部屋に入り浸り、大いなる憧れをもって、あの三人を仰ぎ見ていたのをおぼえている。話し合いが白熱したときなんぞ、半二はついていくだけで精一杯、ひょいと意見を求められるとどれほどうれしかったことか。

千柳か。

聳(そび)え立つ山のごとく堂々と、半二の前に立ちはだかっていた大作者、並木千柳。

あの頃の客の熱狂を半二は思い出す。

舞台裏の暗闇にいても、客席にいる人々の喜びと昂奮がひしひしと伝わってきたものだった。

新作初日ともなれば、楽しみに詰めかけた客の顔が嬉しげに輝いていた。評判が評判を呼び、日に日に客が増えていくときの、一座の浮かれ気分といったら。演者らはいっそう熱を帯び、その熱が客らにも伝わり、小屋じゅうが熱く熱く燃え上がるようになっていく。

竹本座が、また、あんなふうになってくれたらいいのだけれども、残念ながら、あの頃とは客の好みも著しく変わってしまった。今や、人形よりも生身の役者に血道をあげる客が大勢を占めている。役者の出来不出来、役者の好き嫌いばかりが話題になり、それらが客足を左右する。

ここでふたたび、人間よりも人形へ、太夫の浄瑠璃をじっくりきかす、操浄瑠璃へと道頓堀の人々を振り向かせるには、おそらく、千柳にも書けなかった新しいものを書かねばならないのだろう、と半二は思う。千柳という高い山を越えた先へいかねばならないのだろう。それができなければ、おそらく、竹本座の息の根が止まる。

さて、それがわしらにできるかどうか。

それもこれも、この浄瑠璃の、最後の踏ん張りにかかっている。

まるのやの二階で、この浄瑠璃にかかりきりになっているうちに、師走は過ぎていった。

「だいたい出来てきたな」

「そやな。婦女庭訓は、あと少しや」

「そっちはどや」

「妹背山の直しもだいたい終わるで」

「あとは大詰めやな」

「大詰めや」

「最後んとこはきっちり締めるでぇ」

明和七年があと七日ばかりで終わるという年の瀬に、この浄瑠璃は完成した。

これからすぐに稽古に明け暮れたとしても年明け早々の興行には到底間に合わないが、一月のうちにならどうにか幕を開けられるだろう。

外題、どないします、と東南がきく。

そやったな、外題、まだ決めてなかったな、と善平がいい、なにがええやろ、ぱっと派手な外題にしたいところやけどな、と考え込む。

客が是が非でもみにきたなる外題やないとあきまへんで、と獏が口をだす。そうやなあ、妹背山、は決まりやろうけど、その下に何をもってくるかやな、とぼそぼそつぶやきながら思案する。

ふうん、妹背山は決まりかいな、と半二がいい、そんなら、下も決まってるやろ、この演目は妹背山婦女庭訓、それしかないやろ、とみんなをみやる。

三人の反応は鈍い。

妹背山婦女庭訓、かいな。

妹背山婦女庭訓、って、そんなへんな外題にしたら、なんのこっちゃか、ようわからへんのとちがいますか。それに、ちぃと物足りん気もしますわなあ。

妹背山婦女庭訓なあ。んー、そりゃたしかに、目新しいは目新しいけども、んー、どないやろ。

妹背山婦女庭訓や、妹背山婦女庭訓！　この演目は妹背山婦女庭訓しかあらへん！

と半二が念を押す。わしら、ずうっとそう思うて書いてきたやないか。そやろ。

疲れ切った顔の仲間と、紙の束をみつめながら、半二はいう。

ここに寝泊まりしていたのはいちおう半二だけなのだが、誰のものだかわからない着物やら、手ぬぐいやら、食べかすやら、飲み残しの酒やらで、今や、足の踏み場もないほど散らかっている。どいつもこいつも垢じみて、目の下には隈、髪はぼさぼさ、髭はぼうぼう、そういえば、顔を洗ったのがいつなのか、風呂に入ったのがいつだったのか半二はまったくおぼえていない。

それなのに、半二はひどくすっきりしていた。伸び放題に伸びた髪に髭、くたくたになった着物、己の纏う饐えた臭い、動くのも億劫な腰の痛み、そんな情けないものばかりで半二そのものが出来ているというのに、なぜだか少し、半二は若返ったような心地にさえなっていた。

外題について、まだもそもそと話し合っている三人を横目でみながら、もう外題なんざあ、どうでもええ、と半二は思いだしていた。

そうして、ああ、せいせいした、と半二はゆっくりと大きく伸びをした。よく遊び、よく寝て起きたときの子供のような心地だった。

わしゃあ、もうじゅうぶんや。もうじゅうぶん楽しませてもろた。ほんまにおもろかったで、この妹背山婦女庭訓ちゅう世界は。

半二の顔にはいつのまにやら、ほんのり笑みが広がっている。

浄瑠璃書くのんは、やっぱりおもろいな。なんやかんやいうても、それがすべてや。入鹿討伐して、わし、人生、一つ、終えてしもたような心地がしてるやないか。わしは今、あっちの世界から帰ってきたんやな。まるで生き返ったみたいやで。なあんてことをやな、本気で思うてんのやから、まったく、わしときたらええ気なもんや。もうええやろ。この浄瑠璃がうまいことといったんか、しくじったんか、わしにはわからん。竹本座が持ち直すんか、潰れていくんか、わしにはわからん。あとは太夫と、三味線と、人形遣いの連中に任すしかない。

ふーっと息を吐きだしながら、妹背山婦女庭訓の世界の感触を半二はなつかしいもののように思い出す。ずいぶんと、ここととは異なる世界だったが、あそこはどれだけでも引き受けてくれる深い懐があった。太夫も三味線も人形遣いもきっとたっぷりと演じられることだろう。まずは太夫と三味線か。双方、工夫しがいも、拵えがいもあるだろう。

今度はあいつらが、あの世界へ入っていく番や——。

半二はまだ、そこにいたときの感触をおぼえていた。そこが半二の前世だといわれたら信じてしまいそうなほど、それは濃厚な感触だった。

　はたして、これほどまでに強く、己の書く浄瑠璃世界にのめり込んだことが、かつて半二にあっただろうか。

　その余韻を楽しみながら、半二は大事な硯を袋にしまう。

　近々戻っていく道頓堀の芝居小屋と、お佐久とおきみの待っている久左衛門町の長屋が、今の半二には夢のなかの舞台のように思われる。

三千世界

道頓堀で、竹本座の妹背山婦女庭訓が幕を開けたのは年が明けて、明和八年正月二十八日のことでした。

半二はんらが力を尽くしてお書きにならはった、この浄瑠璃世界に呑み込まれてたまるかいなと、太夫方も三味線方もそりゃあ、熱心に取り組みはりましてな、人形は人形で遣い手はんらはもちろんのこと、細工師の方やら衣裳まわりの方やら、人形にかかわる人らもここぞとばかり大いにお気張りなさって、すると道具方もいっそう熱を帯びていかはりまして、それはもう、毎日毎日、いつになくええ調子で稽古が進んでいったんでございます。ただの一人も、手ェ抜くもんはいてはりませんでした。ちょっとでも上へいったろ、びっくりさしたろ、と皆、懸命で。

この演し物には妹山背山の段に、妹山と背山、上手と下手に分かれた掛け合いがおますやろ、太夫はんら、負けられへん、とついつい力が入らはったんやろね。妹山は妹山で、背山は背山で、太夫はんと三味線はん、ひと節ひと節、そら入念に拵えていかはりました。だんだんとようなっていくんですわ。さすがは竹本春太夫師匠、さすがは竹本染太夫師匠や。

じつのところ、このお二方、だいぶ前から竹本座とは離れて別の座でやってはったんですけども、なんや、この妹背山婦女庭訓にはえろう惹かれるところがあったんでしょうな、まだ半二はんらが京で書いておられる最中に、座本の竹田新松はんか、三好松洛はんか、そのあたりから、話をきいて、竹本座に戻ってきはったんです。これやれへんかったら一生の不覚やで、とかなんとかうまいこといわれたんでっしゃろ。いや、ほんまんとこ、このお二方がいてないと、妹背山婦女庭訓いうむつかしい演目はうまいことできひんよって、あの手この手、つこうて誘うたんかもしれまへんな。いうても、口先だけで動く師匠方ではあらしまへんさかい、そこはやはり、この演目の力やったんや、思います。年の瀬に竹本座に戻らはって、師走に、旧作、双蝶々曲輪日記が久々の手合わせですわ。そこでぐうっと負けん気が強うなってきたところへ、京から届いたんが、この浄瑠璃、妹背山婦女庭訓。一読しはってすぐに、こりゃ死に物狂いでやらへんかったら恥かく、いうて、掛り切りにならはりました。拵えては直し、拵えては直し。妹山背山の段の掛け合いは、せやから、はじめっから、鬼気迫る勢いやったんです。皆、震えあがりました。なあ。ああいうのんを間近でみてしまうと、いやでも、皆さんのやる気に火がつきますなあ。どの段も、どの場も、みるみるうちにようなっていきました。

半二はんも、それにあてられて、小屋に入り浸りです。ずうっと稽古に付きおうて、浄瑠璃の詞章はもちろんのこと、道具やら、人形の振りやら、細かいところまで、いちいち指図したり、直したりと、いつまでもちょこちょこちょこ、それはしつこう、動きまわっておられました。もっとようなる、もっとようせなあかん、いうて。

道頓堀では、そういう噂はすぐに広まります。

おい、次の竹本座の新作浄瑠璃、なんや、おもろそやで。

しってる。えらい、出来がよさそやないか。

ちいっとかわった演目みたいやけどな。

なんや、太夫はんらの目の色がちごてるらしいで。

竹本座の皆さん、よう稽古してはりまっせ。

目の色ちごてんのは、太夫はんだけやないで。文蔵はんや又蔵はんら、三味線方も皆そうや。

人形もすごそやな。

こりゃええもん、みしてくれるんとちゃうか。

そりゃ、ぜひとも、みてみたいなあ。

みてみたい、みてみたい。

たまには歌舞伎芝居やないのん、みるのもええんちゃうか。

そやね。

ほんなら、みにいこか。

いきまひょか。

道頓堀のお客はんらは、常日頃からまめに芝居小屋に足を運んでますよって、目が肥えてはります。そんな人らやさかい、稽古中の三味線の音色やら、太夫はんの声やらをちらっときいたり、小屋の様子を覗き見したもんから話をきいたりしただけで、その演し物の良し悪しが、なんとのう、わからはるんですな。見逃したらあかん、いうときの、勘がよう働くんですわ。総稽古の評判もぱあっと広がりましたしな。芝居道楽のお内儀さん、お大尽の常連さん、太鼓持ちに、流行りもんには目がない連中、こうなると皆こぞって駆けつけてきはります。遅れを取るわけにはいかんのです。

おかげさんで、妹背山婦女庭訓は、初日からたいそうな大入りとなりました。

半二はんら、それはそれは、嬉しそやった。次々小屋へ入っていくお客はんらを眺めて、作者一同、飛び上がって喜んだはりましたわ。内心、胸をなでおろしてはったんとちがいますか。

次の日も、その次の日も大入りでした。

七日目あたりを過ぎると、ますますお客はんが詰めかけなさって。人が人を呼ぶ、いうやつですな。

私も、嬉しおした。

そら、そうや。掛け声までかけてもろて、嬉しないわけあらしまへん。

よっ、待ってました！　よっ、お三輪！　なんて、大きな声でいうてくれはるんでっせ。私の一挙手一投足にお見物の目が注がれてるんでっせ。私の言葉にみんなじーっと耳を傾けてくれはるんです。私の抜き差しならん定めを、いっしょになって涙ぐんでくれはる娘はんらみてたら、こっちまで泣けてきますわ。

あ、申し遅れました。

私は三輪と申します。

そらな、私の身体を動かすんは人形遣いはんやし、私の言葉、代わりにいうてくれはるんは太夫はんや。そんなことは、百も承知。私かて、ようわかってます。そやけど、そうはいうても私は私、これもまた、たしかなことなんです。私の性根は、ここにちゃあんとあるんです。

そらな、性根だけではおますけどもな、そんでも私はここにうまれてきたんです。なにを阿呆な、ておっしゃいますか。おっしゃられるかも、わかりまへんな。

せやけど、私はここにおりますのや。なあ、どうぞわかってください。舞台のうえで何遍死んでも、私の性根はここにちゃあんとあるんです。私はちゃあんと、うまれてきたんです。

ここから先は――、妹背山婦女庭訓の世界がうまれたのちの物語でございます。

評判が評判をよび、妹背山婦女庭訓の客足は日が経つにつれ、伸びる一方だった。

まさかこれほどの大当たりになると、いったい誰が思っただろう。

朝から木戸前には、ぎっしり人が詰めかけている。

客入れだけでずいぶんと手間取り、入れたら入れたで、おいっ、詰め込みきれんほど詰め込みやがって、小屋が壊れそやないか、と木戸番に文句を垂れにくるやつまで出てくる始末。それでも、えっ、ほんなら御帰りにならはりますか、木戸銭お返ししまっせ、どないします、と木戸番に迫られれば、阿呆ッ、帰ってたまるかいな、とぶつぶついって、席に戻っていく。

　芝居茶屋もてんやわんやだった。

弁当が足りない、酒をひっくり返す。料理や菓子をまちがえて渡す。人が多過ぎて、蹴躓いたり、ぶつかりあったり。なじみの客は、なんとかして小屋に入れてくれろ、とせっついてくる。

　まだみたいいうお客はんがいてはりますのや、どないかして入れたってもらえまへんやろか。

しょうことなし、芝居茶屋の主人は木戸番を拝み倒す。無理だと断られても、粘りに粘る。銭の包みをこっそり握らせ、阿吽の呼吸で客席にすべりこませる。ところがそうなると今度は、あいつは入れてやったのに、こっちは入れてもらえなかった、だの、銭だけ取られた、だのと、ややこしい揉め事が勃発し、毎日騒ぎになっている。そりゃあ、どなたはんにも入っていただきたいのはやまやまですけども、これ以上中へ入れたら死人が出ますよって、堪忍、と木戸番の叫ぶ声が次第に悲鳴のようになっていく。

　当たるときはこういうものだったというのをすっかり忘れていた竹本座の面々は、この騒ぎにすっかりのぼせあがり、なんやら夢みてるみたいやなあ、と寄ると触るといいあっている。

この演目の後ろ盾だった三好松洛は嬉しさあまって半二の顔をみるたび、おいおい泣いていた。

「竹本座が蘇ったで。みごとに蘇ったで。なあ、半二。わしらの操浄瑠璃がようよう歌舞伎芝居に勝てたんやな。わしら、ついに並木正三に一矢報いたったで。半二、ほんまにようやった、ようやってくれた。これでもう、わしはなんにも思い残すことはない。喜んであの世へいける。あの世へいったらな、わしゃ、大きい顔してみんなに会うたるんや。そうしてな、この演目の話をしたる。文三郎には、いの一番に話したらな、あかんな。あいつ、喜ぶで。ひょっとしたら、わしがいくのが待ちきれんと、とっくにここいらにきてんのかもわからんな。あいつ、せっかちやろ。おい、文三郎、いてるんか。みえてるんか。なあ、みてみい、竹本座がお客はんらでいっぱいになってるで。入りきれんほど、お見物が詰めかけてんのやで。どや、え、どや。うれしいやろ、なぁ、うれしいやろ」

松洛が見えない文三郎にむかい、芝居がかった調子でむせび泣きながら話しかけたりするものだから、じつのところ、若い衆は気味悪がって、まともに相手になるのを避けている。

けれども半二は、苦笑いしつつも、松洛にあわせて、そこには見えぬ文三郎をまじえて平然と話をするのだった。

そうして話せば話すほど、文三郎の真実味はいや増し、そこにいるとかいないとか、見えるとか見えないとか、そんなことは次第にどうでもよくなってくるのである。そう、閾値を超えた熱狂の渦の竹本座にあっては、それくらいのことなぞ、いくらでも起こり得ると思わせられる。そもそも日々、押し寄せる客が多すぎて、誰がみにきたとか、彼がみにきたとか、とうにおっつかなくなっている。操浄瑠璃の豊竹座の面々のみならず、歌舞伎芝居の作者連中、役者連中もこぞってみにきていると噂にはきくが、いつ、誰がきたのか、こちらにはさっぱりわからない。正三もみにきているはずなのだが、いつみにきたのか、はっきりしない。というくらい、連日竹本座は大賑わい。これだけの数の人間が吸い寄せられてきているのであれば、あの世の連中の一人や二人混ざっていようとおかしくはない。むしろ、あの世の客をも、呼び寄せてこその、大当たりといえるのかもしれなかった。

だから半二は、松洛だけではなく、先代文三郎を含めて大いに喜びあっているのだった。

「なあ、半二、治蔵も喜んでるで」

「治蔵、て」

「阿呆、治蔵いうたら治蔵に決まってるやないか。竹田治蔵や。あいつもな、そら、喜んでるで。弟の宇蔵がこうもようなってきたんや、鼻高々や。しっかし、宇蔵のやつ、いつのまに、こないに腕あげてたんや。わしゃ、びっくりしたで。ほんま、ええ遣い手になったなぁ。な、治蔵、そやろ」

松洛の目には、至るところにあの世のものが見えているようだった。

「鱶七(ふかしち)の見せ場、おまはんの書いた浄瑠璃の文句もええけども、人形もええなあ、ありゃ、なんべんみてもええ。なあ、半二。そやろ。客が宇蔵に引きずられてってるやろ。締めるところは締め、遊ぶとこは遊ぶ、その加減がええんやな。あいつら兄弟は、もともと勘がよかったしなあ。やりすぎになりそで、ならん」

「たしかにそういうとこ、ありますな。あの役はあれくらいやってくれてちょうどええ。宇蔵のやつ、役の性根をよう摑んでくれとる」

「そしてな、半二、あいつ、この演目で、なんとのう、吉田(よしだ)宇蔵ならではの味わいがでてきてるやろ、そこが大事なんや。そこがでてくると強い。こっから先、あいつ、まだまだなんぼでもやれるはずやで。わしはそう思う。むしろ、こっから先がおもろなるんやないか。な、楽しみやな」

「そして、その宇蔵を育てたんは、先代の文三郎師匠やしな」

「あー、そやったなあ。もともとあいつは文三郎の弟子やったんやもんなあ。こりゃ文三郎の手柄やな。な、文三郎、お前の弟子、大きゅうなったで。ようみたってくれるか。な、育てた甲斐、あったやろ。宇蔵だけやないで。お前んとこの一門のもん、ここへきて、皆、ぐっとようなってるで。正直、こない、やれるとは思わなんだ。そやから、力はある、いうことなんやな。それもこれも、お前をめざして日々精進しつづけたからや」

「いっしょに舞台立ちたかったやろなあ」

半二がぽつりというと、

「いや、立ってるやろ」

と松洛がいった。

「舞台でぎろぎろ光る文三郎の目がこっちみてんのがわかるで」

痩せさらばえた、もともと小柄な松洛が、それこそ目をぎらぎらさせてそういう。皺くちゃな目の周りには涙の乾いた跡がある。

なんやろな、この人、目ェだけで生きてる人みたいやな、と半二は思う。骨も皮も肉も臓腑も、おそらく、すでにこの人からゆっくりと離れていきつつあるというのに、目や耳や、頭や、心や、そういうものだけがいっそう鋭敏に、いや、強靱になっている。

それにこれは、この人の業とでもいったらいいのか、あるいは執念といったらいいのか、歩くのもやっと、という体たらくのくせして、それでも杖にすがってよちよちと、竹本座にやってくるのをやめられないでいる。

「おお、今日もえらい人出やな」

「はー、今日も大入りやな」

そのひとことがいいたいがためだけにやってくる。

木戸番と客の揉め事すら、松洛には楽しみのひとつなのである。

追い返されて帰ろうとしている客にはすかさず声をかけにいく。

「えらいすんまへんな。今日んところは、もうどないもなりまへんさかい、かんにんなあ。せやけど、これに懲りんと、もういっぺん、明日にでも、足、運んだってくれまっか。明日ならきっと、どないかいたしますよって。あ、そうでっか。そら嬉しいなあ。おいっ、こちらの御仁、明日、また来てくださるさかい、まちがいのう入れてさしあげてな。忘れたら、あかんで。お名前、ようきいとき」

よけいな口出しをされて、木戸番はげんなりしている。

ただでさえ、入れる入れないで毎日揉めているのに、こういう口約束がはびこるとますますややこしくなるので本音をいえばやめてもらいたいのだが、嬉々として差配する松洛に、そうきつくいえない。うなずく木戸番は、すでに諦めの境地だ。なにしろ、追い返しても追い返しても客足が衰えず、それどころか増えていく一方なのだから、木戸番仕事はいつになく忙しい。毎度手を止めて松洛に文句をいうのも面倒なのである。

しかしながら、それほどの大当たりであるからこそ、木戸銭のあがりは、湧きいでる泉のごとく、衰え知らずなのだった。

日々、潤えば潤うほど、一座に活気がでてくる。

不払いのままになっていた給銀などはさっそく支払われたし、いくらか臨時の祝儀も手渡されたし、積み重なっていた貸し借りがあちらこちらで清算された。松洛への借銭も色をつけて返されたし、客からの祝儀も驚くほど多い。

誰も彼も、かつかつの暮らし向きでどうにか凌いできていただけに、どれほど助かったことか。半二も、お佐久やおきみにようやく少し楽をさせてやることができてつくづく安堵していた。新しい着物も買ってやれたし、質にいれてあったものも取り戻せたし、お佐久はかねてより念願だった新しい竈を設えた。おそらく、どこの家でも似たようなものであったのだろう。楽屋うちでの些細な会話が、めっぽう景気良くなっていく。祝いの宴も催されたし、贔屓筋からの招待も増えた。

差し入れもよく届くようになった。

これだけでも十分、成功したといえるのだが、幸いにもこの勢いがふた月、み月と、つづいてくれたおかげで、竹本座は長年不義理を重ねていた銀主らへも、まとめて返済ができ、踏み倒す寸前にまで膨れ上がっていた各所へのつけ払いもここぞとばかりすべて清算したのだった。座本となっていた竹田新松も、胸を撫で下ろす。

息も絶え絶えだった竹本座は、こうして、このたったひとつの演目で、みごとに息を吹き返したのだった。

ありがたいこっちゃ、ありがたいこっちゃ。

誰いうともなく、そんな言葉が座のあちこちで飛び交っている。

客足が次第に落ち着いてきたのは、五月も終わりに近づいたあたりだったろうか。

盛りをすぎて、ついに、山を下りだしたようだった。

ぎっしりと埋まっていた客がぽつりぽつりと減り始めると、隙間風が小屋の中を吹き抜けていくようで、どうにも寂しく感じられる。それでもまだ、足を運んでくれる客がいるうちはいいが、はたしてそれもいつまでつづくやら。

客というのは、いったん離れだすと、雪崩を打つところがある。といって、ふいに盛り返すこともある。どちらに転ぶかは、誰にもわからない。

むつかしいところではあるものの、竹本座としてはそのあたりを、そろそろ見極めねばならない。

相前後して、松洛がぱったり顔を見せなくなっていた。

松洛がいれば相談の一つもできるのに、と思った半二が、とりあえず獏に様子をみにいかせると、松洛は、家の離れの座敷で、布団に体を横たえ、眠るともなし、ただうっすらほほえんでいたという。

開け放たれた縁側から、さやさやときもちのいい風とちょうどよい加減の光が入ってくる。

獏はそのとき、そこに仏さんが寝ているかと思ったのだそうだ。あれっと驚き、みまちがいかと目をこする。

人、ちゅうのんは、あれですな、半二はん。年を取ると、あないな、ふしぎな顔がでけるようになるんですな。

獏が思い返すように目の玉をすいと上へ向ける。

松洛はん、今年で齢七十七やったか、いや、八やったか。そこまでいかはると、人てのは、ひょいと、なにかを超えていかはるんやろか。風呂上がりみたいに、えらいさっぱりしてはんのや。垢やら脂なんかが抜けきったんかな、生臭さがのうなって、そらぁ穏やかぁな顔つきで。お女中はんがおっしゃるには、急に力が出えへんようになってしもたんやそうで、ここんとこ、ぐずぐずと寝たり起きたりしてるだけなんやとか。毎日竹本座に通いつめて、張り切り過ぎてくたびれはったんとちゃいますやろか、いうてはりましたが、どうも、それだけでもなさそうで。

心配して獏が覗きこむと、松洛は、手で追い払う仕草をしてみせた。

もうええ、獏。わしのことなんざ、ほっといてくれ。気にせんと、はよ、帰り。獏、あんなぁ、わしゃあなあ、ええ気分で、ここでとろとろーっと微睡(まどろ)んでんのや。ええ心地や。せやから、邪魔せんといてくれ。わしは、もう、誰にも会いとうないねん。ここでゆーっくりしとりたいねん。みんなにも、そういうといてくれるか。見舞いなんざ、いらん。誰もきてくれんでええ。相手すんのも大儀やしな。

ふーん、そないなこというてはったんか、と半二がいうと、獏が、うなずく。松洛はんなぁ、声もなんや、いつもとちごて、ふわふわーっとしてはりましてな、こないだまでの松洛はんとは別人のごとしや、という。

「相談どころやないか」

半二がきくと、

「ないですな」

即座にこたえる。

そやけど、半二はん、わし、それみてて思いましたんや。ここらが、あの人の、引き際、ちゃいますやろか。

獏は少しだけ言い澱み、しかし、すぐにまた、口をひらく。

そやかて、ええ頃合いですやろ。松洛はん、あっこにああしてただ寝てはるだけやったら、竹本座がいつもの調子に戻っていくのを知らんままですむ。わしらにもくるな、いうてんのやから、わしらのほうかて、つまらんこと、知らせにいかんですむ。松洛はんかて、そんなん、ききとうないはずや。せっかくええ夢、みてはるんや、このまま、そっとしときましょうや。なあ、半二はん、大入りつづきの竹本座を、ずうっとおぼえとってもろたらそれでよろし。なあ、半二はん、松洛はんの体がここへきていうこときかへんようになったんも、ひょっとしたら神さんの思し召しやないですやろか。

そうかもしれへんな、と半二も思う。

松洛はそれなりに蓄えもあるようだし、息子や一族の者ともうまくいっているようだから、このまま、そっとしておいたところでなんの障りもないはずだ。

そうか、三好松洛は、妹背山婦女庭訓の夢をみたまま、大入りの芝居小屋を目に焼きつけて、死んでいくんか、と半二は思う。

その筋書きが、三好松洛という男の一生にとって、たしかに最善なのかもしれない。

いや、それどころか、本人自らが、望んで書いた筋書きではないか、とさえ思われるほどにみごとなものである。であるならば、もう松洛に会いにいくまい、と半二は誓う。

三好松洛は妹背山婦女庭訓の作者に後見として名を連ねている。一線を退いたのちも、半二の新作浄瑠璃に目を通すのが、長年の松洛の役目だったからだ。妹背山婦女庭訓もそうだった。読み終わって松洛はただ、うん、といっただけだったが、それでも半二はずいぶん安堵したものだった。

けれどももう、それも終いになるのかもしれへんな、と半二はうっすら覚悟する。だとしても、半二は松洛が生きているかぎり、三好松洛の名を必ずや作者名に書き加えるだろうと思う。たとえ浄瑠璃に目を通すのがままならなかったとしても、それはやめられぬ。やめてはならぬ。

半二も獏も、口にこそださないが、このときすでに、松洛の命がそう遠くないうちに尽きるだろうと知っていたのだった。

それから一年経たずして、松洛は逝った。

三好松洛の名が最後に記された浄瑠璃は、半二が次に書いた演目、桜御殿五十三駅だった。

妹背山婦女庭訓は、それからひと月ほどして幕を閉じた。

えっ、もうやってへんのかいな、しもたなー、もっぺんみとけばよかったなー、と惜しまれつつ終わるのが吉、と一座の意見が一致し、潔く幕を引いたのだった。松洛に相談したわけではないが、おそらく、松洛とて、同じ判断を下しただろう。誰しも閑古鳥の鳴く小屋で妹背山婦女庭訓をやりたくなかったのである。

そうして、八月朔日、すかさず、といっていいほどの早さで妹背山婦女庭訓は、道頓堀の中座で、今度は歌舞伎芝居になった。

操浄瑠璃から歌舞伎の大芝居へ。

しかも、人気も実力もある、小川吉太郎一座である。

半二は、その歌舞伎芝居に少なからず関与していた。

座本であり、看板役者でもある小川吉太郎がじきじきに半二に頼んできたからだった。

そこまでせずとも、すでに妹背山婦女庭訓の丸本は出ているのだし、それを基に上演すれば、いくらでもやりようはあるのだし、そもそも、この一座なら、どんな出来栄えだろうと、とりあえず客は詰めかけるはずである。それなのに、小川吉太郎は、ええもんを拵えたいんや、とわざわざ半二のところへ頭をさげにきたのだった。

また、当初、口利きしたのが並木正三だったから、というのもあった。

「吉太郎のやつ、どないしても妹背山婦女庭訓の藤原淡海をやりたい、いうてきかへんのや。役者の血が騒いだんやな。粂太郎は粂太郎でお三輪をやりたい、いうてきかへんし。わしは、歌右衛門に蘇我入鹿、やらしたったらええと思うんや。歌右衛門は、柄が大きいし、入鹿に合うてるやろ。ちゅうか、入鹿やれるんはあれしかおらんやろ。あの役はええで。わしは、ああいう役を、歌右衛門にやらしてみたかったんや。本人もぜひやりたい、いうてるしな。彦四郎も大五郎も、みんな、やる気満々や。もう誰しも、妹背山婦女庭訓をやる、いうて決めてかかってる。なあ、半二、ここまで役者に惚れ込まれたら、作者冥利につきるやろ。なんやろな、あの演目は、歌舞伎芝居に寄ったところがあるさかい、役者をその気にさせるんかもしれへんなあ。筋もええしなあ。詞章もええしなあ。人物もええしなあ。世界もええ。そら、やりたなるで。芝居の台帳、わしが拵えたってもええんやけど、せっかくやし、半二に力、貸してもろたら、どないや、いうて、わしが吉太郎にすすめたんや。そしたら、えらい乗り気でな。わし、ここんとこ、ずっと、この一座に絡んどったやろ、ちぃと飽きてきたし、半二が引き受けてくれるんやったら、大助かりや。どや、半二。ともかくいっぺん吉太郎と会うてみてくれへんか。ちなみに礼金はえらい弾んでくれるらしいで。断るんは惜しいで」

決して銭に目が眩んだわけではない。

小川吉太郎に会ってみたら、断る理由がこれといってみつからなかっただけだ。とはいうものの、やたら気前よく払ってくれる賃銀につられて、半二だけでなく、太夫やら、三味線やら人形遣いやらまでもが、乞われてたびたび教えにいった。

操浄瑠璃を歌舞伎芝居に移すには、なにしろ真似るのが手っ取り早い。

竹本座としては、すでに、別の興行にとりかかっているので、皆、そう暇ではないのに、演者らは、どいつもこいつも、やけに教えにいきたがる。妹背山婦女庭訓をかけていた頃の熱が、まだ抜けきっていないのか、教えるという名目で演じたがっているとでもいうべきか。

それでずいぶん稽古が長引いてしまった。

半二も、自ら拵えた台帳片手に、あれこれ役者を指図する。

口立てで、役者の台詞(せりふ)を細かく直したりもした。

舞台装置に注文をつけたし、衣裳や化粧に文句もいった。

しまいには役者連中に、陰でうるさがられるほどだった。

せっかく関わるのだ、中途半端なものにしたくない。

とはいえ、半二は歌舞伎芝居は素人(しろうと)も同然。スケとしてなら何度か手伝ったことはあるが、ここまできっちり歌舞伎芝居に関わったことがない。初日が迫るなか、どこまで手を出せば思い通りの舞台になるのか、加減がわからず、戸惑うばかりだった。役者を動かすコツも摑めないし、熱意のわりに空回りする。

松洛が気丈なときなら、おい半二、いつまでもぐだぐだやってんと、はよ、次の浄瑠璃、拵えんかい、お前の本分はこっちやで！ と一喝されるところであったろうが、松洛はもう道頓堀に出てきていないし、家に籠(こ)もったきり、誰とも会わなくなっているので、なにもいってはこない。

ゆえに、どっぷりと歌舞伎芝居だけに浸かりきりになってしまったのだった。

これは珍しいことだった。

正直、幕が開く前はひやひやだった。

到底うまくいったとは思えなかった。

一つにまとまるどころか、やればやるほど、なにもかもが、てんでんばらばらになっていき、性根もなにもあったものではない。役者の呼吸もあっていないし、互いの間も悪い。

こりゃ、あかん。

だからといって、興行をやめさせるわけにもいかない。

こないなことになるんやったら、歌舞伎芝居なんぞにかかわらんかったらよかったと内心、後悔しきり。役者連中が呑気な顔で舞台をうろうろしているのをみると八つ当り気味に怒鳴りつけてしまう。怒鳴られた役者が半二を睨みつける。半二も睨みかえす。座の空気はどんどん険悪になる。ますます、役者らの動きはぎくしゃくしていく。どうやらわざと手を抜いているらしい節もあった。こんなもの、とてもじゃないが、客に見せられる代物ではない。

道頓堀の客は辛辣である。

こんなんかけたらどないなるか、と半二は身震いする。

きっと糞滓にいわれるで。

目も当てられん不入りになるにちがいない。

こうなったら、しばらく、雲隠れするのがよさそうや、と半二は弱気の算段をする。ほとぼりが冷めるまでどこぞへ逃げるしかないかもな。

ところが、幕が開いてみれば、客はぞくぞくと詰めかけ、評判もまずまずよく、おそれていたような事態には、まったく陥らなかったのだった。

あっけにとられて、半二は目を瞬く。

なんのことはない、歌舞伎芝居というものは、いったん幕が開いてしまえば、すべて役者のものなのだった。

役者の良し悪しというだけではない。

文字どおり、役者が舞台のすべてを支配し、役者のためだけに舞台はある。

誰も半二のことなど気にしていなかったし、だから、べつだん褒められもしなかった。貶されもしなかったし、作者のことなぞ思いだす者もなかった。小川吉太郎とて、看板役者として舞台に立つことだけで手一杯、半二とすれ違っても労いの言葉ひとつない。

拍子抜けしたまま、半二は小屋の後ろの隅で舞台を眺める。

半二が浄瑠璃の詞章からきっちり書き起こした台詞、しかも役者にあわせて丁寧に直してやったはずのものが、頓着せず、好きに作り変えられていた。指図した動きは消え、代わりに嬉々として見得をきっている。

役者らは、その場その場で己の役になりきったまま、なにかに乗り移られたかのごとく奔放に振る舞い、颯爽と台詞をいい、あられもなく顔を歪め、臨機応変、汗を飛ばして自在に動いている。

役のうちにとどまるのではなく、あるところから先は、役をはずれて役者そのものだった。といって、はずれすぎてはいない。その兼ね合いのうまさが、役者の腕のみせどころなのだろう。

役をみせつつ、役者をみせる。己をみせる。

二重写しの面白さ。

なるほどなあ、これが歌舞伎芝居っちゅうもんか。

そんなことは、とうに了解していたつもりが、あらためて目を開かれる思いだった。

初めから終いまで浄瑠璃の詞章に縛られつづける人形ではありえないような出鱈目さ、奔放さが、半二の心をざわつかせる。

どっしりとした肉の重み、厚み、人の体の大きさに目を奪われる。

暑苦しいまでに人の体温が伝わってくる。

体から発せられる雑味や臭みが加わって、半二ですら、ついていけなくなるところもあった。だが、だからこそ、強く惹きつけられもする。

妹背山婦女庭訓の世界が半二の手を離れて、少し遠くへいってしまったみたいだった。

中村粂太郎演じるお三輪は、吉田才治の手で動かされていたときの人形、お三輪とは似て非なるものだった。いくら人気若女形の粂太郎とて、白塗りの下の皮膚の細かい皺が醜かったし、首の太さがいかにもごつかったし、仕草や動きも、人形のときのような涼やかさ、軽やかさにまったく足りていなかった。

それなのに、というか、それでもやはり、というべきか、粂太郎演じるお三輪も、まちがいなく、あのお三輪なのだった。

待ってました！

よっ、お三輪！

客席から声が飛ぶ。

役者が呼ばれているのではない。お三輪に声がかかっているのである。

条太郎が首を傾げれば、可愛らしい町娘、杉酒屋(すぎさかや)のお三輪にしか見えない。そう、そこには、たしかに、お三輪の性根が宿っているのだった。

ふうん、これもまた、妹背山婦女庭訓なんやなあ、と半二はひとりごちる。

いややわあ。

半二はん！

そうでっせ。

私でっせ。

ここにいるのは、三輪です、三輪。

私です。

半二はん、今頃、なにいうたはるんです。

条太郎はんが演じてはるお三輪かて、私に決まってますやんか。

な、ちゃあんと、舞台のうえに私の性根がありますやろ。見えてますやろ。お客はんらはな、その性根をちゃあんと、受けとってくれてはんのでっせ。そのために道頓堀の中座まできてくれてはんのでっせ。木戸銭払うて。お弁当買うて。

条太郎はんやのうて、お三輪に会うために、足運んでくれるお客はんかていてはんのでっせ。

うぬぼれたらあきまへんか。

そらな、条太郎はんをみにきはる、ご贔屓のお客はんがようけいてることはたしかです。そら、当代の人気役者や。当たり前や。そやけど、そういう、条太郎はん目当てのお客はんかて、いつのまにやら、条太郎はんやのうて、お三輪の性根に心を掴まれて、お三輪のほうを向いてしもてんのでっせ。私には、それがよう、わかるんです。

うぬぼれやないんです。

ほんまにわかるんです。

なんでや、いうたらな、そのひとらの思いが私をいっそう、強う、太うさせていってるからです。あすこにすわってこっちみてはるお客はんらがな、お三輪といっしょに泣いたり、胸焦がしたり、怒ったり、悔しがったり、喜んだりしてくれて、たんと心を傾けてくれて、そうすると、その力がお三輪に届いて、お三輪を育てる力にかわるんです。

半二はん、気ぃつきまへんか。

半年前の竹本座の初日の、うまれたてのお三輪より、千穐楽のお三輪の方がずっとくっきりしておましたやろ。中座に移って歌舞伎芝居になってからも、また一段とくっきりしてきてますやろ。

そこですわ。

だんだんと、お三輪がお三輪らしゅうなってきてますのや。

な、お三輪がようみえるようになってきてませんか。

これはな、こちら側にいてる、たとえば才治はんや条太郎はんが、お三輪を育ててくれはったんとちゃいまっせ。そこ、まちごうたらあきまへんで。いうたら、あの人らもまた、お客はんらに育てられていってんのです。私はあの人らとともども、お客はんらに育ててもろてるんです。お三輪の性根がはっきりすればするほど、才治はんも条太郎はんも、やりやすなる。そしてそれがまたお三輪を育てる。お客はんがお三輪に心を寄せる。また力が届く。

そらな、この演目はええ演目やさかい、私のためだけにお客はんがきてくれてるとまでは申せません。妹山背山に分かれた悲恋に涙するお客はんらもようけいてはります。見所はようけおますしな。

そんでも、四段目に入ると、可愛い娘はんらが、身を乗りだして、私を見つめてくれはるんがわかるんです。まるで、我が事のように、お三輪の定めを見つめてくれはる。

なあ、半二はん。

妹背山婦女庭訓いう演し物は、いつになく、おなごのお客はんが多いと思いまへんか。

それも若い娘はんがようけきてはる。

お三輪の年頃より、ほんの少し上の娘はんらや。

まあな、お年を召した方でも、昔々は娘はんやったんやさかい、そない思えば、娘はんはもっとようさんいてはる、いうことになりますわな。

その娘はんらが一心にみつめてくれはりますのや。

な。

目ぇきらきらさして、痛いくらいに強う、みつめてくれはる。

お三輪を。

お三輪、いうおなごを。

そうや。

お三輪は自分らとそうかわらへん町娘や。

そのお三輪が、舞台で自分らにはでけへんことしてんのや。

なあ。

おなご、いうのんは、ほんま、窮屈な生きものです。

若いうちは、とくにそうや。

ああせい、こうせい。

あれしたらあかん、これしたらあかん。

誰が決めはったんか、おなごの躾はそら、うるそうでけてる。ちっさい頃から、ただおなごや、いうだけで、守らなあかんことだらけや。おのことおんなしことしてたら、はしたない、みっともない、いうて叱られる。大きゅうなって、殿御と恋仲になったとしても、それはつづく。いや、もっとうるそうなる。

婦女庭訓やら、躾方やらにかて、わざわざ書いてありますやんか。

おなごは悋気をおこしたらあかん、男衆がなさることは受けいれなあかん、なにされても恨んだらあかん。嫉妬するんはみっともない。そんなん、男衆の都合ですやろ。誰でもうすうすわかってますわ。そやけど、逆らえしまへんのや。おなごとはそういうもんやから。おなごはだまって従うだけ。尽くすだけ。

あー、阿呆らし。

ほんま、阿呆らしおすな。

そないなことばーっか、いわれて、おなごが、どんだけ悔しい思いをしてきたか。

なあ、そうですやろ。

お三輪みたいに、きりきりきりと素直に悋気おこして、好いた男を追いかけて、御殿にまで乗り込んでいきたなりますやんか。

たまには、そんくらいのこと、おなごがしたってええやないですか。なにがあかんのです。

不実な男をなじったかてええやないですか。

好いた男をなにがなんでも取り戻そうとしたかてええやないですか。

黙って捨てられていくばっかしやったら、その悔しさを、おなごはどこへぶつけたらええんです。

お三輪みたいに、悋気を隠さず男に詰め寄りたい。

他の女のもとへいく男を追いかけたい。

捨てようとする男を取り戻したい。

なあ、半二はん。

おなごには、そんなことすら、夢なんでっせ。

そんなことしたら、おなごとしては落第や。後ろ指さされて、貶められる。

あ、そやった。

半二はんは、その悔しさをよう、わかってくれてはんのやった。

そやから、お三輪がうまれたんやった。

半二はん、よう、こないな、おもろいおなごをうんでくだはりましたな。お三輪は、婦女庭訓になんぞ縛られてへんのです。この演目、婦女庭訓、いうのんが外題についてますけども、お三輪は、婦女庭訓の外へするっと出ていったおなごです。躾方になんぞ縛られてへんのです。素直な気持ちで、素直に動く。ただそれだけなんです。後先なんて、なんも考えてへん。ただ好きな男のことしか思うてへん。

恋や。

お三輪にあるのは恋心だけや。

というて、お三輪は、好いた男といっしょになれるんでもない。ともに死ねるんでもない。恨み骨髄、怨霊になって、捨てた男を呪うたりするわけでもない。ようある結末のどれともちごてる。

いうたら、それ以上に、けったいな死に方や。

だって、そうですやろ。

悋気が好いた男の役に立って殺される、なんてわけわからん最期やないですか。

悋気が役に立つ、て。

疑着（ぎちゃく）の相、て。

なんやの、それ。

阿呆かいな。

悋気を褒められて死ぬ、て、そんなん、むちゃくちゃやわ。

けど、そんでもええんです。悋気はあかん、と戒められつづけたおなごは、むしろ、それやからこそ、救われるんです。悔しい思いがお三輪ともども成仏するんです。

半二はん、お三輪の性根は、客席の娘はんらの性根とも、ちゃあんと繋がっててんのでっせ。あの娘はんらのなかにもお三輪がいてんのでっせ。

そうですやろ。

な、半二はん。
半二はん！
あれ。
ちょっと。
あれあれ。
なんや。
半二はん、私の声、きこえてへんのや。
なーんや、てっきりきこえてるとばっかり思うてたわ。
そうか。半二はんには、きこえてへんのんか。
ふーん。
きこえてほしいんやけどなあ。
こない、しゃべってんのになあ。
口惜しいなあ。
だれか、きこえてる人、いてへんのやろか。
半二は、舞台を眺めているうちに、いつぞやの赤気（せっき）を思い出していた。
あらためてみればみるほど、妹背山婦女庭訓の世界は道頓堀とかけ離れた世界だった。

だからこそ、これほどまでに客が喜んでくれたのであろうが、大いなる悪に覆われたそこは、いくらか終末の気配すら漂う、奇妙な異界なのだった。

なんでわし、こないにけったいな浄瑠璃書いたんやったかな。

半二はふいにわからなくなる。

客席で固唾を呑んで舞台に見入る客たちも、半二とともにそんな異界へどっぷりと入り込んでいる。

むせ返るような熱気が小屋を包んでいる。

なんでわし、こんなん、書けたんやろ。

半二は首を捻る。

ひょっとしたら、わしが拵えたもんでは、ないんやないか、と、そんなことまで思う。

なんといったらいいか、この世界はもとからこの世のどこかにあって、半二はそれをただ書き写しただけなのではないかという気がしてならなくなる。

そう。

三千世界の広さをもってすれば、こんな世界の一つや二つ、どこかにあっても不思議はない。

ありそやな。

ありそや、ありそや。

そんなら、わしは、あらかじめどこぞに有ったもんを取り出してみせただけか。

いやいやいや。

いやいや、そんなわけはない。

そんなわけ、あるかいな。

あってたまるかいな。

半二は首を振る。

獏や、善平や、東南らとともに、師走の京で書いてたやないか。

あのさぶい、まるのやの二階で。

ああでもない、こうでもない、と一から拵えていったやないか。書いては直し、直しては書き。

墨の匂いと、煙管の煙が染みついた、天井の低いあの部屋に籠って。

動くたびにかさかさと紙の擦れる音がして。

冷たくなった酒と食べ忘れて干からびてしまった飯を思いだしたように夜中に食うて。

分厚い丹前着込んで、背中丸めて。

いつ眠って、いつ起きたかも、ようわからん日々。

筆を持つ指が固まって、書くたび痛みが走った。

窓から見下ろすと、師走の、どことなく慌ただしい町がそこにあった。はよう、はよう、はよう書き上げんと、間に合わへんで。はよう、はよう。

あれは誰の声やったんやろ。

はよう、はよう。

はよう、はよう。

すがりつくように、冬の日を思いだす。

ところがそれもまた、こうしてあらためて思い起こせば、遠い夢の世界のようにしか感じられず、半二は急にうすら寒くなるのだった。

夏だというのに冷や汗が流れる。


半二が、並木正三と、そんな話をしたのはいつ頃だったろう。

正三が亡くなる、一年ほど前だったろうか。

料理茶屋でばったり出くわして、そんな話をしながら少々の酒を飲み、それから茶漬けを食ったのだった。

正三は、まともに受け止めてくれた。

それどころか、

「なんや、わしも、わかるような気ぃするで」

とまでいってくれた。

「ほんまか」

「ああ、ほんまや。わしら、そうとは知らずに、どっか遠いとこにあるもんみつけだして、せっせせっせと書いとるだけかもしれへんよな。そないいうたら、わしらのおる、この世界のことかて、どっか遠いとこで、誰かが、浄瑠璃かなんぞにして書いとんのかもしれへんしな。わしな、だんだんと、そない阿呆みたいなこと、思うようになってきたんや。なあ、ありうるやろ。誰かの書く浄瑠璃だか狂言だかの中で、わし、並木正三が、古い仲間の近松半二とこんなふうに茶屋で飯食いながら、こんな話、してんのや」

それから正三は、岩井風呂の話をした。

宿無団七時雨傘。

正三が、数年前の夏、すぐ近所の岩井風呂で突発的に起きた殺人事件を一夜漬けで書いた世話物狂言。凄惨な殺しが、人の噂になるより先に歌舞伎芝居になったことで、世間の度肝を抜き、評判が評判を呼び、大当たりとなった演目である。

「あれにな、わしみたいなやつ、でてくるやろ」

「でてくるなあ」

半二はこたえる。

宿無団七時雨傘には、並木正三という役名ではないものの、高砂屋平左衛門という狂言作者がでてくる。そうして平左衛門は、舞台のうえで、まるで平素の並木正三を思わせる態度で、いかにもそれらしく新作狂言の打ち合わせをするのだった。

へええ、狂言作者いうのんは、いっつも、こないなことしてはんのか。

へええ、こないして芝居、拵えてはんのか。

殺しの芝居でありながら、そちらの面白さでも、人々はこの演目に惹きつけられたらしい。

演じた中山瀧蔵がまたうまくて、着物やら仕草やら並木正三に似せた役作りをしたため、うっかりするとそこにいるのは本物の正三でないかと見紛うほどの出来栄えになっていた。

「あれ、書いてからや。わしがそういうこと、思うようになったんは。なにしろ妙なもんやで。わしが舞台におる、いうんは」

「そやろな」

「半二もへんな気ぃ、せえへんかったか」

「そら、したで。わしはお前のこと、よう知っとるさかい、人より余計、ギョッとするわな。しかし、お前、よう、あないなこと、思いついたな。作者本人をだすやなんて、前代未聞や。すごいことやで」

「そうか」

「そらそや。あんなん、誰が、思いつける。お前くらいなもんやで。まったく、お前には、かなわんな。わしはまたお前に先越されてしもたんや。ほんま、お前の頭は、どないなっとんのや」

「あれな、じつはわしも、なんで書いたんか、わからへんのや。あんときは、すらすらすらっと筆が動いてしもてな。高砂屋平左衛門、ちゅう人物も知らん間に書けておった」

「そやけど、高砂屋、いうたら、ちっさい時分にお前が丁稚しとった菓子屋やろ」

「そうなんや。そうなんやけど、それに気ぃついたんは、幕が開いてからなんや。なふしぎやろ。頭より先に手ぇが動いとったんや。あんとき、わし、夜中に、半分、眠って書いとったからな。はっと気ぃついたら、朝、あれが書き上がっとったんや。あれ、ほんまにわしが書いたんかな」

半二は、なんとはなしにお三輪を思い浮かべていた。

高砂屋平左衛門もお三輪のように、どこからともなく正三のところへあらわれたのだろうか。

「わしなあ、半二、いまでも、あすこにおった、あの男、高砂屋平左衛門が、どっかで新しい狂言、書いとるような気ぃしてならへんのや。あいつ、あすこの世界で、今、どないな狂言、書いとんのやろ。ふっと、あいつのこと、思い返してしまうんや」

正三は、残りの酒を飲み干し、茶漬けに手をつけた。

半二も茶碗を手に取り、茶漬けをかきこむ。

「なるほどな」

ほぐした魚の旨味がきいている。

正三のほうはひとくち、ふたくち食べただけで箸をおいてしまったが、半二ときたら、喉ごしのいい茶漬けに箸がとまらない。さらさらさらと飲み込むようにあっけなく食べ終えてしまった。

それから瓜の漬物に手を伸ばす。こりこりと音をたてて食う。

「ときたま、会うたりするんや」

正三がいう。

「だれにや」

半二がきく。

「その男にや。つまり、もうひとりのわしやな」

「んな阿呆な。なにいうてんのや」

「いや、ほんまや。こないだもな、わし、法善寺(ほうぜんじ)の角、ひょいと曲がっていきよる、あいつの後ろ姿をみたんや」

おい、正三、からこうてんのか、といいかけて、半二は、正三がひどく真面目な顔をしているのに気づいた。いつもの明るさが消え、どことなく影が濃くなっているようにみえる。ああ、と半二は思う。こいつも、虚に食われだしとる。

「あかんで、正三」

「なにがや」

「そいつをおっかけたらあかん」

半二がいうと、正三が、はっとしたように、目を大きく開いた。

「ようわかったな、半二。お前、なんでわかった。そうや、わし、たまにそいつをおっかけとうてたまらんよう、なるんや。おいっ、お前はなに書いとんのや、みしてみ、いうて、ひっ捕まえて、たしかめとうてたまらんようなる」

「あかん、あかん。それしたらあかん。そいつのことは、ほっとき。決して相手したらあかんで」

「そうか」

「そうや」

半二が正三の茶碗を手に取り、ずいと押し付ける。

「はよ、食え」

正三は手に取ろうとしない。

「なんや、わし、そう食いたないねん」

「あかん。食え。お前、ちぃと痩せたんやないか。具合、悪いんとちゃうんか」

正三がふっと笑った。

「半二にはかなわんな。なんでもお見通しや。そうや。ここんとこ、わし、なんや、胸の具合がわるうてあかんのや。きゅう、て痛なることがあんねん。腹の具合もようないし。そやさかい、たまに堺(さかい)まで、按摩(あんま)に通うてんのや。ええ先生がおってな。わしが按摩て、おかしいやろ。まあな、若い時分のようにはいかへんようなった、いうこっちゃ。いつのまにやら、わしらも、ええ歳やしな。しかし、半二、お前は、あんがい変わらへんな。なんや、わしより若(わこ)うみえるで」

「んなこと、あるかいな。ちゅうか、お前は、そもそも働きすぎなんや。ただでさえ、歌舞伎芝居はせわしないのに、お前ときたら、やれ、京や、やれ伊勢や、いうて、道頓堀だけやのうて、あちこち飛び回ってるやろ。そないに年がら年中、芝居、やりつづけてたら、そら、くたびれるで。たまにはのんびりせんと、からだ壊すで」

「そやなあ」

「そやで」

正三がのんびりできないことくらい、半二にはお見通しだった。正三というやつは、身も心も歌舞伎芝居からいっときも離れられないようにできている。誰がなんといおうと、のんびりなんぞできないはずなのだった。それでもあえてこのとき半二がそんなことをいったのは、もしかしたらそれこそが虫の知らせというやつだったのかもしれない。

正三が茶漬けに箸をつける。

もそりと食う。

まあまあうまいな、そんなことをいいつつ、のろのろ平らげていく。

「そやで。正三。くたびれとっても食わなあかんで。食えば力が湧くさかいな」

正三がうなずく。うなずきながら、箸を動かす。

半二は、そんな正三を眺めながら、遠い昔、久太とよばれていた一人の子供のことを思い出していた。半二の後ろをちょろちょろくっついてきていた、ちっこい少年、久太。

明日もまた芝居小屋いこか、というと必ず、うん、とうなずいていたあの少年。

半二がきゅうに笑いだした。

なんや、半二、と正三が口をとがらせる。なにがおかしいんや。

なんでもない、なんでもない。そういいながら、半二は笑いつづける。周囲の客にいやそうな顔をされても半二はまだ笑いつづけている。正三もいやな顔をする。しかし、すぐに笑いだした。ったく、半二の声は相変わらずでかいなあ、笑い声までうるそうてかなわん、といって。

笑う正三に明るさが戻っていた。

うれしくなって半二もまた笑う。

半二には、正三をうしなうことなど、考えられないのだった。


「南無三宝（なむさんぼう）！」

最期に正三はそう叫んだそうだ。

南無三宝、しもたなぁ、ここで終いか。わしの一生、こんなとこで幕引きになるんやったか。ああ、しもたーっ。

おそらく、そうつづけたかったにちがいない。

正三の体の具合は、あれから、じわりじわりと悪くなっていき、しばしば寝込んでさえいたほどだったが、それでも、まさか、死ぬほど悪いとは思っていなかったのだろう。

その証拠に、正三は数刻前まで、歌右衛門と次の芝居の打ち合わせをしていた。それも、夕刻、家の者が止めるのもきかず、杖をついて出かけていった。その日、思いついたばかりの外題の相談を、すぐにでも座本で看板役者である歌右衛門としたかったからなのだが、歌右衛門は家におらず、すると、わざわざ出先の料理茶屋まで追いかけていき、宴席にいる歌右衛門を呼びだして、勝手口近くの小上がりで話し込んだのだった。

おいっ、歌右衛門、わしな、ようやっと、ええ外題、思いついたで！　日本第一和布刈神事、いうんや。どや。思い切って和布刈神事をな、ばちっと外題に持ってくるのがええ、と気づいたんや。これなら、いけるやろ。な、これでいこか。

ほう、ええですなあ。

歌右衛門が喜ぶ姿をみて、正三は目を細めた。

いやあ、さすがは正三はんや、ええ外題や、うん、待ってた甲斐あったな、などと歌右衛門にいわれ、調子に乗った正三は、大道具やら仕掛けやらについての相談もした。なあ、歌、次はあれしてみよか、これしてみよか、どない思う。わあわあわあ、と正三がまくしたてる。な、わし、こないなこと思いついたんや、どない思う。おもろないか。あとな、看板はどないする。ちぃと派手にしてみいひんか。今までとはがらっと趣向を変えてみたいんや。道頓堀端、行き交う人らにな、あれなんやろ、て思わせたいんや。どや、今からなら間に合うやろ。

正三は上機嫌だった。

このところ体の具合は悪くなる一方だったが、どういうわけだか、頭は日に日に冴えわたる一方なのだった。布団に横になっていても、次から次へとやりたいことが頭のなかから湧いて出てきて、のんびり寝てなどいられない。

　養生するよう、医者にきつくいわれているのに、そわそわと起きだしては、あれこれ書き付け、家の者に思いつきを語る。

　弟子の者らだけでなく、細君やら女中やら子供やら、片っ端から捕まえて、皆の心配をよそに得々と語ってきかす。

　正三の頭の中には、おそらく、板にのせたい演目がまだまだまだたくさん詰まっていたのだろう。やってみたい思いつきが、まだまだたくさんあったにちがいない。

　正三の頭は、死ぬまで大忙しだったのだ。

　衰え知らずの、極めて非凡な頭だった。

　だが、それも、正三とともに消えてなくなってしまった。

　どこへいったんやろなあ、と半二は思う。

　正三はどこへいってしもたんやろう。

　ぽっかりと空いた穴を、どうしていいのか、半二にはわからなかった。

　激しい嘆きも激しい悲しみも激しい涙もなかった。

　からっぽだった。

　なにもないことに半二は、うろたえていた。

　そうして、なにをするにも億劫(おっくう)で、弔(とむら)いにもいかず、道頓堀をただぶらぶら歩いてばかりいた。

どこぞでばったり正三に会えへんかな。

そんなことを心の片隅で思いながら、芝居小屋界隈を歩いている。半二は正三に新作浄瑠璃の意見をききたくなると、よくそんなふうに、芝居小屋界隈をうろうろしたものだった。あっ、半二！　半二やないか！　なにしてんのや！　みつけて声を上げる正三にのそりと近づき、おう、久しぶりやな！　とたまたま会ったかのように挨拶する。それからおもむろに、浄瑠璃の話題へと持ち込んでいくのが常なのだった。

あいつ、おらへんなあ、どこにおんのやろ。

半二はつぶやきながら歩きまわる。

道頓堀は狭い。軒を連ねる芝居小屋の前を行ったり来たりしていれば、知り合いの一人や二人、必ず出会う。声をかけあったり、立ち話をしたり。なんならそのまま連れ立って、酒を飲みにいくこともあった。入れ替わり立ち替わり人があふれかえっているところなので、半二が日に何遍行ったり来たりしていても誰も咎めないし、暇つぶしに近づいてくる輩は後を絶たない。そうして誰や彼やと話していれば気は紛れる。

どこでも正三の話題で持ちきりだった。残念やったな、えらいさびしなったな、そんな言葉が飛び交っている。

歌舞伎芝居の連中は、正三の穴を埋めるために大わらわらしかった。

そやろなあ、と思うが、半二にはどこか他人事だ。操浄瑠璃の竹本座の半二に、細かいことまで教えてくれるものはないし、身内でもない。噂を耳にするだけではどれほど困っているのかはっきりわからない。そうして正三の名を耳にすればするほど、じき会えそうな気がしてくるばかりなのだった。

しかしながら、むろん、どれだけ歩きまわったところで、肝心の正三にはいっこうに会えなかった。会えるわけないのだが、半二にはそれがふしぎでならない。頭ではふしぎでないとわかっていても心がふしぎがってしまう。

なんでおらへんのやろなあ。

やがてふらふらと脇道に逸れ、法善寺へと向かってしまう。

正三に会えないのなら、高砂屋平左衛門にでもいいから会えないものだろうか、と心のどこかで思っている。

高砂屋平左衛門。

正三が書いた宿無団七時雨傘に出てくるもうひとりの正三だ。正三がいうには、狂言から抜け出て、こちらの世界にやってきているのだという。法善寺の角でみたという。ならば、せめてそいつに会えないものだろうかと知らぬ間に足がそちらに向かってしまう。

法善寺のあたりも、やたらと人は多かった。

信心深い善男善女だけでなく、露店や茶店、物売り目当ての客も大勢いる。

半二は法善寺の角に立ち尽くし、高砂屋平左衛門がその人混みに紛れて歩いていないかじっと目を凝らす。

そんな姿は、人々の目に、いささか奇異にうつったようだ。

おい、半二やないか、こないなとこに突っ立って、なにしてんのや。

お前、どないかしたんか。え、だれぞ、さがしとんのか。

知り合いに声をかけられると半二は、んー、まあ、ちとな、と言葉を濁す。

なんや、半二、お安うないな、だれや、だれをさがしとんのや、いっしょにさがしたろか。

小指を立ててからかいたくなるのは、やはり、そうでもしないと、ぬうっと立ち尽くす半二が、どことなく薄気味悪かったからだろう。まあな、そんなとこや、野暮やで、かまわんといてくれるか、などと適当に躱(かわ)して、半二はついとそっぽを向く。高砂屋平左衛門をさがしている、とはさすがにいえない。

高砂屋平左衛門。

そんなやつ、おってたまるかいなと思いつつ、おるかもしれへんと思ってしまう己を、半二は持て余していた。いつぞや、正三に、そいつを決して追いかけるな、といったくせに、もしここで高砂屋平左衛門をみつけたらおそらく半二とて脱兎(だっと)のごとく追いかけるだろう。

わしかておんなしやないか、と苦笑いする。

狂言作者、高砂屋平左衛門が、この世のどこかで、ひそかに、なんぞ新作を書いているような気がしてならないのである。ぼやぼやしていると、中座か角座(かどざ)で、やつの新作がかかるのではないかと思えてくる。正三亡き後、次に道頓堀で、皆をあっといわせるのはあいつなのではないか。

ああ、あかん。

わしまで、高砂屋平左衛門にひっぱられていきよる。

そもそもわしはなんであんとき、正三に、そんなやつ、こっちの世界にはおらへんで、ときっぱりいうてやらなんだんや、と半二は悔いる。高砂屋平左衛門なんてもんは、お前の拵えた人物で、こっちの世界には出てこられへんのやで、としっかり叩き潰しておくべきだったのだ。あいつをのさばらせたんがまちがいのもとやったと半二は悔しくてならない。せやから、こうもはよう、正三はあの世にいってしもたんや。

半二には、高砂屋平左衛門が正三の性根を吸い取っていったのではないかと思えて仕方ないのだった。あいつがこっちの世界で生きていくために正三の性根を欲しがったのではないか。あいつがこっちでむくむくと肥え太り、代わりに正三がうすっぺらになって紙に沈んでいったのではないか。すべて吸い取られたところで正三はお陀仏だ。

これもまた狂言やろか、と半二は空を見上げる。

正三の死までも、わしは作り話にしようとしとるんやろか。

そうかもしれへんな。

そうかもしれへん。

なあ、正三。お前、どこへいった。

お前は今、どこで書いとんのや。

病に侵され、重荷になった肉の身体を捨てて、お前はどこへうつっていった。

身軽になって、どこへ飛んでった。

半二の頭のうえには青い空が広がっている。

どこへ飛んでったんかは知らんけど、三千世界のその果てで、お前はやっぱり書いとんのやろ。舞台のからくり拵えたり、役者動かしたりして、新しい世界、うみだしとんのやろ。

まったく、難儀なやっちゃで。

どうせ寝る間も惜しんで、芝居三昧、くりかえしとんのやろ。

な、そうやな。お前は、そういうやっちゃ。どうせ、やめられへんのや。

お前は、どこにいてたかて、おんなしや。

おんなしこと、してんのや。

そんなん、わしにはお見通しやで。

ずうっと、そやったもんな。

やけに広い空だった。

これもまた狂言や、と半二は思う。口からでまかせの法螺話(ほらばなし)や、と知っている。

それでもいい、と半二は思う。

心の底から今わしが欲しいのは、こういう狂言なんや。

嘘でええんや。

ふらふらしていた半二が、いくらか正気を取り戻せたのは、獏につれられ、北堀江の豊竹座でかかっている操浄瑠璃をみたからだった。

なんや、どこ、連れてくんや。

まあ、ええから、ええから、どうせぶらぶらしとんのやったら、ちぃとわしに付き合うてくれまへんか。

獏は詳細を告げず、半二を小屋に放り込んだ。

摂州合邦辻。

乗り気でないまま見始めた半二だったが、中途から、俄かに、熱心に見だす。どこが面白いのかはっきりしないのだけれども、半二の心をざわつかせるなにかがあった。豊竹座ならではのとろみがあって、そのうえ詞章の流れがよいので、知らぬ間に、ふうっとこの世界に持っていかれてしまう。

「おい、これ、書いたんは誰や」

小声でたずねると獏が小声で返す。

「菅専助。若竹笛躬と菅専助ですわ。まあ、大方、菅専助でっしゃろな」

「菅専助？　菅専助ちゅうたら、あれか。光太夫か」

「ようおぼえたはりますな。そうですわ、豊竹光太夫ですわ。わしは、その時分のことはようおぼえてへんのですけども」

「まあ、そうたいした太夫でもなかったしな。忘れてしかりや。そんな程度やさかい、あいつはだんだんと太夫に見切りをつけて、書くほうへ転じていったんや。あいつ、もうええ歳やったはずやで。いくつやったかな。わしよりいくらか下ではあるけども、ええ歳はええ歳や。そんでも、なんや、もともと、えらい学がある男らしいけどな、そうでもないと、歳食うてからいきなり浄瑠璃、書こうとしたかて書けへんやろ。たしか医者の倅やったと思うで」

だんだん半二の声が大きくなる。半二の声はよく響く。さすがにまわりの客に睨まれる。

「へえ、そうなんでっか」

獏がうつむき加減で、ささやくようにいう。半二も察してまた小声になる。

「んー、噂にきいただけやけどな。光太夫が太夫やりながら書いたんが染模様妹背門松や。それが大当たりや。ちゅうても、出来はどやったかな。まあまあやったかな。そのうちに太夫やめて、菅専助いう作者になっていったんや。あいつが書いたん、わし、いくつかみてるで。そやけど、そう、ぱっとせえへんかったけどな。しかし、これは、ぐうっとようなってる。どないなっとんのや」

「やっぱりそない思わはりますか。評判ようて、ここんとこ客足が伸びてるらしいですわ。わしも、これ、ええと思いますんや」

半二はうなずく。

「色気があるわな。わしらんとこにはない色気や」

「じつは、わし、誘われてますのや。ここの此太夫師匠に。師匠も妹背山婦女庭訓がえらい気に入っとられるそうで、浄瑠璃、手伝わへんか、て。わし、あの演目のおかげで、スケの仕事がようけもらえるようになりましたんや。手伝うてもええですか」

「ああ、ええで。こっちはまだまだ先やしな。夏頃にはやりたいけども、なにせ先立つもんがあらへん。さて、どないなるか。ええ銀主があらわれて、銭の工面ができたとしても、道頓堀でやれるほど、集まらへんのやないか。あかんなあ。みみっちい話や。こっち手伝うてもそう稼げへんさかい、わしらにかまわんと、稼げるところで稼いだらええ。こっちは東南やら金三やらで凌ぐ。まあ、あいつらだけではとんと頼りないけどもな」

妹背山婦女庭訓からたった二年、たった二年で、客はまた操浄瑠璃から歌舞伎芝居へ、あっさり戻ってしまっていたのだった。

妹背山婦女庭訓ほどの大入りは夢のまた夢。

あのときのあれは幻だったか、と思うような豹変ぶりだった。

とにもかくにも客の好みが、以前にも増して、役者へと傾いてしまっているのだから、どうにも打つ手がない。次から次へと新たな花形役者があらわれて、客をごっそりさらっていく。歌舞伎芝居はまさに人気役者が百花繚乱、互いが様々な座に出ては競い合い、それがまた客を煽る。舞台のうえだけでなく、舞台をおりたあとまで、役者の暮らしぶりやら、醜聞やら、誰と誰が喧嘩しただの、仲がいいだの悪いだのと、始終、舞台のつづきのように話されているのだから話題に事欠かないし、より役者の面白みが増して、飽きられる隙もない。

悲しいかな、人形でみせる竹本座ではその流れに対抗できなかった。

竹本座の懐具合は、すっかり元の木阿弥、綱渡りの興行がつづいている。操浄瑠璃にどかんと銭を出す気前の良い銀主もとんといなくなったし、竹本座には蓄銭がない。興行するだけで精一杯の舞台では、どうしても地味になる。華やかな歌舞伎との差がつき、ますます客足は遠のく。

操浄瑠璃では食っていくのがだんだん難しくなり、座を離れる者は後を絶たなかった。大坂に見切りをつけ、他所へ移っていく者も少なからずあった。それぞれが、どうにかして、己の食い扶持を稼ぐために工夫せざるをえなくなっている。

あろうことか、腕に覚えのある者は、歌舞伎芝居で稼ぐようにもなっていた。

才のある者が集まるのだから、歌舞伎芝居の勢いが止まるはずがない。

道頓堀の中心は歌舞伎芝居。

これはもう揺るぎなかった。

この隆盛が並木正三の手柄なのかそうでないのかわからないが、今ここで、正三ひとり失ったところで、歌舞伎芝居は、びくともしないだろう。

というくらい、正三が道頓堀を駆け抜けた数十年のうちに、歌舞伎芝居は人々の心をがっちりと摑んでしまっていたのだった。

廻り舞台やら宙乗りやら、これでもか、これでもかと、正三が次々に仕掛けた目新しさに客は吸い寄せられ、その大入りの客らを前に、役者らは、正三の書く台帳によって水を得た魚のように舞台で輝く。客が多ければ多いほど、役者は気を昂ぶらせ、熱演する。目の前の役者の熱演は、すぐそばで見入る客にまっすぐ届き、心を打つ。

それにまた、正三は、役者を見せるのがうまかった。どこにその役者の良さがあるのかよく見抜いていた。正三の勘所を押さえた当て書きによって、客は役者に夢中になった。そんなことができたのは、おそらく正三が人そのものを面白がっていたからだろう。人を驚かせるのが、いや、楽しませるのが心底好きだったからだろう。

だからやっぱり正三は歌舞伎芝居にこそ向いていたのだったし、ここまで道頓堀の歌舞伎芝居を大きく花開かせたのは正三の手柄だったのだ、と半二は思う。

煽りを食ったのが半二らの操浄瑠璃だったというわけだ。

正三のせいばかりにするのは忍びないが、もしも、あの若かりし日、正三が、歌舞伎芝居の道ではなく、操浄瑠璃の道へと進んでいたなら、ここまで差は広がらなかったのではないかと思わずにはいられない。

半二は思い出す。

あのときは、正直、正三が歌舞伎芝居へ進んでくれてほっとしたもんやったけどな。

おんなし土俵で戦わずにすんで胸撫で下ろしたもんやったけどな。

半二が笑う。

そやけど、長い目で見たら、わし、明らかに負けとるやないか。

なあ、正三。

まさかわし、お前にここまで叩きのめされるとは思わんかったで。あの時分、歌舞伎芝居と操浄瑠璃は拮抗してたもんや。どっちが上でも下でもない。どっちもええ具合やったんや。

それがどや。

今や道頓堀は歌舞伎芝居一色や。豊竹座にしてからが、こんな北堀江にまで追いやられてしもた。

お前の勝ちやな。

まあな、お前は、勝ち負けなんざ、気にしてへんのやろけどな。

そこがまた、腹の立つとこや。

そやけど、正三。お前、ここで勝ち逃げはずるいで。こんなところで死ぬんはずるいで。

なあ、わしはどないしたらええんや。

操浄瑠璃をこれから先、どないしてったらええんや。

半二の目の前には、人形がいた。

半二の耳には、浄瑠璃が聞こえていた。

しんしんと、透き通った悲しみや憤り（いきどお）や慈しみ（いつく）が、冷たく降り積もる雪のように静かに半二の心に染み渡ってくる。

ええ詞章やな。

半二はふうっと息を吐く。

ええ節やないか。

半二はすうっと息を吸う。

波立っていた心が舞台に持っていかれる。

ざわついた芝居小屋にいるのではなく、どこか広いお堂にでも、ぽつんとひとり、すわっているかのような心地になる。

空洞だった。

空洞に太夫の声が聞こえている。

三味線の音色が聞こえている。

半二は、そこで、まっすぐ物語と対峙（たいじ）していた。

生々しい役者が目の前にいるのではなく、血の通わぬ人形だからこその、透徹した浄瑠璃世界が見渡せる。

半二はその心地よさに浸っていく。

ままならぬのが人の世だ。艱難辛苦（かんなんしんく）に翻弄され、泥にまみれていくのが人の世だ。醜い争いや、失望や、意図せぬ行き違い、諍い、不幸な流れ。辛い縁に泣き濡れて、逃れられぬ定めに振り回されていくばかりが人の世だ。

それなのに、なぜうつくしい。

悲しみも嘆きも、苦しみも涙も、なぜうつくしい。

そうよな。

それが操浄瑠璃よな。

半二はつるつるとした、皺もなければ毛穴もない、なんのひっかかりもない、舞台のうえの、白い人形の肌を凝視していた。

そうや。操浄瑠璃はそもそも、うつくしいんや。

汚いもん、洗い流して、うつくしいもん、みしてくれとるんや。この世は汚いまんまやけどな。そんでも、汚いもんの向こうにうつくしいもんがある、いうとこをわしらにみしてくれとるんや。

わしらにはな、こういううつくしいもんが、きっといる。そら、そやろ。そやなかったら、やりきれんやろ。わしら、死んでいくんやで。わしら、みんな、遅かれ早かれ、死んでいくんやで。この世におられるんはほんのちょっとやで。醜いだけやったら、やりきれんやないか。

操浄瑠璃の世界ちゅうもんはな、この世であってこの世やない。

ここは人形さんの世界や。

人形さんらはな、死なへんのや。死なへんくせに生きとんのや。

わしらはその世界に束の間、浮かぶんや。

浮かんで遊んで、わしらはそっからこの世へ帰ってくる。だぶだぶした肉の体をまとってな。

そうよな。わしらにはまだまだやれることがあるよな。

歌舞伎芝居でやれんことが操浄瑠璃にはまだあるよな。

あるんやったら、やったらな、あかんよな。

こいつかて、やってるやないか。この菅専助かて。

わしかて、やらなあかんやろ。

正三がおらへんようになっても、わしはまだここにおるんやしな。まだこうして生きとんのやしな。

菅専助。こいつ、なかなかやりよるな。

こいつも渦からうまれてきたんやな。

あの道頓堀の渦のなかから、こいつもうまれてきたんやな。

そうでっせ。

この菅専助はんいうお方も、道頓堀で、竹本座の妹背山婦女庭訓を、そら熱心にみてはりましたで。

ようおぼえてますわ。

このお方、何遍もきてくれはったんやなかったかな。

豊竹座の方々ともきてくれはりましたし、他のお連れさんとも来てくれはりました。

お一人でも何遍か来てくれはったと思います。

そんだけお好きやったんやろね。

そやさかい、このお方の摂州合邦辻にも妹背山婦女庭訓がきっと溶けこんでるんやろと思います。寅の年、寅の月、寅の日、寅の刻生まれの女の生き血がいる、いうとこなんか、なあ、疑着の相の女の血がいる妹背山婦女庭訓を、なんとのう、思いだすやないですか。

この菅専助はん、半二はんをえろう、敬うてはりましてな。

この摂州合邦辻から三年ほどして、半二はんに、浄瑠璃手伝うてくれへんか、て頼みに来はるんです。ずうっといっしょにやりたいと思うてはったんやそうです。

半二はん、そのころ、だいぶ、沈んではったさかい、誘うてもろたんは、ほんまによかった。

私もほっとしました。

なんでや、いうたらな、半二はんの心が晴れへんのは、いくらか妹背山婦女庭訓のせいでもあったからです。

妹背山婦女庭訓は、あれからも、あちらこちらの芝居小屋で、ようかかりました。人形浄瑠璃だけやのうて、歌舞伎芝居としてもかかりましたし、道頓堀だけやのうて、京やら伊勢やら、江戸やら越前やら名古屋でもかかりました。

私は休む暇もあらしまへん。

おい、お三輪、また出番やで。

てなもんですわ。

私はそうして、何遍もこの世に蘇るんです。

舞台に帰ってくるんです。

するとすこうし、世の中の様子が変わってます。

道頓堀の景色も変わってます。

懐かしいわあ、と思いつつ、ああ、こないなことになってんのかいな、とも思います。

竹本座はいっこうにあきまへんでした。

さびしいかぎりや。

半二はん、お気張りなさって、いろいろやらはるんやけど、どれもこれもうまいこといかしまへん。なに書かはっても、お客はんが戻ってきはらしまへんのや。

座のなかもごたついてるし、竹本座の借銭は増える一方。給銀かてままなりません。

半二はんとこは、京のまるのやの味を受け継ぐしっかり者のお佐久はんが煮売りの商いで細々ながら稼いでおられますよって、そんでも、どうにか親子三人、食べてはいけてますけどもな、苦しい暮らし向きにはちがいない。というて、半二はん、ああいうお人やさかい、他の人より先に給銀もらおうとはせえへんのですわ。痩せ我慢いうより、どっか無頓着なんやろね。わしはまあええ、お佐久が稼いでくれよるしな、とかいうてあっさり他の人に譲ってしまわはるんです。そら、半二はんとこより苦しい暮らし向きの人は竹本座にようけいてますけども、それにしたって、そうそう気前ようしてては、お佐久はんかて困ってしまいます。ところがこのお佐久はん、半二はんを咎めるどころか、平気で笑(わろ)てはるんです。なかなか肝が据わったおなごはんや。お佐久はん、半二はんがそういうお人や、いうことはとうにわかってはったんやね。せやから、そこはもう諦めてはんのや。それを見越したうえで、煮売りの商いを始めてはったんです。えらいもんや。妹背山婦女庭訓のときの実入りで、新しい竈を設えはった、いうのんも、操浄瑠璃の先行きを心配して、商いの手を広げるためやったんやそうです。

　道頓堀の皆さんに、うまいうまい、いうてもろて、京のおばんざいもなかなかええなあ、いうて買(こ)うてもろたら、なによりうれしおますわ、いわはって、豆煮たり、大根(だいこ)炊(た)いたり、一日中立ち働いておられます。台所仕事がもともとお好きな人やったし、働くんが苦にならん、いうか、やりだしたらいっそう楽しなってしもたんやろね。それに、半二はんの稼ぎをあてにせんでもすむ、いうのんは、お佐久はんにとってはなにしろ気楽やった。

　お佐久はん、はんなりしてはるし、ちょっと変わったところもあるお人やけど、あれでなかなか商い上手や。手際もええし、客あしらいもええ。

おきみちゃんも、すすんで母(かか)さんを手伝(てつど)うて。ほんま、お利口さんや。

この子がまあ、それはそれは可愛らしい子でなぁ。お芝居が大好きで。

この子とお芝居みるんが、半二はんにしてみたら、ええ気晴らしになってはったようです。

そうそう、おきみちゃんも妹背山婦女庭訓、みてくれてはったんでっせ。まだ小さかったから、ようわからんかったんかもしれまへんけどもな、蘇我入鹿の首が飛ぶ最後んとこなんか、手に汗握ってみてはりましたわ。ぎゅうぎゅう詰めの小屋の端っこで。まだおぼえてはるかな。もう忘れてしもたかな。

半二はん、本音をいえば、おきみちゃんに、また、ああいう大入りの竹本座をみしてやりとうて仕方ないんです。どや、すごいやろ、どや、楽しいやろ、いうて、いっしょにみとうてたまらんのですわ。そやけど、あれきり、あそこまでの大入りにはなってくれへんのです。口惜しかったやろと思います。

そのくせ、よそでかかった妹背山婦女庭訓が大入りや、いう噂は耳にする。

そらな、妹背山婦女庭訓とて、大入りばかりとはかぎりまへんけどもな、そんでも、まあ、それなりにお客はんは詰めかけてるし、そもそれだけ何遍もやりたなるええ演目や、いうのはたしかやしね。

半二はんにしてみたら、忸怩(じくじ)たる思い、いうんやろか、だんだん、うれしいだけではすまされへんようになっていったんです。

あそこまで大入りになる演目を、半二はん、あれ以来、どないしても拵えられへん。妹背山婦女庭訓を超えていきたいのにどないしても超えられへん。まさかこれほど長いこと、超えられへんとは半二はんも思うてなかったんやろね。さぞ辛かったやろと思います。

そのうちに、どこをどうしたらええのか、わけわからんようになってしもたんです。素直に作られへんようになってしもた。

いつのまにやら、妹背山婦女庭訓いう山が、心のうちに聳え立ってしもたんやね。ひょっとして、わしはもう、あれよりええもん、拵えられへんのやないか。あれ以上のもんは書けへんのやないか。あれがわしの限界やったんやないか。

そういうことを思いはじめると、苦しいを通り越して、怖なってくるんです。筆を持つ手がふるえる。なに書いてもあかんような気ぃしてくる。

こういうとき、いちばんええ話し相手やった並木正三はんが、もういてしまへんやろ。あのお方が生きてはったらずいぶんちごてたと思いますけども、あいにく、他の人では代わりにはならしまへんのや。善平はんやら、獏はんやらでは、半二はん、悩みが打ち明けられへん。あとはもう、うんと年下の子らしかおらへんしな。

なあ、お三輪。

そやから、半二はん、あるときから、お三輪に話しかけはるようになりました。

そう。お三輪。そう、私ですわ。

心んなかで半二はんが私に話しかけてきはるんです。

なあ、お三輪、お前、なんでわしんとこへやってきた。

なんであんとき、わしはお前が書けたんや。

教えてくれや、お三輪。

私かて、そんなん、わかりまへんわ。

きかれたかて、こたえようもない。

そやけど半二はん、しつこう、たずねてくるんです。そのうちに、だんだんと弱気になっていかはりまして。

なあ、お三輪。わしはもうあかんのんか。

あれ、書かしてくれたんは、お前やったんか。

ぐずぐずとそんな問いかけがきこえてくる。

ちゃいまっせ！

なに寝ぼけたこというてはんのです！

あれ、書かはったんは、半二はんでっせ！

懸命にそういうたげるんですけども、私の声はきこえまへんやろ。声を嗄らして叫んだところで、半二はんには届かしまへんのや。

半二はん！　半二はん！

私をうみだしてくれはったんは、半二はん、あんさんでっせ！　どないな力でそれがでけたんか、細かいことまではわかりまへんけども、肝心なところは、まちがいのう、あんたはんの力でっせ！　妹背山婦女庭訓は、半二はんが書かはったんでっせ！

そないいうて、力づけてあげたいんやけども、私にはでけしまへん。

沈んでいく半二はんをただみているだけや。

ようするに、半二はん、妹背山婦女庭訓、いうもんをうんでしもたせいで、妹背山婦女庭訓に縛りつけられてしもたんやね。私がうまれてしもたせいで、妹背山婦女庭訓から逃れられんようになってしもたんや。

ああ、そうやった。

半二はん、竹本座で、妹背山婦女庭訓を再びかけるのも嫌がりはりました。初演を超える出来にならんとわかりきってんのに、そら、やりとうないですわ。

ようよう許さはったんは、豊竹座の菅専助はんとこで浄瑠璃書きだしてからやった。きっと、そっちでおやりになってることがおもろなってきたからやろね。浄瑠璃書く楽しみをちょっとずつ思い出していかはったんや。わしはこっちで手一杯やさかい、やりたいんやったら、そっちはそっちで好きにやったらええ、いうて、許さはったんです。

竹本座の妹背山婦女庭訓。

私がいうのもなんやけど、ええ出来ではありまへんでした。妹背山婦女庭訓、いうだけで、お客はんはまあまあ、きはりましたけど、大入りというわけにはいかへんかったし、何遍もみにきはるお客はんもいてませんでした。調子のええときには必ずきこえてくる、よっ、お三輪！　待ってました！　なんて掛け声もあらしまへん。なんちゅうたらええんやろ、妹背山婦女庭訓いう演目は、演じるもんの力量が問われるんです。それもかなりの力量が。己の力量を見誤ると痛いめに遭う。

　半二はんもみにきはりましたけど、苦しそうやった。

竹本座の力が落ちてることを目の当たりにして、苦しないわけがない。よそでかかる妹背山婦女庭訓のほうが人気があるうえ、出来もええなんて、半二はんにしてみたらそない悔しいことはないですわ。

　竹本座の人らと、ろくに話もせんと帰っていかはりました。

　そうして、豊竹座の浄瑠璃を、菅専助はんと書いていかはったんです。

　竹本座の近松半二はんが、豊竹座で書くんでっせ。

　よほどの覚悟やないとできまへんで。

　そこんとこ、わかってもらえますやろか。

　そらな、他の人らにとったら、なんでもないことかもしれへんけどな、半二はんにとったら、そら、おおごとや。なんちゅうても、竹本座いうとこは、半二はんにとっては、生まれ育った家みたいなとこやしな、物心つくかつかんうちから竹本座の舞台裏で浄瑠璃きいて育ったお人やしな、他の人とは愛着がちがうんですわ。若い時分からずうっと竹本座一筋で書いてきはったお人やしね。

豊竹座は、その竹本座と人気を二分して、西と東、芸風からなにからなにまで、長年、競い合うてきたとこやないですか。そこで書くようになるやなんて、半二はん、思いもよらんかったんとちゃいますやろか。そんでも、お引き受けなさった。きっと菅専助はんとなら、やってみたいと思わはったからやろね。

半二はん、豊竹座で、ずいぶんと調子を取り戻していかはりました。おそらく、菅専助はんと一緒にやらはったんが、よろしおましたんやろね。年もわりあい近いし、菅専助はんは、気性もええし、座はちごてても、操浄瑠璃がほんまにお好きなんは、半二はんとおんなしやった。一を語れば十わかってくれる学も知識もおありでした。浄瑠璃のことやら、芝居のことやら、思いの丈、話し合われて、ずいぶんと深い話ができたようです。半二はん、このお方にだいぶ助けられたんとちがいますか。

並木正三はん亡き後、半二はんのなかに溜まってたもんを吐きだせたんやろと思います。

豊竹座とまじわった、いうのも、半二はんにとって、よかったんかもしれまへんな。たまには竹本座を外からみる、いうのんもだいじなんかもしれまへん。

きっと半二はん、なにか摑まえはったんやろね。

豊竹座での仕事が一段落して、竹本座に戻らはって、そっからしばらくして、半二はん、なんや、ふいに、心中紙屋治兵衛、なんてものをお書きにならはったんです。そのあと、またしばらくして、往古曾根崎村噂、なんてのもお書きにならはりました。近松門左衛門はんの、心中天の網島、曾根崎心中を、半二はんが、半二はんなりに拵え直したものですわ。

　近松門左衛門由来の硯をもってはるから、いうわけでもないんやろうけど、ここへきて、半二はん、門左衛門はんといっしょになんぞ拵えたなったんかもしれまへんな。わしならこうする、わしならこう書く。ここをこうしたかったんや、ここをこう膨らませたかったんや。そういうのんを、なんや、門左衛門はんと話でもするみたいに書いていかはりました。天におられる門左衛門はんに向けて書いてはるみたいやった。

　昔々に、心を動かされたもんの強さ、いうのんかもしれまへんな。半二はんの、いちばん奥深いところにあんのが近松門左衛門はんの拵えはった浄瑠璃やったんかもしれまへん。

　幼心に染み渡ったもんが、ふいによみがえってきたんやろかね。

　新しいもん探す、新しいもん書く、いうのんとはまたちがう面白さやったようです。

　半二はん、ほとんどお一人で書いていかはりました。そうして、あらためて近松門左衛門いう先人と向き合うてくうちに、妹背山婦女庭訓を超える、超えなあかん、いうわけのわからん枷を断ち切れたんかもしれまへん。

　まあ、そうはいうても、まずなによりも、近松門左衛門の人気にあやかりたい、いうのが先にあって、この演目を書くことにしたんやろけどね。竹本座の大御所、いうたらやっぱり、なにをおいても近松門左衛門や。

使えるもんがあるなら使とこか、いうとこですわ。

大入りは望めんかっても、そこその入りにできる演目にせなあかん。それには、なじみの演目が堅い。心中天の網島も曾根崎心中も、皆、ようしってはるし、大好きや。その演目を今のお客はん、今の竹本座に合うように拵えてみたらどないやろ、て思わはったんやね。ああ、それと、竹本座の演者の力がだいぶ落ちてしもた、いうのっぴきならない事情もありました。そうなると、あんまりむつかしいもん、新奇なもんは、やれへんのですわ。力が落ちててもうまいことみせられるようにせなあかん。

心中紙屋治兵衛も、往古曾根崎村噂も、お客はんの入りはまずまずでした。評判もすこぶるようて、半二はん、うれしそやった。

暗い穴から少し抜けだせたんかもしれまへんな。

ただし、残念なことに、この演目、道頓堀ではやれしまへんでしたんや。道頓堀を遠く離れた、北新地の芝居小屋でやるしかありませんでした。

ようするに、道頓堀でやれるだけの銭が竹本座にはもう、集まらしまへんのや。竹本座の銀主になっても損するだけや、て皆、思い込んではる。そこまで見放されてしもたんです。

北新地は、道頓堀と比べたら侘しいもんや。

はよ、戻りたいなあ、て半二はん、つぶやいておられました。

はよ、戻りたいで、お三輪。

そら、そや。

半二はんは、道頓堀のお人や。

竹本座は、道頓堀にあってこそや。

そやから、半二はんのつぶやきがきこえてくると、私までなんや、悲しいような、寂しいような気になったもんでした。


戻るで、戻るで。

わしらは道頓堀に戻るんやで。

半二がいう。

べつに大きい小屋やのうてもええ。少々傷んでる小屋でもかまへんやないか。崩れかけとる小屋なら直したったらええだけの話や。道頓堀には芝居小屋が大小さまざま、ようけある。わしらにうってつけの小屋かてあるはずや。

銭のことならどないかする。

どないかなる。

な、そやろ。道頓堀に操浄瑠璃がかからんようになって寂しがっとる者は必ず、いてる。そんななかに、お大尽の一人や二人、いてるんとちゃうやろか。銀主になってくれるお人をそっからみつけだして、拝み倒して、銭出させるんや。ええか。道頓堀から操浄瑠璃の火を絶やしたらあかん。踏ん張るんやで。

半二は大声で叱咤(しった)した。

な、みんな、今が踏ん張りどころやで。今、踏ん張らなんだら、戻ってこられへんようになるで。豊竹座、みてみ、北堀江でそこそこうまいこといっとるうちに、いつの間にやら北堀江に根を下ろしてしもたやないか。

わしらかて、ぼやぼやしてたら豊竹座の二の舞になるで。北新地に満足して根づいてしもたら、道頓堀に戻ってこられへんようになる。

なにがそこまで半二を駆り立てたのかわからない。

心中紙屋治兵衛、往古曾根崎村噂が、まずまずうまくいったあと、急にそんな気が湧き起こったのだった。

わしは戻るで。わしらは道頓堀に戻る。北新地で安住してたらあかん。うまくいきだした今やからこそ、意を決して北新地を出なあかんのや。

「戻らはるんやてな」

道頓堀で秋にやると決まったときいて、菅専助が半二のところへ訪ねてきた。

「ああ。おかげさんで、銀主のあてがついたさかいな。小屋押さえるだけでかつかつやけど、この際、贅沢いうてられへん。豊竹座も、そのうち、また道頓堀に戻ってくんのやろ。そしたら、また、切磋琢磨(せっさたくま)やな」

夕餉(ゆうげ)にはまだ早いが、立ち話もなんなので、家にあげて、お佐久が出してくれた酒と煮物を食いながら二人で話す。

「いやいや、うっとこは、さて、どないやろな。このまま北堀江でやっていくんとちゃうんかな。もう、あすこでやってくだけで精一杯やろ」

「そうなんか」

「年々きびしなってるわな。わしな、じつは浄瑠璃から足を洗うことにしたんや」

「え、なんやて」

半二が目を剝く。

「それ、あんたに伝えとこ、と思うてきたんや。あんな、今、書いてる浄瑠璃、書き終えたら、わし、京へ移り住むことにしたんや。むこうには縁者もいてるしな。わしも、ええ歳や、ここらが潮時や」

「おい、お前、なにいうてんのや」

専助があまりに軽くいうので半二にはよくわからない。しかしながら、専助は淡々と、すでに移り住む算段はすんだのだとつづけた。

「豊竹座はどないするんや。お前がいてへんようなったら、みんな、困るやろ。というて、わしはもう、豊竹座では書けへんで」

「そら、そや。近松半二は竹本座で書かなあかん」

「そんなら豊竹座はどないするんや」

半二がいうと、専助はふっと笑った。

「他のもんが書いたらええがな。だれなと書くやろ。わしはな、もう、書きたないんや。わしなあ、もう浄瑠璃に飽いてしもたんや」

「飽いた、て」

「わしは、あんたのようには書けへんのや」

「書いてるやないか。ようけ書いとるやないか」

「いや、わしはどっかまがいもんや。あんたといっしょに浄瑠璃拵えてるとき、つくづくそない思うた。わしは、もともと太夫やしな。なんで浄瑠璃書くことになってしもたんか、ほんまんとこ、ようわかってなかったんやろな。そんでも、見よう見まねでここまで書きつづけてきたんやけど、もうあかん。とんと力が尽きてしもた。ここ一、二年、だましだましやってみたけども、もう、どないもこないもならへん」

「そんな阿呆な。お前がまがいもんであるかいな。お前がまがいもんやったら、世の中、みんな、まがいもんだらけになってまうで。そやで、それいうたら、わしかて、まがいもんや。わしかて、だましだましやってんのやで」

半二がいう。

なにやら、酒を飲む気も失せてしまって、半二はただ箸を筆のように弄ぶ。

専助がそれをみて笑う。

「そやけど、あんたは書くのが、好きやろ。みてみ、箸持ってても筆になってるやないか。そやけど、わしはそれほど好きでもないんや。みるのは好きやで。演るのも好きや。太夫としては大成せえへんかったけども、ずうっと浄瑠璃は好きやった。今も好きや。それやのに、今日びは、操浄瑠璃みててもちっとも楽しないんや。なんや、しらけてしまうんや。どういうこっちゃろ、てふしぎに思うてたんやけどな、ようするに、わし、浄瑠璃書くようになってから、知らず識らず書き手としてみるようになってしもてたんやな。次はこういうのやったろ、これええな、盗んだろ。ああ、こういう節にこういう三味線でもいけるんか、なるほどな。そんなことばーっかし、頭に浮かんできよるんや。この浄瑠璃はこういう骨組みになってんのやな、そうかここにくどきを持ってくんのか、まあ、次から次へ、よけいなことについつい気ぃとられてしもて、昔のように、さらの気持ちではみられへん。そのうちに、だんだんとつまらんようになってしもた。そや、いや、それとも、わしはもう、一生分の操浄瑠璃をみてしもたんかもしれへんな。そやさかい浄瑠璃腹がくちくなってしもたんやな」

半二がどんよりとした顔になっていくのに、専助はむしろ晴れ晴れとした顔で、うまいうまいと煮物を食べ、酒を飲んでいく。お佐久がまた酒をもってくる。専助が礼をいい、ついでにお愛想もいう。煮物を褒めちぎる。褒めすぎだと気づいていても、満更でもないのか、お佐久はうれしそうだ。

半二はそれをみながら、思いを巡らしていた。

専助のいうように、浄瑠璃腹がくちくなってきているような気は、じつは半二も少なからずしていた。昔のように心躍らされる演目に出会うことが少なくなったし、なにをみてもそう驚かされることがない。浄瑠璃に飽いた、芝居に倦んだ、というのがわからなくもない。若い時分、気に入ればおんなし演目、おんなし狂言を毎日でも飽くことなくみつづけていた半二なのに、このところ、そんなこともとんとなくなった。なにをおいても芝居小屋にかけつけていた並木正三の新作狂言もない。相変わらず、三日にあげず、みつづけてはいるが、ただ習慣のようにみているだけ、といえなくもなかった。そうして、たまに、多少なりとも、はっとしたり、楽しめたりすれば儲けもの、くらいの穏やかな気持ちでいる。

狂おしいまでに求めていないのである。

たしかに昔は飢えていた。

狂おしいまでに飢えていたのだ。

いつ頃から、くちくなってきたのだろう。

とはいえ、半二には、だからといって、浄瑠璃を書くのをやめるなどという考えには及びもしないのだった。

こちらもまた、それが当たり前になりすぎている。

やめても生きていけるものなのだろうか。

そんなことを思った途端、半二はどことなく不安な気持ちになった。浄瑠璃を書かなくなったらわしはどないなるのやろう。

専助は、すっかり食べ終えると、まあそんなわけやさかい、半二はん、京へきたらぜひとも寄ってってくれや、と言い残してさっさと帰っていった。

見送りに出たが、専助は足早に去っていき、振り返りもしない。誰もいなくなった道をしばらく眺めて半二は家に引き返した。

「京やて。あいつ、京へいくんやて」

片付けしているお佐久にいう。

「きこえてましたわ。えらい思い切らはりましたなあ」

くるくる動き回りつつ、お佐久は竈の火まで気にしている。

「思い切りすぎやろ。体の具合が悪いわけでもないのに、なんで今やめるんや。やめなあかんのや。やめんかてええやないか」

「そやけど、まあ、それも、人それぞれでっせ。向こうでのんびり暮らすのも、乙やろしな。京はええとこや。ちょいと足を伸ばして山科(やましな)あたりもええとこや。な、道頓堀もええとこやけど、たまーに、わてかて、山科がなつかしゅうなることがありますのやで。なんちゅうても、生まれ育ったとこやしな、隠れ住むにはええとこや。あんさんかて、若い時分にお暮らしになったんやさかい、わかりますやろ。ほんまはいきたいんとちゃいますの」

「え。あー、んー。まあ、そやな、わしもいつのまにやら五十も半ばを過ぎたしな、いずれ、そないなこと、思う日がくるかもわからんなあ」

土間におりたお佐久について いき、水をもらう。

「そいや、わし、昔、お前にいうたことなかったか。書けへんよう、なったら山科いって子供らに手習いでも教えて暮らそか、て。いじましゅう、竹本座にすがりついてんと、すっぱりやめたる、て」

お佐久が、商い道具の器をしまいながら、ああ、と声をあげる。

「いうてましたなあ。わてが尼さんになる、いうたら、あんさん、そないなこというたはりましたわ。山科いく、って。そんならお寺にきてください、いっしょにお経あげまひょ、いうたら、辛気臭い、いわれました」

半二が声をあげて笑う。

「そやったな。そないなこと、いうてたなあ。そやけど、今になってみると、ちいとも辛気臭いこと、あらへんがな。むしろ、お経くらい、いっくらでもあげたるで。なんなら頭丸めて、頭陀袋下げて、京の町を托鉢して回ったってもええで。禅宗には禅宗ふうに、浄土の門には、南無阿弥陀仏や。真言宗には陀羅尼みたいなことというたってやな、あちらこちらでうまいことやって、わしらの食い扶持せしめてきたる」

お佐久もいっしょになって笑った。

「ほんなら、わてが尼さんやのうて、あんさんがお坊さんにならはるんかいな。ずいぶんちごてしまいましたな」

「そや。わしが坊主や。でまかせ坊主や」

「いややわあ、あんさん、ほんまにやりそやもんな。そんでも、そのでまかせ坊主いうの、あんがい似合うてるような気ぃしますで」

「え、そうか。似合うてるか。ほんならやれるかもしれへんな。んー、そない思うと、なんや、気が楽になるな。そやな。書けへんようなったら、山科やな。山科へいこ。おきみはどないするかな。あ、そうか、おきみは、そろそろ嫁にやらなあかんから、連れてはいかれへんな。そやな、ええとこへ嫁にやって、わしらは隠居や。隠居坊主や。お前の兄貴にきいたったら、あっちに住まうところくらい、みつけてくれるやろ」

「そんなんお茶の子ですわ。あのあたりやったら、いっくらでもおますやろ」

道頓堀に戻った竹本座で、半二が腕を振るって書いた新作浄瑠璃は、新版歌祭文。近松門左衛門ならぬ菅専助が昔書いた染模様妹背門松を、半二なりに拵え直したものだった。

どや、専助。

これぞお染久松、いう出来になったやろ。

小さい芝居小屋ながら、まずまず大入りといっていいほどの人が連日詰めかけている。竹本座の皆は、操浄瑠璃を待っていたお客はんが道頓堀にこないにようけいてはったんか、と感心しきりだった。

菅専助もとうぜんみにきた。

さすがやな、と専助はいった。近松半二はさすがや。たいしたもんや。

「な、専助、またやりたなったやろ。また浄瑠璃書きたなったんとちゃうんか。え、悔しかったら書かなあかんで。ここに残って書いたらええがな」

半二がいうと、専助が泣き笑いのような顔になる。

「なんや、半二はん、あんた、わしに悔しがらせとうて、こんなすごいもん、書いたんかいな。かなわんなあ。あんたのやることは、どうも、ようわからんで。わしはな、これみてな、悔しいどころか、むしろきっぱり諦めがついたで。もう、思い残すことはない。気持ちよう、京へいける。ありがたいこっちゃ。これはな、あんたからの餞別や、思うとく。おおきに」

専助にいわれて、今度は半二が泣き笑いのような顔になった。

「なんや、餞別になってしもたんかいな。なんでや」

「そら、そやろ。わしの書いた染模様妹背門松とこれとでは比べ物にならへんで。はっきりしたで。書くべき人はあんたや。あんたが書いてくれるんやったら、なにも、わしのようなもんがいつまでも無理して書かんかてええ。ほんまに、ええもん、みしてもろた。なあ、やっぱり操浄瑠璃はええなあ。あらためてそない思うわ。なあ、まだまだやりようはあるで」

「そやろ。わしもそない思う」

「頼んだで」

半二がうなずくと、専助もうなずいた。

「ほなな」

「ああ。達者でな」

そやな、わしの力で操浄瑠璃をまだまだ盛り上げてったらなあかんな。

半二はそんな気になっていた。

演者の力が落ちていようとも、浄瑠璃さえしっかりしていれば、まだまだなんとでもなる。なんとでもできる。

半二は意気軒昂だった。

二年半のちに、己の寿命が尽きるとは思っていない。


そやったなあ。

半二はんが亡くならはって、はや何年になりますやろなあ。

三百年ほども経ちましたんやろか。

いや、まだそない経ってしまへんか。そやね、どやろね、二百三、四十年、いうとこやろかね。まあなあ、ここまで月日が経ってしもたら、何年かてそうかわらしまへんわな。ちゅうより、ほんまは、何年やら、ようわからんよう、なってきてますわな。

操浄瑠璃、今は文楽、ていわれてますのやで。

人形浄瑠璃、とはいわれてますけどもな。

操浄瑠璃なんて、だれもいいしまへん。

月日が流れていくうちに呼び名まで変わってしもたんや。

操浄瑠璃と歌舞伎芝居がどないなことになってんのか、それは、私がこまごま語らんかて、ええですやろ。

その目で確かめてもろたらええですもんな。

そうでっしゃろ。

おかげさんで、私には、まだちょくちょくお呼びがかかりますのやで。

な、えらいもんでっしゃろ。

何年経ってもお呼びがかかる。

お三輪、また出番やで、てなもんや。

操浄瑠璃だけやない、歌舞伎芝居でも、妹背山婦女庭訓はおかげさんで、まだまだ人気演目や。

それもずうっと人気演目のまま、ここまできましたんやで。忘れさられたことなんて、いっときもあらへんかった。妹背山婦女庭訓は、いっつも、みんなに待たれる演目やったんです。

せやから、私も、いっつも、大忙しやった。

そうして、ずうっとこの世の様子を眺めてきました。

お三輪はずうっと人気者や。

近頃では、お三輪は永遠のアイドルや、いうてくれはる人もいてはんのでっせ。うれしおますわ。

妹山背山に分かれた悲恋の雛鳥と久我之助は、和製ロミオとジュリエットやて。エゲレスのシェークスピアはんがお書きにならはったもののことやね。蘇我入鹿はラスボスやて。なんやろね、ラスボスて。

まあ、なんやかや、いろいろきこえてきますわ。

なあ。

半二はんが生きてはるころにはきいたこともない言葉がしじゅう飛び交ってますのやで。言葉も変わっていくんやね。そやから、半二はんがお書きにならはった詞章が今のお客はんらには、もうようわからへんようになってしもたんや。そないなお客はんが、年々増えつづけたもんやさかい、いつ頃からか、浄瑠璃の詞章が、舞台の端にうつしだされる小屋もでてきましたんや。なあ、びっくりしますやろ。文字が浮かんできますのやで。そいでな、その文字、浄瑠璃の詞章を、お客はんらがな、よまはりますのや。人形みながら耳で浄瑠璃きかはるんやのうて、耳でききつつ目でも文字を追うてはるのや。目は人形みたり、詞章よんだりで大忙しや。まさかそんな日がくるやなんて半二はん、思うてへんかったやろね。これをしったら、さて、どない思うやろか。こないなことしてたらあかんで、浄瑠璃は耳できくもんやで、て怒らはるやろか。

耳にさしこむイヤホンガイドちゅうもんもありますわ。なんやら、声がして、いろいろ教えてくれはるみたいや。半二はんの耳にさしこんだったら、やかましい、って怒鳴らはるやろね。

そやけど、そないなふうに世の中の様子が変わってきても、ふしぎなことに、妹背山婦女庭訓の性根はちゃあんと伝わってってますのや。ふしぎやね。ほんまにふしぎや。妹背山婦女庭訓の性根は何年経っても腐らしまへんのや。月日を貫く性根を半二はんがぎゅっと捕まえて書かはったからやろね。そやからこそ、妹背山婦女庭訓は、ずうっと人気演目のまま、ここまでこられたんや。

たいしたもんや。

たいしたもんやで、半二はん。

私の声、きこえてへんのが残念やなあ。

そろそろきこえるようになってるとええんやけどなあ。

夏に風邪をひいてから、半二の具合はいっこうにすぐれなかった。

食欲も湧かず、力も出ず、眠りも浅い。

ときおり熱も出た。

文机(ふづくえ)に向かって書きだしても、長つづきしない。

煮売り商いに忙(せわ)しないお佐久に代わって、盛んに世話を焼いてくれるのは娘のおきみだった。

半二が体の調子をみながら寝床からでてきて書いたものをおきみが清書する。おきみは清書するだけでなく、半二が書きあぐねているところを、すらすらと書き継いでしまったりもした。

半二は仰天する。

「なんや、おきみ、なんでお前、こんなん、書けるんや」

おきみは、首を傾げている。

「なんでやろ。清書してたら、勝手につづきを書いてしもたんや。えらいすんまへん。塗りつぶしとくさかい、かんにんな」

「や、塗りつぶさんでええ、塗りつぶさんでええ。あかんことないで。これでええで。そうか。お前、こないなことができるんか。ふーん。たいしたもんやな」

若い弟子を幾人もみてきた半二だけれども、おきみには誰にも引けを取らない才がある気がしてならなかった。いや、それどころか、ひょっとして、このまま書きつづけたら、大成するのではないかという気さえしてくる。

それとなく、お佐久にいってみるが、

「まさかそんなこと」

と本気にしない。

おきみにいっても、

「そんなん無理や」

という ばかりだ。

それでも、半二はおきみに手伝わせ、短い演目を一つ、拵えてみた。手伝わせて、というか、おきみに書かせて、半二が手直ししていったのである。

色直当世かのこ。

たいした出来にならずとも、そんなことをしていると、体の不調を忘れていられた。

「そないに無理したら、あんさん、あきまへんで。わてが稼ぎますよって、しばらくなんもせんと、養生してたらどないどす」

お佐久はいうが、半二はきかない。

「そやけど、わしな、書いとらんと、どうも、よけい、体がおかしなってく気ぃするんや」

山科へいくどころやないな、と思いながら、半二はあらたな浄瑠璃に取り掛かる。

伊賀越道中双六。

奈河亀助の歌舞伎狂言を半二の弟子、近松東南が操浄瑠璃に直した伊賀越乗掛合羽という演目を半二なりに拵え直してみようという目論見だった。

これが最後の浄瑠璃になるかもしれへんなと、そのとき半二は心のどこかで悟っていたようにも思われる。それくらい、じわりじわりと体力が削がれていっていた。医者にもかかってみたが、どこを患っているのかさえよくわからず、したがって治してはもらえなかった。

どうにも体がだるくてしようがないときには、書くのを諦め、妹背山婦女庭訓のときのように絵を描いて、おきみに語った。ええか、この人物がここで正体あらわすんや。ここはな、こう、後ろに富士山がみえてんのや。そんだけでもう、どこらあたりかわかるやろ。沼津(ぬまづ)や。

あるいはまた、伊賀越乗掛合羽の丸本をみせながら、頭の中にあるものを話してきかす。な、これやとあかんやろ、双六にするんやったら、駒がすすんで止まったところで、なにかしら大きく変えてかなあかん。

ええか、敵討ち、なんてもんが、どんだけようけの人物を苦しめてってるか、そこがみえてこなあかん。大きい波に揉みくちゃにされて、そっからなにがみえてくるかや。たとえばやな、この人物はやな、もっときちんと書かなあかんて思うで。どういう人物か、いうとやな。わしが思うに……。

おきみは、身を乗り出して、きいてくれる。

まるでそこにお客はんがいてるみたいやな、と半二は思う。

手がすくとお佐久もいっしょにきいてくれる。

お佐久とおきみに語っているだけで、それがどういう操浄瑠璃となって芝居小屋にかかるのか、半二には手に取るようにわかるのである。

ええもんになりそやな。

きっとええもんになる。

そう思うだけで、半二の心は満たされていく。初日を迎えるのが楽しみでならない。道頓堀の芝居小屋の熱気が半二の体を熱くする。高熱がでる。

四月に間に合うかな。

んー、まあ、どないかなるやろ。

じつのところ、最後まで書き切れるかどうか、わからないほどの弱りようではあったのだが、半二はやれると信じていた。

な、お三輪、そやろ。

やれるやろ。

やれるよな。

へえ、やれまっせ。

大丈夫でっせ。

間に合いまっせ。

ちゃあんと四月に、やれましたんやで。

おきみちゃんがな、書き継いでくれましたんや。

なあ、えらいもんや。

あの娘(こ)、父(とと)さんが亡(の)うならはったばかりやいうのに、泣くより先に書いてはったんでっせ。これ書かなあかん、いうて、弔いもそこそこに筆、握ってはったんでっせ。

変わったお娘や、女だてらになにしてんのや、いわれても、おきみちゃん、平気の平左や。

お佐久はんも、平気の平左や。

お佐久はん、それどころか、ここはこないする、ていうてはったんやなかったかな、ここの書き損じがどこかに残ってたんとちゃうかな、いうておきみちゃんをずうっと手伝うてはりましたわ。おきみちゃんの隣にすわって、近松門左衛門の硯で墨すってあげてな。おきみちゃん、ろくに寝ずに書いてはったんとちゃうかな。

そんでも、なによりえらかったんは、おきみちゃんが、伊賀越道中双六の性根をちゃあんと、摑んではったことや。そやからこそ、書き上げられたんやと思いまっせ。

蛙の子は蛙や。えらいもんや。

朦朧としていくなかで、半二は、お三輪の声をきいた気がした。

そうか。

おきみが書き継いでくれるんか。

これ、書き上げてくれるんか。

そんなら安心やな。

そうか。

おきみがな。

半二は幼いおきみとふたり、芝居小屋に向かって歩いていた。小さなおきみがやがて、小さな半二になっていく。道頓堀を歩く半二の手を握っているのは父の以貫だ。

そんな日があったよなあ、と半二は思いだす。

そうか。

そろそろ幕引きか。

わしの一世一代の芝居はここでしまいになるんか。

どやろ。

この芝居、ええ芝居やったんやろか。

半二の目には道頓堀の芝居小屋界隈が見えている。

まあまあか。

まあまあやな。

竹本座の幟がはたはたとはためいて、木戸前には大勢の人がたむろしている。

木戸が開くと、我先にとつぎつぎ人が中へ吸い込まれていく。

半二もそこに吸い込まれていきそうになる。

そやな。

まあまあやな。

わしの一生、まああやったけども、まあまあ、いうんは、あんがい、ええもんなんやで。

半二の顔に笑みが広がる。

な、そやろ。

そやな、お三輪。

ああ、そやけど、わし、もうちぃとだけ、書いときたいんやけどなあ。あかんかなぁ。

しまいのひとことだけ、書かしてくれへんかなあ。

しかし半二の指はもう動かない。

柝(き)の音が聞こえた。

解説

六代　豊竹呂太夫

のっけから仰天したんは、大島真寿美さんは名古屋の人やのに、なんでこんなディープな大阪弁を全編にわたって書き通せたんやろか、ということでした。

そのうえ、近松ゆうたら門左衛門と来るところを近松半二。近松半二ゆう人は、そら、文楽（＝人形浄瑠璃）に関わる人間に知らんもんはおりませんが、かの「日本のシェークスピア」こと近松門左衛門に比べたら圧倒的に半二は無名やないですか。僕らが知る情報量ですら、ほんまに少ない。作品や解説書の中、それも手垢のにじんだ古本の読みにくい字体でしか拝めん人です。その人が三百年前の大坂・道頓堀に急に出てきて、『あっちかてこんくらい』、『際々んとこ』、『ほなさいなら』、『んな阿呆な』、『このごっつい道頓堀いう渦ん中から』とか仲間らと言い合いながらふつうに喋っている。

当時の道頓堀ゆうたら、ブロードウェーみたいな芝居小屋の立ち並ぶ街ですけど、その景色がパノラマみたいに目の前に広がってきました。有名な歌舞伎作者の並木正三や、人形遣いの吉田文三郎も出てくる。

こんな会話をようでっち上げるなあ、と思いながらも、ほんまオモロくて、すごい説得力があって、だんだん僕も半二と友達みたいな気持ちにさせられていきました。そんな風景をいきなり見せられたことに、まずびっくりやったんです。

さらに、大島さんはもともとの文楽ファンと違うて、歌舞伎が好きやった、これを書くために文楽のことを猛勉強した、と聞いて、あんまり文楽も知らんのに、ようここまで突っ込んで書けたもんやとあらためて驚きました。

そして何よりびっくりの親玉は、最終章「三千世界」において「妹背山婦女庭訓」の重要な登場人物、お三輪がこんなふうに語り始めたことです。

『婦女庭訓やら、躾方やらにかて、わざわざ書いてありますやんか。おなごは悋気をおこしたらあかん』

『おなごはだまって従うだけ。尽くすだけ。あー、阿呆らし。ほんま、阿呆らしおすな』

『お三輪は……後先なんて、なんも考えてへん。ただ好きな男のことしか思うてへん。恋や。お三輪にあるのは恋心だけや』

などと、お三輪のモノローグが次々と展開されていくんです。

さてところで、文楽の「妹背山婦女庭訓」の道行はこないなってます。

イケメン男子の求馬をまん中に挟んで、町娘のお三輪と橘姫の二人の女の子が睨み合ってる。

なんと、鹿の子の振袖の町娘と薄衣をまとったお姫様の対決でっせ。

「主ある人（彼女がいる人）をば大胆な、断りなしに惚れるとは、どんな本にもありゃせまい」と橘姫に立ち向かう町娘のお三輪。

「たらちねの（親の）許せし仲でもないからは。恋はし勝ちよ、我が殿御」と求馬に迫る橘姫。

「いいや私が」と言い返すお三輪。

「いやわしが」と突っぱねる橘姫。

こんな今様芝居が江戸時代に書かれていたんでっせ。この活発で生々しい打々発止の情景！何よりお三輪という純朴でいじらしい田舎娘の恋の相手、求馬の正体は藤原鎌足の次男の〈淡海〉。恋敵の正体は鎌足に敵対する蘇我入鹿の妹〈橘姫〉。なんちゅう突飛で度を超えたスケールの大きさ！

そして、お三輪は男世界の秩序にのみ込まれついには死んでいくのだ。愛する男のために喜んで死んでいく。本当の愛。愛する人のためなら命をも捧げる。近松半二はこの究極の愛を白昼堂々と観客にぶつけるんです。

求馬を追いかけて屋敷に入り込んだお三輪は、いきなり武将に刀で切られてしまいます。求馬に与するその武将は、苦しみもだえるお三輪の耳元でこう囁く。

「疑着（悋気激昂）の相ある汝なれば不憫ながらも手にかけし」「汝の（お三輪の）血潮が蘇我入鹿を滅ぼす役に立つのだ」と言い聞かせるんですわ。

瀕死のお三輪は息も絶え絶えに叫びます。

死に際のお三輪の義太夫節がまた、たまりまへん。「あなた（求馬）のお為になることなら、死んでも嬉しい、忝い」と観念しつつも、「とはいうもののいま一度、どうぞお顔が拝みたい。たとえこの世は縁薄くとも、未来は添うて給われ」と、最後にまいちど求馬さんに会いたかった、未来は一緒になりましょ、と言うて息を引き取る。

ここを舞台で語る時、僕はいつもお三輪と身も心も同化してます。

それから、〈来世志向〉。これだけは古典を鑑賞するうえで避けて通れまへん。現代では考えられませんが、江戸時代は来世での縁（えにし）、結びつきこそ、真のしあわせや、と本気で信じられておりましたんや。お三輪は喜んで天へ飛翔したんです。マジでっせ。

この小説のクライマックスは、なんちゅうても「妹背山」が作りあげられていく創作の現場でしょうな。半二は、獏（松田才二）に向かって『お三輪はな、わしが拵えたんやない。お三輪はな、あらわれたんや』と突拍子もないことを言います。

最初に読んだとき、僕は「三千世界」で展開されるモノローグの本当の意味が分かってなかったんやと思います。今回再読して、お三輪という存在は、『渦』という小説や半二の浄瑠璃も超え、時空をも超えた〈魂〉のように思えてきました。

実際、お三輪を超えた存在がお三輪を語らせているんや、と。

半二もこう述懐してます。

『ひょっとして浄瑠璃を書くとは……この世もあの世も渾然となった渦のなかで、この人の世の凄まじさを詞章にしていく』と。

大島さんはこのお三輪のイメージを、半二の幼なじみで兄の許嫁、半二の母親によって婚約を破棄された町娘のお末に投影させています。そしてお末にこんなことを言わせます。

『いっしょになるにはもう駆け落ちしかあらへん。心中しかあらへん。』

『あの年頃の娘っていうのはな、たいがい、そういうもんなんやで。思い込んだら命懸けや。』

『うちはどや、いきなりあらわれた見ず知らずのおなごに、大事な人、取られてしもたんやで。そんな阿呆な話があるかいな。気ぃ狂いそうやったわ。』

同い年のこのお末の詞は半二にとってリアルに、間近に体験したおぼこ娘の本心、心の叫びやったんですな。

そのお末の死を半二が聞いた時、ふとお三輪が時空を超えて『渦』の最終章にあらわれ思いの限りを語りつくす。ホンマ感動的な展開でっせ！

文楽は生身の役者ではなく「木偶（でく）」が演じます。いわばただの木片を観て、お客さんは喜怒哀楽をそこに感じるわけです。文楽には「三位一体」という言葉があり、太夫・三味線・人形の三業がひとつになってストーリーに感情を込めていくわけですけれど、その単なる木偶に向けて、悲しい、オモロイ、悔しい、カッコええと思うのはお客さん自身の感情で、それも合わせての「四位一体」となるわけや、と僕は思てます。みんなが無表情なモノ（人形）に自分を投影する。自分の想像力によって喚起される〈私〉の物語に出会う。文楽の舞台では、毎日毎日この四位一体総がかりのエネルギーで物語が生まれ、消えていく。これが三百年以上続いてる。宇宙空間を満たしても足りない、大きな〈物語の渦〉が生まれてもおかしくない。そしてこの〈物語の渦〉の彼方からお三輪が半二の元に「あらわれた」ことに大島さんは気づいたんやと僕は思う。

それにしても、この半二の作品を現代のお客さんの前で語ることの幸せをしみじみと感じます。お客さんも江戸時代の人と同じシチュエーションのセリフで聞いて、観て、感動してる。これ、ある意味奇跡ちゃいまっか。

僕の祖父も文楽の太夫やったから、昔から文楽とは身近でした。しかし入門前は正直言って、文楽ちゅうのは辛気くさいし流行（はや）らんし、将来性のないもんや、とずっと思てました。ところが、いざこの世界に入ってあらためて文楽を客席から見直したら、たまげましたわ。汗水たらして語っている太夫のコトバは訳わからんし、三味線のベンベン鳴る音は異様やし、人形の横にはなんと、人形遣いの素顔もあってそれが邪魔やし、ぞろぞろ黒衣もいて大の男が大勢でドタバタしとって……。そやけど待て待て、これはこれでえらいシュールちゃうか、と。大道具やら背景やらも目がくらむほどきれいやんか！　オモロイ！　と思わず身震いしたもんです。

その初心を思い出すようなシュールな世界が、この『渦』には溢れています。江戸時代の実在の登場人物が目の前で、泣くわ笑うわ喋るわ喋るわ、喜怒哀楽をまき散らすんです。この小説を通して、そんなワンダーランドを味わうことができる私たちはホンマ幸せもんでんなあ。

これまで興味のなかった人にも、文楽の魅力を知らしめてくれた大島さんに感謝です。ついでながら、『渦』にはまった皆様方には、この素晴らしき文楽の世界も存分に味わっていただけますよう、よろしゅうおたのもうします。

（文楽太夫）

扉イラスト　原　裕菜
デザイン　大久保明子

初出　オール讀物　二〇一八年一月号～十一月号
単行本　二〇一九年三月　文藝春秋刊

文春文庫

定価はカバーに
表示してあります

渦（うず）
妹背山婦女庭訓（いもせやまおんなていきん） 魂結び（たまむすび）

2021年8月10日　第1刷

著者　大島真寿美（おおしままずみ）
発行者　花田朋子
発行所　株式会社 文藝春秋

東京都千代田区紀尾井町 3-23　〒102-8008
TEL 03・3265・1211㈹
文藝春秋ホームページ　http://www.bunshun.co.jp

落丁、乱丁本は、お手数ですが小社製作部宛お送り下さい。送料小社負担でお取替致します。

印刷・凸版印刷　製本・加藤製本

Printed in Japan
ISBN978-4-16-791730-2

（　）内は解説者。品切の節はご容赦下さい。

ひまわり事件
荻原　浩
幼稚園児と老人がタッグを組んで、闘う相手は？　隣接する老人ホーム「ひまわり苑」と「ひまわり幼稚園」の交流を大人の事情が邪魔するが。勇気あふれる熱血幼老物語！（西上心太）
お-56-2

あなたの本当の人生は
大島真寿美
書けない老作家、代りに書く秘書、その作家に弟子入りした新人。「書くこと」に囚われた三人の女性の奇妙な生活は思わぬ方向に。不思議な熱と光に満ちた前代未聞の傑作。（角田光代）
お-73-1

祐介・字慰
尾崎世界観
クリープハイプ尾崎世界観、慟哭の初小説！　売れないバンドマンが恋をしたのはピンサロ嬢——。「尾崎祐介」が「尾崎世界観」になるまで。書下ろし短篇「字慰」を収録。（村田沙耶香）
お-76-1

珠玉
開高　健
海の色、血の色、月の色——三つの宝石に託された三つの物語。作家の絶筆は、深々とした肉声と神秘的なまでの澄明さにみちている。「掌のなかの海」「玩物喪志」「一滴の光」収録。（佐伯彰一）
か-1-11

ロマネ・コンティ・一九三五年
六つの短篇小説
開高　健
酒、食、阿片、釣魚などをテーマに、その豊饒から悲惨までを描きつくした名短篇集は、作家の没後20年を超えて、なお輝きを失わない。川端康成文学賞受賞の「玉、砕ける」他全6篇。（高橋英夫）
か-1-12

真鶴
川上弘美
12年前に夫の礼は、「真鶴」という言葉を日記に残し失踪した。京は母親、一人娘と暮らしを営む。不在の夫に思いを馳せつつ恋人と逢瀬を重ねる京は、東京と真鶴の間を往還する。（三浦雅士）
か-21-6

水声
川上弘美
亡くなったママが夢に現れるようになったのは、都が弟の陵と暮らしはじめてからだった——。愛と人生の最も謎めいた部分に迫る静謐な長編。読売文学賞受賞作。（江國香織）
か-21-8

（　）内は解説者。品切の節はご容赦下さい。

川上弘美
このあたりの人たち
そこは〈このあたり〉と呼ばれる町。現代文学を牽引する作家が丹精こめて創りあげた不穏で温かな場所。どこにでもあるようでどこにもない〈このあたり〉へようこそ。（古川日出男）
か-21-9

川端裕人
夏のロケット
元火星マニアの新聞記者がミサイル爆発事件を追ううち遭遇する高校天文部の仲間。秘密の町工場で彼らは何をしているのか。ライトミステリーで描かれた大人の冒険小説。（小谷真理）
か-28-1

川端裕人
声のお仕事
目立った実績もない崖っぷち声優の勇樹は人気野球アニメのオーディションに挑むも、射止めたのは犬の役。だがそこから自らの信念「声で世界を変える」べく奮闘する。（池澤春菜）
か-28-4

角田光代
空中庭園
京橋家のモットーは「何ごともつつみかくさず」……普通の家族の表と裏、光と影を描いた連作家族小説。第三回婦人公論文芸賞受賞、小泉今日子主演で映画化された話題作。（石田衣良）
か-32-3

角田光代
空の拳（上下）
雑誌「ザ・拳」に配属された空也。通いだしたジムで、天涯孤独で少年院帰りというタイガー立花と出会い、ボクシングの魅力にとらわれていく。爽快な青春スポーツ小説。（対談・沢木耕太郎）
か-32-12

勝谷誠彦
ディアスポラ
〝事故〟で国土が居住不能となり、世界中の難民キャンプで暮らす日本人。情報から隔絶され将来への希望も見いだせぬまま懸命に「日本人として」生きようとするが……。（百田尚樹）
か-47-2

海堂　尊
ゲバラ覚醒
ポーラースター1
アルゼンチンの医学生エルネストは親友ピョートルと南米縦断のバイク旅行へ。様々な経験をしながら成長していく将来の革命家の原点を描いた著者渾身のシリーズ、青春編が開幕！
か-50-2